한국단편소설선

한국단편소설선

김동인 외 | 오양호 엮음

문예출판사

차례

배따라기 | 김동인 • 7

감자 | 김동인 • 31

빈처 | 현진건 • 45

B 사감과 러브레터 | 현진건 • 69

물레방아 | 나도향 • 81

화수분 | 전영택 • 105

탈출기 | 최서해 • 121

홍염 | 최서해 • 137

레디메이드 인생 | 채만식 • 165

봄봄 | 김유정 • 209

동백꽃 | 김유정 • 229

메밀꽃 필 무렵 | 이효석 • 243

백치 아다다 | 계용묵 • 259

날개 | 이상 • 281

장삼이사 | 최명익 • 315

달밤 | 이태준 • 341

작품 해설 • 357

• 본문의 주는 모두 엮은이의 주다.

배따라기

김동인

김동인 1900~1951

호는 금동(琴童)·금동인(琴童人)·춘사(春士). 평양 출생. 일본 가와바타 미술학교에서 수학. 우리나라 최초의 순문예동인지《창조》를 창간. 주요 작품으로 〈감자〉〈배따라기〉〈광염소나타〉〈발가락이 닮았다〉〈약한 자의 슬픔〉〈태형〉〈광화사〉등의 단편과《운현궁의 봄》《대수양》등의 장편이 있다.

좋은 일기이다.

좋은 일기라도 하늘에 구름 한 점 없는— 우리 '사람'으로서는 감히 접근치 못할 위엄을 가지고 높이서 우리 조그만 '사람'을 비웃는 듯이 내려다보는 그런 교만한 하늘은 아니고, 가장 우리 '사람'의 이해자인 듯이, 낮게 뭉글뭉글 엉기는 분홍빛 구름으로서, 우리와 서로 손목을 잡자는 그런 하늘이다. 사랑의 하늘이다.

나는 잠시도 멎지 않고 푸른 물을 황해로 부어 내리는 대동강을 향한 모란봉 기슭, 새파랗게 돋아나는 풀 위에 뒹굴고 있었다.

이날은 삼월삼질, 대동강에 첫 뱃놀이 하는 날이다. 까아맣게 내려다보이는 물위에는, 결결이 반짝이는 물결을 푸른 놀잇배들이 타고 넘으며, 거기서는 봄 향기에 취한 형형색색의 선율이 우단보다도 보드라운 봄 공기를 흔들면서 내려온다. 그리고 거기서 기생들의 노래와 함께 날아오는 조선 아악(雅樂)은, 느리게, 길게, 유창하게, 부드럽게, 그리고 또 애처롭게 ─ 모든 봄의 정다움과 끝까지 조화하지 않고는 안 두겠다는 듯이 대동강에 흐르는 시꺼먼 봄 물, 청류벽에 돋아나는 푸르른 풀 움, 심지어 사람의 가슴속에 봄에 뛰노는 불붙는 핏줄기까지라도, 습기 많은 봄 공기를 다리 놓고 떨리지 않고는 두지 않는다.

봄이다. 봄이 왔다.

부드럽게 부는 조그만 바람이 시꺼먼 조선 솔을 꿰며, 또는 돋아나는 풀을 스치고 지나갈 때의 그 음악은, 다른 데서 듣지 못할 아름다운 음악이다.

아아, 사람을 취케 하는 푸른 봄의 아름다움이여!

열다섯 살부터의 동경(東京) 생활에 마음껏 이런 봄을 보지 못하였던 나는, 늘 이것을 보는 사람보다 곱 이상의 감명을 여기서 받지 않을 수 없다.

평양 성내는 겨우 툭툭 터진 땅을 헤치면 파릇파릇 돋아나는 나무새기와 돋아나려는 버들의 움으로 봄이 온 줄 알 뿐 아직 완전히 봄이 안 이르렀지만, 이 모란봉 일대와 대동강을 넘어 보이는 가나안 옥토를 연상시키는 장림(長林)에는 마음껏 봄의 정다움이 이르렀다.

다스한 봄정에
솟아나리다.
다스한 봄정에
솟아나리다.

나는 두어 번 소리나게 읊은 뒤에 담배를 붙여 물었다. 담뱃내는 무럭무럭 하늘로 올라간다.

하늘에도 봄이 왔다.

하늘은 낮았다. 모란봉 꼭대기에 올라가면 넉넉히 만질 수가 있으리만큼 하늘은 낮다. 그리고, 그 낮은 하늘보다는 오히려 더 높이 있는 듯한 분홍빛 구름은 뭉글뭉글 엉기면서 이리저리 날아다닌다.

나는 봄 향기에 취하여서 한참 구름을 따라 눈을 굴리다가, 눈을 장림으로 향하였다.

장림의 그 푸른빛. 꽤 자란 밀보리들로 새파랗게 장식한 그 장림, 그 푸른빛. 만족한 웃음을 띠고 그 벌에 서서 내다보는 농부의 모양은 보지 않아도 생각할 수가 있었다.

구름은 작고 하늘을 날아다니는 모양이다. 그 밀 위에 비치었던 구름의 그림자는 그 구름과 함께 저편으로 몰려가며, 거기는 세계를 아까 만들어놓은 것 같은 새로운 녹빛이 퍼져나간다. 바람이나 조금 부는 때는 그 잘 자란 밀들은 물결과 같이 누웠다 일어났다 일록일청으로 춤을 춘다. 그리고 봄의 한가함을 찬송하는 솔개들은 높은 하늘에서 동그라미를 그리면서 더욱더 아름다운 봄에 향수를 붓는다.

나는 이러한 아름다운 봄 경치에 이렇게 마음껏 봄의 속삭임을 들을 때에는 언제든 유토피아를 생각지 않을 수 없다. 우리가 시시각각으로 애를 쓰며 수고하는 것은 그 목적이 무엇인가? 역시 유토피아 건설에 있지 않을까? 유토피아를 생각할 때는 언제든 그 '위대한 인격의 소유자'며 '사람의 위대함을 끝까지 즐긴' 진나라 시황을 생각지 않을 수 없다.

　우리가 어찌하면 죽지를 아니할까 하여, 동남 동녀 삼백을 배를 태워 불사약을 얻으러 떠나 보내며, 예술의 사치를 다하여 아방궁을 지으며 매일 신하 몇천 명과 잔치로써 즐기며 이리하여 여기 한 유토피아를 세우려던 시황은 몇만의 역사가가 어떻다고 욕을 하든 그는 참말로 인생의 향락자며, 역사 이후의 제일 큰 위인이라고 할 수가 있다. 그만한 순전한 용기 있는 사람이 있고야 우리 인류의 역사는 끝이 날지라도 하나의 사람을 가졌었다고 할 수 있다.

　"큰 사람이었었다."

　하면서 나는 머리를 들었다.

　이때에 기자묘 근처에서 이상한 슬픈 소리가 들리면서 봄 공기를 진동시켜 날아오는 것을 들었다. 나는 무심중 귀를 기울였다.

　영유 배따라기다. 그것도 웬만한 광대나 기생은 발꿈치에도 미치지 못하리만큼, 그만큼 그 배따라기의 주인은 잘 부르는 사람이었다.

　　비나이다 비나이다
　　산천후토 일월성신
　　하느님 전 비나이다

　　실낱 같은 우리 목숨
　　살려달라 비나이다
　　에에야 어그여지야

여기까지 이르렀을 때에 저편 아래 물에서 장구 소리와 함께 기생의 노래가 울리어 오며 배따라기는 그만 안 들리게 되었다.

나는 이 년 전 한 여름을 영유서 지내본 일이 있다. 배따라기의 본고장인 영유를 몇 달 있어 본 사람은 그 배따라기에 대하여 언제든 한 속절없는 애처로움을 깨달을 터이다. 배따라기에 속절없는 눈물을 흘린 시인이 그 몇일고.

영유, 이름은 모르지만, ×산에 올라가서 내다보면 앞은 망망한 황해이니, 거기 저녁때의 경치를 한번 본 사람은 영구히 잊을 수가 없으리라. 불덩이 같은 커다란 시뻘건 해가 남실남실 넘치는 바다에 도로 빠질 듯, 도로 솟아오를 듯, 춤을 추며, 거기서 때때로 보이지 않는 배에서 배따라기만 슬프게 날아오는 것을 들을 때면 눈물 많은 나는 때때로 눈물을 흘렸다. 이로 보아서 어떤 원의 아내가 자기의 모든 영화를 낡은 신과 같이 내어던지고, 뱃사람과 정처 없는 물길을 떠났다 함도 믿지 못할 말이랄 수가 없다.

영유서 돌아온 뒤에도 그 '배따라기'는 내 마음에 깊이 새겨져서, 잊으려야 잊을 수가 없었고, 언제 한번 다시 영유를 가서 그 노래를 한번 더 들어보고 그 경치를 다시 한번 보고 싶은 생각이 늘 떠나지를 않았다.

장구 소리와 기생의 노래는 멎고, 배따라기만 슬프게 날아온다. 결결이 부는 바람으로 말미암아 때때로는 들을 수가 없으되, 나의 기억과 곡조를 부합하여 들은 배따라기는 여기이다.

강변에 나왔다가

나를 보더니만,

혼비백산하여

꿈인지 생시인지

생시인지 꿈인지

와르륵 달려들어

섬섬옥수로 부쳐잡고

호천망극 하는 말이

'하늘로서 떨어지며

땅으로서 솟아났나

바람결에 묻어 오고

구름길에 새여 왔나'

이리 서로 붙들고 울음 울 제,

인리제인(隣里諸人)이며

일가친척이 모두 모여……

  여기까지 들은 나는 마침내 참지 못하고 벌떡 일어서서 소나무 가지에 걸었던 모자를 내려 쓰고 그곳을 찾으러 모란봉 꼭대기에 올라섰다. 꼭대기는 좀 더 노랫소리가 잘 들린다. 그는 배따라기의 맨 마지막, 여기를 부른다.

밥을 빌어서

죽을 쑬지라도

제발 덕분에

뱃놈 노릇은 하지 마라

에야아 어그여지야……"

그의 소리로써 방향을 찾으려던 나는 그만 그 자리에 섰다.

"어딘가? 기자묘, 혹은 을밀대(乙密臺)?"

그러나 나는 오래 서 있을 수가 없었다. 어떻든 찾아보자 하고 현무문으로 가서 문밖에 썩 나섰다. 기자묘의 깊은 솔밭은 눈앞에 쫙 펴진다.

"어딘가?"

나는 또 물어보았다.

이때에 그는 또다시 배따라기를 첫 번부터 부른다. 그 소리는 왼편에서 온다.

왼편이구나 하면서, 소리나는 곳을 더듬어서 소나무 틈으로 한참 돌다가, 겨우 기자묘치고는 그중 하늘이 넓고 밝은 곳에, 혼자서 뒹굴고 있는 그를 찾아내었다. 나의 생각한 바와 같은 얼굴이다. 얼굴, 코, 입, 눈, 몸집이 모두 네모나고…… 그의 이마의 굵은 주름살과 시커먼 눈썹은 고생 많이 함과 순진한 성격을 나타낸다.

그는 어떤 신사가 자기를 들여다보는 것을 보고, 노래를 그치고 일어나 앉는다.

"왜, 그냥 하지요."

하면서, 나는 그의 곁에 가 앉았다.

"뭐……"

할 뿐, 그는 눈을 들어서 터진 하늘을 쳐다본다.

좋은 눈이었다. 바다의 넓고 큼이 유감없이 그의 눈에 나타나 있다. 그는 뱃사람이라 나는 짐작했다.

"잘하는구레."

"잘해요?"

그는 나를 잠깐 보고 사람 좋은 웃음을 띤다.

"고향이 영유요?"

"예, 뭐 영유서 나기는 했지만 한 이십 년 영유를 가보지도 않았시요."

"왜, 이십 년씩 고향엘 안 가요?"

"사람의 일이라니 마음대로 됩데까?"

그는 왜 그러는지 한숨을 짓는다.

"거저, 운명이 제일 힘셉디다."

운명의 힘이 제일 세다는 그의 소리엔 삭이지 못할 원한과 뉘우침이 섞여 있다.

"그래요?"

나는 다만 그를 쳐다볼 뿐이다.

한참 잠잠하니 있다가 나는 다시 말하였다.

"자, 노형의 경험담이나 한번 들어봅시다. 감출 일이 아니면 한번 이야기해보소."

좀 있다가, 그는

"하디요."

하면서 내가 담배를 붙이는 것을 보고, 자기도 담배를 붙여 물고 이야기를 꺼낸다.

"십구 년 전 팔월 열하룻날 일인데요…….."
하면서 그가 이야기한 바는 대략 이와 같은 것이다.

그가 살던 마을은 영유 고을서 한 이십 리 떠나 있는 바다를 향한 조그만 동리이다. 그가 살던 그 조그만 마을(서른 집쯤 되는)에서 그는 꽤 유명한 사람이었다.

그의 부모는 모두 열댓에 났을 때 없었고, 남은 친척이라고는 곁집에 딴 살림하는 그의 아우 부처와 그 자기 부처뿐이었다. 그들 형제가 그 마을에서 제일 부자이고, 또 제일 고기잡이를 잘하였고, 그중 글이 있었고, 배따라기도 그 마을에서 빼어나게 그 형제가 잘하였다. 말하자면 그 형제가 그 동리의 대표적 사람이었다.

팔월 보름은 추석 명절이다. 팔월 열하룻날, 그는 명절에 쓸 장도 볼 겸 그의 아내가 늘 부러워하는 거울도 하나 사올 겸 장으로 향하였다.

"당손네 집에 있는 것보다 큰 것이오, 잊지 말구요."

그의 아내는 길까지 따라나오면서 잊지 않도록 부탁하였다.

"안 잊어."

하면서 그는 떠오르는 새빨간 햇빛을 앞으로 받으면서 자기 마을을 나섰다.

그는 아내를 (이렇게 말하기는 우습지만) 고와했다. 그의 아내는 촌에는 드물도록 연연하고도 예쁘게 생겼었다. (그는 나에게 이렇게 말하였다.)

"성내(평양) 덴줏골(갈보촌)을 가두 그만한 거 쉽디 않가시요."

그러니까 촌에서는, 그리고 그 당시에는 남에게 우습게 보이도록 그 부처의 사이는 좋았다. 늙은이들은 계집에게 혹하지 말라고 흔히 그에게 권고하였다.

부처의 사이는 좋았지만, 아니 오히려 좋으므로 그는 아내에게 시기를 많이 하였다. 그리고 그의 아내는 시기를 받을 일을 많이 하였다. 품행이 나쁘다는 것이 아니라, 그의 아내는 대단히 쾌활한 성질로써 아무에게나 말 잘하고 애교를 잘 부렸다.

그 동리에서는 무슨 명절이나 되면, 집이 그중 정(淨)함을 핑계삼아, 젊은이들은 모두 그의 집에 모이곤 하였다. 그 젊은이들은 모두 그의 아내에게 '아즈마니'라 부르고, 그의 아내는 아내대로 '아즈바니, 아즈바니' 하며 그들과 지껄이고 즐기며, 그 웃기 잘하는 입에는 늘 웃음을 흘리고 있었다. 이럴 때마다 그는 한편 구석에서 눈만 힐금거리며 있다가, 젊은이들이 돌아간 뒤에는 불문곡직하고 아내에게 덤벼들어, 발길로 차고 때리며 이전에 사다주었던 것을 모두 거두어 올린다. 싸움을 할 때에는 언제든 곁집에 있는 아우 부처가 말리러 오며 그렇게 되면 언제든 그는 아우 부처까지 때렸다.

그가 아우에게 그렇게 구는 데는 이유가 있었다. 그의 아우는 촌사람에게는 다시 없도록 늠름한 위엄이 있었고, 만날 바닷바람을 쐬었지만 얼굴이 희었다. 이것뿐으로도 시기가 된다 하면 되지만, 특별히 아내가 그의 아우에게 친절히 하는 데 이르러서는, 그는 억울하도록 시기를 하였다.

그가 영유를 떠나기 반년 전쯤— 다시 말하면 그가 거울을 사러 장에 갈 때부터 반년 전쯤, 이월 열엿샛날이 그의 생일이었다. 그의 집에서는 음식을 차려서 잘 먹었는데 그에게는 한 버릇이 있어서,

맛있는 음식은 남겨두었다가 좀 있다가 먹곤 하는 것을 예사로 하였다. 그의 아내도 이 버릇은 잘 알 터인데 그의 아우가 점심때쯤 오니까 아까 그가 아껴서 남겨두었던 그 음식을 아우에게 주려 하였다. 그는 눈을 부릅뜨고 '못 주리라'고 암호를 하였지만, 아내는 그것을 보았는지 못 보았는지, 그의 아우에게 주어버렸다. 그는 마음속이 자못 편치 못하였다. 트집만 있으면 이년을— 그는 마음먹었다. 그의 아내는 시아우에게 상을 준 뒤에 물러 나오다가 그만 그의 발을 조금 밟았다.

"이년!"

그는 힘껏 발을 들어서 아내를 냅다 찼다. 그의 아내는 상 위에 거꾸러졌다가 일어난다.

"이년! 사나이 발을 짓밟는 년이 어대 있어!"

"거 좀 밟아서 발이 부러뎃쉐까?"

아내는 낯이 새빨개져서 울음 섞인 소리로 고함친다.

"이년! 말대답이……."

그는 일어서서 아내의 머리채를 휘어잡았다.

"형님! 왜 이러십네까?"

아우가 일어서면서 그를 붙잡았다.

"가만있거라, 이놈의 자식!"

하며 그는 아우를 밀친 뒤에 아내를 되는대로 내리찧었다.

"죽일 년 이년! 나가라!"

"죽에라, 죽에라! 난 죽어두 이 집에선 못 나가!"

"못 나가?"

"못 나가디 않구."

이때다. 그의 마음에는 그 '못 나가겠다'는 아내의 마음이 푹 들이박혔다. 그 이상 때리기가 싫었다.

"망할 년, 그럼 내가 나갈라."

하고 그는 문밖으로 뛰어나갔다.

"형님 어디 갑네까!"

하는 아우의 말에는 대답도 안 하고 곁동리 탁주 집으로 뒤도 안 돌아보고 가서, 거기 있는 술 파는 계집과 술상 앞에 마주 앉았다.

그날 저녁 얼근히 취한 그는 아내를 위하여 떡을 한 돈어치 사가지고 집으로 돌아왔다.

이리하여 또 서너 달은 평화가 이르렀다. 그러나 이 평화가 언제까지든 연속할 수가 없었다. 그의 아우로 말미암아 또 평화는 쪼개져 나갔다.

오월 초승부터 영유 고을 출입이 잦던 그의 아우는 오월 그믐께부터는 고을서 며칠씩 묵어 오는 일이 많았다. 함께, 고을에 첩을 얻어두었다는 소문이 퍼졌다. 이 소문이 있은 뒤로 아내는 그의 아우가 고을 들어가는 것을 벌레보다도 더 싫어하고, 며칠 묵어 나오는 때면 곧 아우의 집으로 가서 그와 담판을 하며, 심지어 동서인 아우의 처에게까지 못 가게 하지 않는다고 싸우는 일이 있었다. 칠월 초승께, 그의 아우는 고을에 들어가서 열흘쯤 묵어 온 일이 있었다. 이때도 전과 같이 그의 아내는 그의 아우와 제수와 싸우다 못하여, 마침내 그에게까지 와서 아우가 그런 못된 데를 다니는 것을 그냥 둔다고 해보자 한다. 그 꼴을 곱게 보지 않았던 그는 첫 마디로 고함을 쳤다.

"네게 상관이 무에가? 듣기 싫다."

"못난둥이. 아우가 그런 델 댕기는 걸 말리지두 못하구!"

분김에 그의 아내는 고함쳤다.

"이년, 무얼?"

그는 일어섰다.

"못난둥이!"

그 말이 채 끝나기 전에 그의 아내는 '악' 소리와 함께 그 자리에 거꾸러졌다.

"이년! 사나이에게 그따웃 말버릇 어디서 배완!"

"에미네 때리는 건 어디서 배왔노! 못난둥이!"

그의 아내는 울음소리로 부르짖었다.

"샹년, 그냥? 나갈! 우리 집에 있디 말구 나갈!"

그는 내리찧으면서 부르짖었다. 그리고 아내를 문을 열고 밀쳤다.

"나가디 않으리!"

하고 그의 아내는 울면서 뛰어나갔다.

"망할 년!"

토하는 듯이 중얼거리고 그는 그 자리에 주저앉았다.

그의 아내는 해가 져서 어두워져도 돌아오지를 않았다. 일단 내쫓기는 하였지만 그는 아내의 돌아옴을 기다리고 있었다. 어두워져서도 그는 불도 안 켜고 성이 나서 우들우들 떨면서 아내가 돌아오기를 기다렸다. 그러나 그의 아내의 참 기쁜 듯이 웃는 소리가 그의 아우의 집에서 밤새도록 울리었다. 그는 움직도 않고 그 자리에 앉아서 밤을 새운 뒤에, 새벽 동이 터올 때 아내와 아우를 죽이려고 부엌에 가서 식칼을 가지고 들어와서 문을 벌컥 열었다.

그의 아내로서, 만약 근심스러운 얼굴을 하고 그 문밖에 우두커니 서서 문을 들여다보고 있지 않았더라면 그는 아내와 아우를 죽이고야 말았으리라.

그는 아내를 보는 순간, 마음에 가득 차는 사랑을 깨달으면서 칼을 내던지고 뛰어나가서 아내의 머리채를 휘어잡고, 이년! 하면서 들어와서 뺨을 물어뜯으면서 함께 이리저리 자빠져서 뒹굴었다…….

이리하여 평화는 또 이르렀다.

그런 이야기를 다하려면 끝이 없으되, 다만 '그', '그의 아내', '그의 아우' 그 세 사람의 삼각 관계는 대략 이와 같았다.

각설 —

거울은 마침 장에 마음에 맞는 것이 있었다. 지금 것과 대보면 어떤 때는 코도 크게 보이고 입이 작게도 보이는 것이지만, 그 당시에는, 그리고 그런 촌에서는 둘도 없는 귀물이었다. 거울을 사가지고 장을 본 뒤에 그는 이 거울을 아내에게 주면 그 기뻐할 모양을 생각하면서 새빨간 저녁 햇빛을 받은 넘치는 듯한 바다를 안고 자기 집으로, 늘 들러 오던 탁주 집에도 안 들러서 돌아왔다.

그러나 그가 그의 집 안방에 들어선 때에는 뜻도 안 하였던 광경이 그의 눈앞에 벌어져 있었다.

방 가운데에는 떡상이 있고, 그의 아우는 수건이 벗어져서 목 뒤로 늘어지고, 저고리 고름이 모두 풀어져가지고 한편 모퉁이에 서 있고, 아내도 머리채가 모두 뒤로 늘어지고 치마가 배꼽 아래 늘어지도록 되어 있으며, 그의 아내와 아우는 그를 보고 어찌할 줄을 모르는 듯이 움직도 안 하고 서 있었다.

세 사람은 한참 동안 어이가 없어서 서 있었다. 좀 있다가 그의 아우가 겨우 말했다.

"그놈의 쥐 어디 갔니?"

"흥! 쥐? 훌륭한 쥐 잡댔다!"

그는 말을 끝내지도 않고 짐을 벗어버리고 뛰어가서 아우의 멱살을 그러쥐었다.

"형님, 정말 쥐가!"

"쥐? 이놈! 형수와 그런 쥐 잡는 놈 어디 있니?"

그는 따귀를 몇 번 때린 뒤에 등을 밀어서 문밖에 집어던졌다. 그런 뒤에 이제 자기에게 이를 매를 생각하고 우들우들 떨면서 아랫목에 서 있는 아내에게 달려들었다.

"이년! 시아우와 그러는 년이 어디 있어?"

그는 아내를 거꾸러뜨리고 함부로 내리찧었다.

"정말 쥐가…… 아이 죽갔다!"

"이년! 너두 쥐? 죽어라."

그의 팔다리는 함부로 아내의 몸 위에 오르내렸다.

"아이 죽갔다. 정말 아까 적으니가 왔게 떡 먹으라구 내놓았더니……."

"듣기 싫다. 시아우 붙은 년이 무슨 잔소릴…….."

"아이, 아이, 정말이야요, 쥐가 한 마리 나……."
"그냥 쥐?"
"쥐 잡을래다가……."
"샹년! 죽얼! 물에래두 빠데 죽얼!"
그는 실컷 때린 뒤에 아내도 아우와 같이 등을 밀어 내어쫓았다. 그 뒤에 그의 등으로,
"고기 배때기에 장사해라!"
고 토하였다.

분풀이는 실컷 하였지만, 그래도 마음속이 자못 편치 못하였다. 그는 아랫목으로 가서 바람벽을 의지하고 실신한 사람같이 우두커니 서서, 떡상만 들여다보고 있었다.

서편으로 바다를 향한 마을이라 다른 곳보다는 늦게 어둡지만, 그래도 술시(戌時)쯤 되어서는 깜깜하니 어두웠다. 그는 불을 켜려고 바람벽에서 떠나 성냥을 찾으려고 돌아갔다. 성냥은 늘 있던 자리에 있지 않았다. 그래서 여기저기 뒤적이노라니까 어떤 낡은 옷 뭉치를 들칠 때에 쥐소리가 나면서 뭣이 후덕덕 뛰어나온다. 그리하여 저편으로 기어서 도망한다.

"역시 쥐댔다!"

그는 조그만 소리로 부르짖었다. 그리고 그만 그 자리에 맥없이 털썩 주저앉았다.

아까 그가 보지 못한 때의 광경이 활동사진과 같이 그의 머리에 지나갔다.

아우가 집에를 왔다. 아우에게 친절한 아내는 떡을 먹으라고 아

우에게 떡상을 내어놓는다. 그때에 어디선가 쥐가 한 마리 뛰어나온다. 둘이서는 쥐를 잡느라고 돌아간다. 한참 성화시키던 쥐는 어느 구석에 숨어버린다. 그들은 쥐를 찾느라고 두리번거린다. 그때에 그가 들어선 것이다.

"샹년, 좀 있으믄 안 들어오리……."

그는 억지로 마음먹고 그 자리에 드러누웠다.

그러나 그의 아내는 밤이 가고 밝기는커녕 해가 중천에 떠올라도 들어오지를 않았다. 그는 차차 걱정이 나서 찾아보러 나섰다.

아우의 집에도 없었다. 동리를 모두 찾아보아도 본 사람도 없다 한다.

그리하여 낮쯤, 한 삼사 리 내려간 바닷가에서 겨우 아내를 찾기는 찾았지만, 그 아내는 이전같이 생기로 찬 산 아내가 아니요, 몸은 물에 불어서 곱이나 크게 되고, 이전에 늘 웃음을 흘리던 예쁜 입에는 거품을 잔뜩 문 죽은 아내였다.

그는 아내를 업고 집에 오기까지 정신이 없었다.

이튿날 간단하게 장사를 하였다. 뒤에 따라오는 아우의 얼굴에는,

"형님, 이게 웬일이오니까?"

하는 기운이 떠돌았다.

장사를 지낸 이튿날부터 아우는 그 조그만 마을에서 없어졌다. 하루이틀은 심상히 지냈지만, 닷새 엿새가 지나도 아우는 돌아오지 않았다. 그래서 알아보니까 꼭 그의 아우와 같이 생긴 사람이 오륙 일 전에 멧산자 봇짐을 하여 진 뒤에 시뻘건 저녁 해를 등으로 받고

터벅터벅 동편으로 가더라 한다. 그리하여 열흘이 지나고 스무 날이 지났지만 한번 떠난 그의 아우는 돌아올 길이 없고, 혼자 남은 아우의 아내는 만날 한숨으로 세월을 보내게 되었다.

그도 이것을 잠자코 보고 있을 수가 없었다. 그 불행의 모든 죄는, 죄 그에게 있었다.

그도 마침내 뱃사람이 되어, 적으나마 아내를 삼킨 바다와 늘 접근하며, 가는 곳마다 아우의 소식을 알아보려고, 어떤 배를 얻어 타고 물길을 나섰다.

그는 가는 곳마다 아우의 이름과 모양을 말하며 물었으되, 아우의 소식은 알 수가 없었다.

이리하여 꿈결같이 십 년을 지나서, 구 년 전, 가을 탁탁히 낀 안개를 깨며 연안(延安) 바다를 지나가던 그의 배는 몹시 부는 바람으로 말미암아 파선을 하여 몇몇 사람은 죽고, 그는 정신을 잃고 물위에 떠돌고 있었다.

그가 겨우 정신을 차린 때는 밤이었다. 그리고 어느덧 그는 뭍 위에 올라와 있었고 그를 말리느라고 새빨갛게 피워놓은 불빛으로 자기를 간호하는 아우를 보았다.

그는 이상하게 놀라지도 않고 천연히 물었다.

"너! 어디캐 여게 완?"

아우는 잠자코 한참 있다가 겨우 대답하였다.

"형님, 거저 다 운명이외다."

따뜻한 불기운에 잠이 들려 하던 그는 화닥닥 깨면서 또 말하였다.

"십 년 동안에 되게 파리했구나."

"형님, 나두 변했거니와 형님두 되게 변하셋쉐다!"

이 말을 꿈결같이 들으면서 그는 또 혼혼히 잠이 들었다. 그리하여 두어 시간, 꿀보다도 단 잠을 잔 뒤에 깨어보니 아까같이 새빨간 불은 피었지마는 아우는 어디로 갔는지 없어졌다. 곁의 사람에게 물어보니까, 아까 아우는 그의 얼굴을 물끄러미 한참 들여다보고 있다가 새빨간 불빛을 등으로 받으면서 터벅터벅 아무 말 없이 어두움 가운데로 스러졌다 한다.

이튿날 아무리 알아봐야 그의 아우는 종적이 없어지고 알 수 없으므로, 그는 할 수 없이 다른 배를 얻어 타고 또 물길을 나섰다. 그리하여 그의 배가 해주에 이르렀을 때 그는 해주장에 들어가서 무엇을 사려다가 저편 맞은편 가게에 언뜻 그의 아우와 같은 사람이 있으므로 뛰어가서 보니 그는 벌써 없어졌다. 배가 해주에는 오래 머무르지 않으므로 그는 마음은 해주에 남겨두고, 또다시 바닷길을 떠났다.

그 뒤에 삼 년을 이리저리 돌아다녔어도 아우는 다시 볼 수가 없었다.

그리하여 삼 년을 지나서, 지금부터 육 년 전에, 그의 탄 배가 강화도를 지날 때에 바다로 향한 가파로운 뫼켠에서 바다로 향하여 날아오는 '배따라기'를 들었다. 그것도 어떤 구절과 곡조는 그의 아우 특색으로 변경된 그의 아우가 아니면 부를 사람이 없는 그 배따라기이다.

배가 강화도에는 머무르지 않아서 그저 지나갔으나, 인천서 열흘쯤 머무르게 되었으므로, 그는 곧 내려서 강화도로 건너갔다. 거기서 여기저기 찾아다니다가 어떤 조그만 객줏집에서 물어보니, 이름도 그의 아우요, 생긴 모양도 그의 아우인 사람이 묵어 있기는 하였으나 사나흘 전에 도로 인천으로 갔다 한다. 그는 곧 돌아서서 인천으로 건너가서 찾아보았지만, 그 조그만 인천서도 그의 아우를 찾을 바가 없었다.

그 뒤에 눈 오고 비 오며 육 년이 지났지만, 그는 다시 아우를 만나보지 못하고 아우의 생사까지 알 수가 없었다.

말을 끝낸 그의 눈에는 저녁 해에 반사하여 몇 방울의 눈물이 반득인다.

나는 한참 있다가 겨우 물었다.

"노형의 제수는?"

"모르디요, 이십 년을 영유는 안 가봤으니까요."

"노형은 이제 어디로 갈 테요?"

"것두 모르디요, 정처가 있나요? 바람 부는 대루 몰려 댕기지요."

그는 다시 한번 나를 위해 배따라기를 불렀다.

아아! 그 속에 잠겨 있는 삭이지 못할 뉘우침! 바다에 대한 애처로운 그리움!

노래를 끝낸 다음에 그는 일어서서 시뻘건 저녁 해를 잔뜩 등으로 받고 을밀대로 향하여 터벅터벅 걸어간다. 나는 그를 말릴 힘이 없어서 눈이 멀거니 그의 등을 바라보고 있을 따름이었다.

그날 밤, 집에 돌아와서도 그 배따라기와 그의 숙명적 경험담이 귀에 쟁쟁 울리어 한잠도 못 이루고, 이튿날 아침 깨어서 조반도 못 먹고 기자묘로 뛰어가서 또다시 그를 찾아보았다. 그가 어제 깔고 앉았던 풀은 모두 한편으로 누워서 그가 다녀감을 기념하되, 그는 그 근처에 보이지 않았다.

 그러나—그러나 배따라기는 어디선가 쟁쟁히 울리어서 모든 소나무들을 떨리지 않고는 안 두겠다는 듯이 날아온다.

 "모란봉이다. 모란봉에 있다!"

 하고, 나는 한숨에 모란봉으로 뛰어갔다. 모란봉에는 사람이 하나도 없다. 부벽루에도 없다.

 "을밀대다!"

 하고 나는 다시 을밀대로 갔다. 을밀대에서 부벽루를 연한, 지옥까지 연한 듯한 구렁텅이에 물 한 방울도 안 새리라고 빽빽이 난 소나무의 모든 잎잎은 떨리는 배따라기를 읊고 있지만, 그는 여기에도 있지 않다. 기자묘의 하늘을 향하여 퍼져나간 그 모든 소나무의 천만의 잎도, 그 아래쪽 퍼진 천만의 풀들도 모두 그 배따라기를 슬프게 부르고 있지만, 그는 이 조그만 모란봉 일대에서 찾을 수가 없었다.

 강가에 나가서 알아보니, 그의 배는 오늘 새벽에 떠났다 한다.

 그 뒤에, 여름과 가을이 가고 일 년이 지나서 다시 봄이 이르렀으되, 잠깐 평양을 다녀간 그는 그 숙명적 경험담과 슬픈 배따라기를 남겨두었을 뿐, 다시 조그만 모란봉에 나타나지 않는다.

 모란봉과 기자묘에 다시 봄이 이르러서, 작년에 그가 깔고 앉아서 부러졌던 풀들도 다시 곧게 대가 나서 자줏빛 꽃이 피려 하지만,

끝없는 뉘우침을 다만 한낱 '배따라기'로 하소연하는 그는 이 조그만 모란봉과 기자묘에서 다시 볼 수가 없었다. 다만 그가 남기고 간 '배따라기'만 추억하는 듯이, 기념하는 듯이 모든 잎잎이 속삭이고 있을 따름이다.

《창조》9 (1921. 6)

감자

김동인

싸움, 간통, 살인, 도둑, 징역, 이 세상의 모든 비극과 활극의 출원지(出源地)인 칠성문 밖 빈민굴로 오기 전까지는 복녀(福女)의 부처(夫妻)는 (사농공상(士農工商)의 제2위에 드는) 농민이었다.

복녀는, 원래, 가난은 하나마 정직한 농가에서, 규칙 있게 자라난 처녀였었다. 예전 선비의 엄한 규율은 농민으로 떨어지자부터 없어졌다. 하나, 그러나, 어딘지는 모르지만, 딴 농민보다는 좀 똑똑하고 엄한 가율(家律)이, 그의 집에 그냥 남아 있었다. 그 가운데서 자라난 복녀는, 물론 다른 집 처녀들같이 여름에는 벌거벗고 개울에서 멱감고, 바짓바람으로 동네를 돌아다니는 것을 예사로 알기는 알았지만, 그러나 그의 마음속에는 막연하나마 도덕이라는 것에 대한 기품을 가지고 있었다.

그는, 열다섯 살 나는 해에, 동네 홀아비에게 팔십 원에 팔려서 시집이라는 것을 갔다. 그의 새서방(영감이라는 편이 적당할까)이라는 사람은 그보다 이십 년이나 위로서, 원래, 아버지의 시대에는 상당한 농민으로 밭도 몇 마지기가 있었으나, 그의 대로 내려오면서는 하나둘 줄기 시작하여서, 마지막에 복녀를 산 팔십 원이 그의 마지막 재산이었다. 그는, 극도로 게으른 사람이었었다. 동네 노인의 주선으로 소작 밭깨나 얻어주면, 종자만 뿌려둔 뒤에는, 후치질도 안 하고 김도 안 매고 그냥 버려두었다가는, 가을에 가서는, 되는 대로 거둬서 '금년에 흉년입네' 하고 전주(田主) 집에는 가져도 안 가고 혼자 먹어버리곤 하였다. 그러니까 그는 한 밭을 이태를 연하여 부쳐본 일이 없었다. 이리하여 몇 해를 지내는 동안, 그는 그 동네에서는 밥을 못 얻으리만큼 인심과 신용을 잃고 말았다.

복녀가 시집을 온 지 한 삼사 년은, 장인의 덕으로 이렁저렁 지나갔으나, 이전 선비의 꼬리인 장인은, 차차 사위를 밉게 보기 시작하였다. 그들은 처가에까지 신용을 잃게 되었다.

그들 부처는, 여러 가지로 의논하다가, 하릴없이 평양 성안으로 막벌이로 들어왔다. 그러나, 게으른, 그에게는 막벌이나마 역시 되지 않았다. 하루 종일 지게를 지고, 연광정에 가서 대동강만 내려다보고 있으니, 어찌 막벌이인들 될까. 한 서너 달 막벌이를 하다가, 그들은 요행, 어떤 집 막간(행랑)살이로 들어가게 되었다.

그러나, 그 집에서도 얼마 안 되어 쫓겨나왔다. 복녀는 부지런히 주인집 일을 보았지만, 남편의 게으름은 어찌할 수가 없었다. 만날, 복녀는 눈에 칼을 세워가지고 남편을 채근하였지만, 그의 게으른 버릇은, 개를 줄 수는 없었다.

"뱃섬 좀 치워달라우요."

"남 졸음 오는데, 님자 치우시관."

"내가 치우나요."

"이십 년이나 밥을 처먹고 그걸 못 치워!"

"에이구 각 죽구나 말디."

"이년 뭘!"

이러한 싸움이 끊이지 않다가, 마침내 그 집에서도 쫓겨나왔다.

이젠, 어디로 가나? 그들은, 하릴없이, 칠성문 밖 빈민굴로 밀리어 나오게 되었다.

칠성문 밖을 한 부락으로 삼고, 그곳에 모여 있는, 모든 사람들의 정업(正業)은 거지요, 부업으로는 도적질과, (자기끼리의) 매음, 그 밖에 이 세상의 모든 무섭고 더러운 죄악이 있었다.

복녀도, 그 정업으로 나섰다.

그러나, 열아홉 살의 한창 좋은 나이의 여편네에게, 누가 밥인들 잘 줄까.

"젊은 거이 거랑질은 왜."

그런 소리를 들을 때마다 그는, 여러 가지 말로 남편이 병으로 죽어가거니 어쩌거니 핑계는 대었지만, 그런 핑계에는 단련된 평양 시민의 동정은 역시 살 수가 없었다. 그들은, 이 칠성문 밖에서도 가장 가난한 사람 가운데 드는 편이었었다. 그 가운데서, 잘 수입되는 사람은, 하루에, 오 리(厘)짜리 돈푼으로 일 원 칠팔십 전의 현금을 쥐고 돌아오는 사람까지 있었다. 극단으로 나가서는, 밤에 돈벌이

나갔던 사람은 그날 밤 사백여 원을 벌어가지고 그 근처에서 담배 장사를 하기 시작한 사람까지 있었다.

복녀는, 열아홉 살이었다. 얼굴도 그만하면 빤빤하였다. 그는, 그 동리 여인들의 보통 하는 일을 본받아서 돈벌이 좀 잘하는 사람의 집에라도 간간 찾아가면, 매일 오륙십 전은 벌 수가 있었지만, 선비의 집안에서 자라난 그는, 그런 일은 할 수가 없었다.

그들 부처는, 역시 가난하게 지냈다. 굶는 일도 흔히 있었다.

기자묘(箕子墓) 솔밭에 송충이가 끓었다. 그때, 평양부에서는, 그 송충이를 잡는 데, (은혜를 베푸는 뜻으로) 칠성문 밖 빈민굴의 여인들을 인부로 쓰게 되었다.

빈민굴 여인들은 모두가 자원을 하였다. 그러나, 뽑힌 것은 겨우 오십 명쯤이었다. 복녀도 그 뽑힌 사람 가운데 한 사람이었다.

복녀는 열심으로 송충이를 잡았다. 소나무에 사다리를 놓고 올라가서는, 송충이를, 집게로 집어서 약물에 잡아넣고, 또 그렇게 하고 그의 통은 잠깐 사이에 차곤 하였다. 하루에 삼십이 전씩의 공전이 그의 손에 들어왔다.

그러나 대엿새 하는 동안에, 그는, 이상한 현상을, 하나 발견하였다. 그것은 다른 것이 아니라, 젊은 여인부 한 여남은 사람은, 언제든 송충이는 안 잡고 아래서 지절거리며 웃고 날뛰기만 하고 있는 것이었다. 그뿐 아니라, 그 놀고 있는 인부의 공전은, 일하는 사람의 공전보다 팔 전이나 더 많이 내어주는 것이었다.

감독은, 한 사람뿐이었는데, 감독도, 그들이 놀고 있는 것을 묵인

할 뿐 아니라, 때때로 자기까지 섞여서 놀고 있는 것을 볼 때에, 복녀는 이상하다 하였다.

어떤 날, 송충이를 잡다가, 점심때가 되어서 나무에서 내려와서 점심을 먹고, 다시 올라가려 할 때에 감독이 그를 찾았다.

"복네! 얘, 복네!"

"왜 그릅네까?"

그는, 약통과 집게를 놓은 뒤에, 돌아섰다.

"좀 오나라."

그는 말없이 감독 앞에 갔다.

"내, 너 음— 데 뒈 좀 가보디 안캇니?"

"뭘 하러요?"

"글쎄 가믄 알디?"

"가디요, 형님."

그는 돌아서면서 인부들 모여 있는 데로 고함쳤다—.

"형님두 갑세다가레."

"싫다 얘, 둘이서 재미나게 가는데 내가 무슨 맛에 가갔니."

복녀는, 얼굴이 새빨갛게 되면서, 감독에게로 돌아섰다.

"가보자."

감독은, 저편으로 갔다. 복녀는 머리를 숙이고 따라갔다.

"복네 도캇구나."

뒤에서, 이러한 고함 소리가 들렸다. 그의 숙인 얼굴은 더욱 빨갛게 되었다.

그날부터, 복녀도, '일 안 하고 공전 많이 받는 인부'의 한 사람으로 되었다.

　복녀의 도덕관, 내지 인생관은 그때부터 변하였다.
　그는, 여태껏, 딴 사내와 관계를 한다는 것을, 생각하여 본 일도 없었다. 그것은 사람의 일이 아니요 짐승의 하는 것쯤으로만 알고 있었다. 혹은, 그런 일은 하면 탁 죽어지는지도 모를 일로 알았다.
　그러나, 이런 이상한 일이 다시 있을까. 사람인 자기도 그런 일을, 한 것을 보면, 그것은 결코 사람으로 못 할 일도 아니었었다. 게다가, 일 안 하고도 돈 더 받고, 긴장된 유쾌가 있고, 빌어먹는 것보다 점잖고, ……일본말로 하자면 삼박자 가진 좋은 일은, 이것뿐이었다. 이것이야말로, 삶의 비결이 아닐까. 그뿐이 아니라, 이 일이 있은 뒤부터, 그는, 처음으로 한 개 사람으로 된 것 같은 자신까지 얻었다.
　그 뒤부터는, 그의 얼굴에, 조금씩 분도 발리게 되었다.

　일 년이 지났다.
　그의 처세의 비결은, 더욱더 순탄히 진척되었다. 그의 부처는 인제는, 그리 궁하게 지내지는 않게 되었다.
　그의 남편은 이것이 결국 좋은 일이라는 듯이, 아랫목에 누워서 벌신벌신 웃고 있었다.
　복녀의 얼굴은, 더욱 예뻐졌다.
　"여보, 아즈바니, 오늘은 얼마나 벌었소?"
　복녀는 돈 좀 많이 벌은 듯한 거러지를 보면, 이렇게 찾는다.

"오늘은 많이 못 벌었쉐다."

"얼마?"

"도무지, 열서너 냥."

"많이 벌었쉐다가레. 한 댓 냥 꽤주소고려래."

"오늘은 내가……."

어쩌고어쩌고 하면, 복녀는 곧 뛰어가서, 그의 팔에 늘어진다.

"나한테 들킨 담에는 꿔구야 말아요."

"난, 원, 이 아즈마니 만나믄 야단이디라. 자 꿔주디. 그 대신, 응? 알아 있디?"

"난 몰라요, 헤헤헤헤."

"모르믄, 안 줄 테야."

"글세, 알았대두 그른다."

― 그의 성격은 이만큼 진보되었다.

가을이 되었다.

칠성문 밖 빈민굴의 여인들은, 가을이 되면, 칠성문 밖에 있는 지나(支那)인의 채마밭에, 감자며 배추를 도둑질하러 밤에 바구니를 가지고 간다. 복녀도, 감자깨나 도둑질하여 왔다.

어떤 날 밤, 그는 고구마를 한 바구니 잘 두둑하여가지고, 이젠 돌아가려고 일어설 때에, 그의 뒤에 시커먼 그림자가 서서, 그를 꺽 붙들었다. 그것은 그 밭의 소작인인 지나인 왕 서방이었다. 복녀는, 말도 못 하고 멀찐멀찐 발 아래만 내려다보고 있었다.

"우리 집에 가!"

왕 서방은 이렇게 말하였다.

"가재문 가디 훤, 것두 못 갈까."

복녀는, 엉덩이를 한번 획 두른 뒤에, 머리를 젖히고, 바구니를 저으면서 왕 서방을 따라갔다.

한 시간쯤 뒤에, 그는 왕 서방의 집에서 나왔다. 그가 밭고랑에서 길로 들어서려 할 때에 문득 뒤에서 누가 그를 찾았다.

"복네 아니야?"

복녀는, 획 돌아서면서 보매, 거기는 자기 곁집 여편네가 바구니를 들고, 어두운 밭고랑을 더듬더듬 나오고 있었다.

"형님이댔쉐까? 형님도 들어갔댔쉐까?"

"님자두 들어갔댔나?"

"형님은 뉘 집에?"

"나? 눅(陸) 서방네 집에. 님자는?"

"난 왕 서방네! 형님 얼마 받았소?"

"눅 서방 그 깍쟁이놈, 배추 세 패기……."

"난 삼 원 받았다."

복녀는 자랑스러운 듯이 대답하였다.

십 분쯤 뒤에 그는, 자기 남편과, 그 앞에 돈 삼 원을 내놓은 뒤에 아까 그 왕 서방의 이야기를 하면서 웃고 있었다.

그 뒤부터 왕 서방은 무시로 복녀를 찾아왔다.

한참, 왕 서방이 눈만 멀찐멀찐 앉아 있으면 복녀의 남편은 눈치를 채고 밖으로 나간다.

　왕 서방이 돌아간 뒤에는, 그들 부처는, 일 원, 혹은 이 원을 가운데 놓은 뒤 기뻐하고 하였다. 복녀는, 차차 동네 거지들한테 애교를 파는 것을 중지하였다. 왕 서방이, 분주하여 못 올 때가 있으면, 복녀는 스스로 왕 서방의 집까지 찾아갈 때도 있었다.

　복녀의 부처는, 이젠, 이 빈민굴의 한 부자였다.

　그 겨울도 가도, 봄이 이르렀다.

　그때 왕 서방은 돈 백 원으로 처녀를 하나 마누라로 사오게 되었다.

　"흥."

　복녀는, 다만 코웃음만 쳤다.

　"복녀 강짜하갔구만."

　동리 여편네들이 이런 말을 하면, 복녀는 흥 하고 코웃음을 웃고 하였다.

　내가 강짜를 해? 그는 늘 힘 있게 부인하고 하였지만 그의 마음에 생기는 검은 그림자는 어찌할 수가 없었다.

　"이놈 왕 서방, 네 두고보자."

　왕 서방이 색시를 데려오는 날이 가까웠다. 왕 서방은, 아직껏 자랑하던 기다란 머리를 깎았다. 동시에, 그것은 새색시의 의견이라는 소문이 퍼졌다.

　"흥."

　복녀는, 역시 코웃음만 쳤다.

　마침내 새색시가 오는 날이 이르렀다. 칠보단장에 사린교를 탄

색시가, 칠성문 밖 채마밭 가운데 있는, 왕 서방네 집에 이르렀다.

밤이 깊도록, 왕 서방의 집에는 지나인들이 모여서 별한곡조로 노래를 하며 야단이었었다. 복녀는 집 모퉁이에 숨어 서서 눈에 살기를 띠고, 방 안 동정을 듣고 있었다.

다른 지나인들은 새벽 두 시쯤 하여 돌아갔다. 그 돌아가는 것을 보면서 복녀는 왕 서방의 집 안에 들어갔다. 복녀의 얼굴에는 분이 하얗게 발리어 있었다.

신랑 신부는 놀라서 그를 쳐다보았다. 그것을 무서운 눈으로 흘겨보면서 그는, 왕 서방에게 가서, 팔을 잡고 늘어졌다. 그의 입에서는, 이상한 웃음이 흘렀다ㅡ.

"자, 우리 집으로 가요."

왕 서방은 아무 말도 못 하였다. 눈만, 정처없이 두룩두룩하였다. 복녀는 다시 한번 왕 서방을 흔들었다ㅡ.

"자, 어서."

"우리, 오늘은 일이 있어 못 가."

"일은 밤중에 무슨 일."

"그래두 우리 일이!"

복녀의 입에 여태껏 떠돌던 이상한 웃음은, 문득 없어졌다.

"이까짓 것."

그는 발을 들어서 치장한 신부의 머리를 찼다.

"자, 가자우, 가자우."

왕 서방은 와들와들 떨었다. 왕 서방은 복녀의 손을 뿌리쳤다.

복녀는, 쓰러졌다가 다시 일어섰다. 그가 다시 일어설 때에는, 그의 손에는, 얼른얼른하는 낫이 한 자루 들리어 있었다.

"이 되놈, 죽어라, 죽어라, 이놈, 나 때랫디! 이놈아, 아이구, 사람 죽이누나."

그는, 목을 놓고 처울으면서, 낫을 휘둘렀다. 칠성문 밖, 외따른 밭 가운데 홀로 서 있는 왕 서방의 집에서는, 일장의 활극이 일어났다.

그러나, 그 활극도 곧 잠잠하게 되었다. 복녀의 손에 들리어 있던 낫은, 어느덧 왕 서방의 손으로 넘어가고, 복녀는, 목으로 피를 쏟으면서, 그 자리에 고꾸라져 있었다.

복녀의 송장은, 사흘이 지나도록 무덤으로 못 갔다. 왕 서방은, 몇 번을 복녀의 집에, 복녀의 남편을 찾아갔다. 복녀의 남편도 때때로 왕 서방을 찾아갔다. 둘의 사이에는, 무슨 교섭하는 일이 있었다.

사흘이 지났다.

밤중 복녀의 시체는, 왕 서방의 집에서 남편의 집으로 옮겨졌다.

그리고, 시체에는 세 사람이 둘러앉았다. 한 사람은 복녀의 남편, 한 사람은 왕 서방! 또 한 사람은, 어떤 한방의. 왕 서방은, 말없이 돈주머니를 꺼내어, 십 원짜리 지폐 석 장을 복녀의 남편에게 주었다. 한방의의 손에도 십 원짜리 두 장이, 갔다.

이튿날, 복녀는 뇌일혈로 죽었다는 한방의의 진단으로 공동묘지로 가져갔다.

《조선문단》 4 (1925. 1)

빈처(貧妻)

현진건

현진건 1900~1943

아호는 빙허(憑虛). 대구 출생. 중국 상하이 후장대학에서 수학. 《백조》 동인으로 활동. 주요 작품으로 〈빈처〉〈할머니의 죽음〉〈운수 좋은 날〉〈B사감과 러브 레터〉〈고향〉 등이 있다.

1

"그것이 어째 없을까?"

아내가 장문(欌門)을 열고 무엇을 찾더니 입안말로 중얼거린다.

"무엇이 없어?"

나는 우두커니 책상머리에 앉아서 책장(冊張)만 뒤적뒤적하다가 물어보았다.

"모본단 저고리가 하나 남았는데……."

"……."

나는 그만 묵묵하였다. 아내가 그것을 찾아 무엇하랴는 것을 앎이라. 오늘 밤에 옆집 할멈을 시켜 잡히려 하는 것이다.

이 이 년 동안에 돈 한 푼 나는 데는 없고 그래도 주리면 시장할 줄 알아 기구(器具)와 의복을 전당국 창고(典當局倉庫)에 들이밀거나

고물상 한구석에 세워두고 돈을 얻어오는 수밖에 없었다. 지금 아내가 하나 남은 모본단 저고리를 찾는 것도 아침거리를 장만하려 함이라.

나는 입맛을 쩍쩍 다시고 펴던 책을 덮으며 후— 한숨을 내쉬었다.

봄은 벌써 반이나 지났건마는 이슬을 실은 듯한 밤기운이 방구석으로부터 슬금슬금 기어나와 사람에게 안기고 비가 오는 까닭인지 밤은 아직 깊지 않은데 인적조차 끊어지고 온 천지가 빈 듯이 고요한데 투닥투닥 떨어지는 빗소리가 한없는 구슬픈 생각을 자아낸다.

"빌어먹을 것, 되는 대로 되어라."

나는 점점 견딜 수 없어 두 손으로 흩어진 머리카락을 쓰다듬어 올리며 중얼거려보았다. 이 말이 더욱 처량한 생각을 일으킨다. 나는 또 한번, '후—' 한숨을 내쉬며 왼팔을 베고 책상에 쓰러지며 눈을 감았다.

이 순간에 오늘 지낸 일이 불현듯 생각이 난다—.

늦게야 점심을 마치고 내가 막 궐련 한 개를 피워 물 적에 한성은행(漢城銀行) 다니는 T가 공일이라고 놀러 왔었다.

친척은 다 멀지 않게 살아도 가난한 꼴을 보이기도 싫고 찾아갈 적마다 무엇을 꾸어 내라고 조르지도 아니하였건만 행여나 무슨 구차한 소리를 할까 봐서 미리 방패막이를 하고 눈살을 찌푸리는 듯하여 나는 발을 끊고 따라서 찾아오는 이도 없었다. 다만 이 T는 촌수가 가까운 까닭인지 자주 우리를 방문하였다.

그는 성실하고 공순하며 설설(屑屑)한 소사(小事)에 슬퍼하고 기뻐하는 인물이었다. 동년배(同年輩)인 우리 둘은 늘 친척간에 비교(比較) 거리가 되었었다. 그리고 나의 평판이 항상 좋지 못하였다.

"T는 돈을 알고 위인이 진실해서 그 애는 돈푼이나 모을 것이야! 그러나 K(내 이름)는 아무짝에도 못 쓸 놈이야. 그 잘난 언문(諺文) 섞어서 무어라고 끄적거려놓고 제 주제에 무슨 조선에 유명한 문학가가 된다니! 시러베 아들놈!"

이것이 그네들의 평판이었다. 내가 문학인지 무엇인지 하는 소리가 까닭 없이 그네들의 비위에 틀린 것이다. 더군다나 나는 그네들의 생일이나 혹은 대사(大事) 때에 돈 한푼 이렇다는 일이 없고 T는 소위 착실히 돈벌이를 하여가지고 국수밥소래나 보조를 하는 까닭이다.

"얼마 아니 되어 T는 잘살 것이고 K는 거지가 될 것이니 두고 보아!"

오촌당숙은 이런 말씀까지 하였다 한다. 입 밖에는 아니 내어도 친부모 친형제까지라도 심중(心中)으로는 다 이렇게 생각할 것이다. 그래도 부모는 달라서 화가 나시면 '네가 그리하다가는 말경(末境)에 비렁뱅이가 되고 말 것이야'라고 꾸중은 하셔도, '사람이란 늦복 모르느니라', '그런 사람은 또 그렇게 되느니라' 하시는 것이 스스로 위로하는 말씀이고 또 며느리를 위로하는 말씀이었다. 이것을 보아도 하는 수 없는 놈이라고 단념을 하시면서 그래도 잘되기를 바라시고 축원하시는 것을 알겠더라.

여하간 이만하면 T의 사람됨을 가히 알 수가 있다. 그리고 그가 우리집에 올 것 같으면 지어서 쾌활하게 웃으며 힘써 자미스러운

이야기를 하였다. 단둘이 고적(孤寂)하게 그날그날을 보내는 우리에게는 더할 수 없이 반가웠었다.

오늘도 그가 활발하게 집에 쑥 들어오더니 신문지에 싼 기름한 것을 '이것 봐라' 하는 듯이 마루 위에 올려놓고 분주히 구두끈을 끄른다.

"이것은 무엇인가!" 나는 물어보았다.

"저— 제 처의 양산(洋傘)이야요—. 쓰던 것이 벌써 다 낡았고 또 살이 부러졌다나요."

그는 구두를 벗고 마루에 올라서며 나오는 웃음을 참지 못하여 벙글벙글하면서 대답을 한다. 그는 나의 아내를 보며 돌연히,

"아주머니 좀 구경하시렵니까?" 하더니 싼 종이와 집을 벗기고 양산을 펴 보인다. 흰 비단 바탕에 두어 가지 매화를 수놓은 양산이었다.

"검정이는 좋은 것이 많아도 너무 칙칙해 보이고…… 회색이나 누렁이는 하나도 그것이야 싶은 것이 없어서 이것을 산걸요."

그는 '이것보다 더 좋은 것을 살 수가 있나' 하는 뜻을 보이려고 애를 쓰며 이런 발명까지 한다.

"이것도 퍽 좋은데요."

이런 칭찬을 하면서 양산을 펴 들고 이리저리 홀린 듯이 들여다보고 있는 아내의 눈에는 '나도 이런 것을 하나 가졌으면' 하는 생각이 역력(歷歷)히 보인다.

나는 갑자기 불쾌한 생각이 와락 일어나서 방으로 들어오며 아내의 양산 보는 양을 빙그레 웃고 바라보고 있는 T에게

"여보게, 방에 들어오게그려. 우리 이야기나 하세."

T는 따라 들어와 물가 폭등에 대한 이야기며, 자기의 월급이 오른 이야기며, 주권(株券)을 몇 주 사두었더니 꽤 이익이 남았다던가, 이번 각 은행 사무원 경기회(競技會)에서 자기가 우월한 성적을 얻었다던가, 이런저런 것 한참 이야기하다가 돌아갔었다.

T를 보내고 책상을 향하여 짓던 소설의 결미(結尾)를 생각하고 있을 즈음에,

"여보!" 아내의 떠는 목소리가 바로 내 귀 곁에서 들린다. 핏기 없는 얼굴에 살짝 붉은빛이 돌며 어느결에 내 곁에 바싹 다가앉았더라.

"당신도 살 도리를 좀 하셔요."

"……."

나는 또 '시작하는구나' 하는 생각이 번개같이 머리에 번쩍이며 불쾌한 생각이 벌컥 일어난다. 그러나 무어라고 대답할 말이 없이 묵묵히 있었다.

"우리도 남과 같이 살아보아야지요!"

아내가 T의 양산에 단단히 자극(刺戟)을 받은 것이다. 예술가의 처 노릇을 하려는 독특(獨特)한 결심이 있는 그는 좀처럼 이런 소리를 입 밖에 내지 아니하였다. 그러나 무엇에 상당한 자극만 받으면 참고 참았던 이런 소리를 하게 되는 것이다. 나도 이런 소리를 들을 적마다 '그럴 만도 하다'는 동정심이 없지 아니하나 심사가 어쩐지 좋지 못하였다. 이번에도 '그럴 만도 하다'는 동정심이 없지 아니하되 또한 불쾌한 생각을 억제키 어려웠다. 잠깐 있다가 불쾌한 빛을

드러내며,

"급작스럽게 살 도리를 하라면 어찌할 수가 있소. 차차 될 때가 있겠지!"

"아이구, 차차란 말씀 그만두구려, 어느 천년에……."

아내의 얼굴에 붉은빛이 짙어가며 전에 없던 흥분한 어조로 이런 말까지 하였다.

자세히 보니 두 눈에 은은히 눈물이 고이었더라.

나는 잠시 멍멍하게 있었다. 성낸 불길이 치받쳐 올라온다. 나는 참을 수 없다.

"막벌이꾼한테 시집을 갈 것이지 누가 내게 시집을 오랬어! 저 따위가 예술가의 처가 다 뭐 ― 야!"

사나운 어조로 몰풍스럽게 소리를 꽥 질렀다.

"에그……!"

살짝 얼굴빛이 변해지며 어이없이 나를 보더니 고개가 점점 수그러지며 한 방울 두 방울, 방울방울 눈물이 장판 위에 떨어진다―.

나는 이런 일을 가슴에 그리며 그래도 내일 아침거리를 장만하려고 옷을 찾는 아내의 심중을 생각해보니 말할 수 없는 슬픈 생각이 가을바람과 같이 설렁설렁 심골(心骨)을 분지르는 것 같다.

쓸쓸한 빗소리는 굵었다 가늘었다 의연(依然)히 적적한 밤공기에 더욱 처량히 들리고 그을음 앉은 등피(燈皮) 속에서 비추는 불빛은 구름에 가린 달빛처럼 우는 듯 조으는 듯 구차(苟且)히 얻어 산 몇 권 양책(洋冊)의 표제(表題) 금자가 번쩍거린다.

2

장 앞에 초연히 서 있던 아내가 무엇이 생각났는지 고개를 끄덕끄덕하며 들릴 듯 말 듯 목 안의 소리로

"으흥…… 옳지, 참 그날……."

"찾었소?"

"아니야요, 벌써…… 저 인천 사시는 형님이 오셨던 날……."

"……."

아내가 애써 찾던 그것도 벌써 전당포의 고운 먼지가 앉았구나! 종지 하나라도 차근차근 아랑곳하는 아내가 그것을 잡혔는지 아니 잡혔는지 모르는 것을 보면 빈곤(貧困)이 얼마나 그의 정신을 물어뜯었는지 가히 알겠다.

"……."

"……."

한참 동안 서로 아무 말이 없었다. 가슴이 어째 답답해지며 누구하고 싸움이나 좀 해보았으면 소리껏 고함이나 질러보았으면, 실컷 울어보았으면 하는 일종 이상한 감정이 부글부글 피어오르며 전신에 이가 스멀스멀 기어다니는 듯, 옷이 어째 몸에 끼여 견딜 수가 없다. 나는 이런 감정을 노골적으로 드러내며,

"점점 구차한 살림에 싫증이 나서 못 견디겠지?"

아내는 무엇을 생각하는지 모르게 정신을 잃고 섰다가 그 게슴츠레한 눈이 둥그래지며,

"네에? 어째서요?"

"무얼 그렇지!"

"싫은 생각은 조금도 없어요."

이렇게 말이 오락가락함을 따라 나는 흥분의 도(度)가 점점 짙어 간다.

그래서 아내가 떨리는 소리로,

"어째 그런 줄 아셔요?" 하고 반문할 적에,

"나를 숙맥(菽麥)으로 알우?"라고, 격렬하게 소리를 높였다.

아내는 살짝 분한 빛이 눈에 비치어 물끄러미 나를 들여다본다. 나는 패씸하다는 듯이 흘려보며,

"그러면 그것 모를까! 오늘날까지 잘 참아오더니 인제는 점점 기색이 달라지는걸, 뭐— 물론 그럴 만도 하지마는!"

이런 말을 하는 내 가슴에는 지난 일이 활동사진 모양으로 얼른얼른 나타난다.

육 년 전에(그때 나는 십육 세이고 저는 십팔 세였다) 우리가 결혼한 지 얼마 아니 되어 지식에 목마른 나는 지식의 바닷물을 얻어 마시려고 표연히 집을 떠났었다. 광풍(狂風)에 나부끼는 버들잎 모양으로 오늘은 지나(支那) 내일은 일본으로 굴러다니다가 금전의 탓으로 지식의 바닷물도 흠씬 마셔보지도 못하고 반거들충이가 되어 집에 돌아오고 말았다. 내게 시집올 때에는 방글방글 피려는 꽃봉오리 같던 아내가 어느 결에 기울어가는 꽃처럼 두 뺨에 선연(鮮姸)한 빛이 스러지고 이마에는 벌써 두어 금 가는 줄이 그리었다.

처가 덕으로 집간도 장만하고 세간도 얻어 우리는 소위 살림을 하게 되었다. 처음에는 그럭저럭 지내었지마는 한푼 나는 데 없는 살림이라 한 달 가고 두 달 갈수록 점점 곤란해질 따름이었다.

나는 보수(報酬) 없는 독서와 가치 없는 창작으로 해가 지고 날이 새며 쌀이 있는지 나무가 있는지 망연케 몰랐었다. 그래도 때때로 맛있는 반찬이 상에 오르고 입은 옷이 과히 추하지 아니함은 전혀 아내의 힘이었다. 전들 무슨 벌이가 있으리오, 부끄럼을 무릅쓰고 친가에 가서 눈치를 보아가며 구차한 소리를 하여가지고 얻어온 것이었다. 그것도 한 번 두 번 말이지 장구(長久)한 세월에 어찌 늘 그럴 수가 있으랴! 말경에는 아내가 가져온 세간과 의복에 손을 대는 수밖에 없었다. 잡히고 파는 것도 나는 알은체도 아니하였다. 그가 애를 쓰며 퉁명스러운 옆집 할멈에게 돈푼을 주고 시켰었다.

이런 고생을 하면서도 그는 나의 성공만 마음속으로 깊이깊이 믿고 빌었었다. 어느 때에는 내가 무엇을 짓다가 마음에 맞지 아니하여 쓰던 것을 집어던지고 화를 낼 적에

"왜 마음을 조급하게 잡수셔요! 저는 꼭 당신의 이름이 세상에 빛날 날이 있을 줄 믿어요. 우리가 이렇게 고생을 하는 것이 장래에 잘될 근본이야요" 하고 그는 스스로 흥분되어 눈물을 흘리며 나를 위로한 적도 있었다.

내가 외국으로 돌아다닐 때에 소위 신풍조(新風潮)에 씌어 까닭없이 구식 여자가 싫었었다. 그래서 나의 일찍이 장가든 것을 매우 후회하였다. 어떤 남학생과 어떤 여학생이 서로 연애를 주고받고 한다는 이야기를 들을 적마다 공연히 가슴이 뛰놀며 부럽기도 하고 비감(悲感)스럽기도 하였었다.

그러나 낫살이 들어갈수록 그런 생각도 없어지고 집에 돌아와 아내를 겪어보니 의외에 그에게 따뜻한 맛과 순결한 맛을 발견하였

다. 그의 사랑이야말로 이기적 사랑이 아니고 헌신적(獻身的) 사랑이었다. 이런 줄을 점점 깨닫게 될 때에 내 마음이 얼마나 행복스러웠으랴! 밤이 깊도록 다듬이를 하다가 그만 옷 입은 채로 쓰러져 곤하게 자는 그의 파리한 얼굴을 들여다보며

"아아, 나에게 위안을 주고 원조를 주는 천사여!" 하고 감격이 극(極)하여 눈물을 흘린 일도 있었다.

내가 알다시피 내가 별로 천품(天稟)은 없으나 어쨌든 무슨 저작가(著作家)로 몸을 세워보았으면 하여 나날이 창작과 독서에 전심력(全心力)을 바치었다. 물론 아직 남에게 인정(認定)될 가치는 없는 것이다. 그 영향으로 자연 일상생활이 말유(末由)하게 되었다.

이런 곤란에 그는 근 이 년 견디어왔건마는 나의 하는 일은 오히려 아무 보람이 없고 방 안에 놓였던 세간이 줄어가고 장농에 찼던 옷이 거의 다 없어졌을 뿐이다.

그 결과 그다지 견딜성 있던 저도 요사이 와서는 때때로 쓸데없는 탄식을 하게 되었다. 손잡이를 잡고 마루 끝에 우두커니 서서 하염없이 먼 산만 바라보기도 하며 바느질을 하다가 말고 실심(失心)한 사람 모양으로 멍멍히 앉았기도 하였다. 창경(窓鏡)으로 비치는 어스름한 햇빛에 나는 흔히 그의 눈물 머금은 근심 있는 눈을 발견하였다. 이럴 때에는 말할 수 없는 쓸쓸한 생각이 들며 일없이,

"마누라!" 하고 부르면 그는 몸을 흠칫 하고 고개를 저리로 돌리어 치맛자락으로 눈물을 씻으며,

"네에!" 하고 울음에 떨리는 가는 대답을 한다. 나는 등에 찬물을 끼얹는 듯 몸이 으쓱해지며 처량한 생각이 싸늘하게 가슴에 흘렀었

다. 그렇지 않아도 자비(自卑)하기 쉬운 마음이 더욱 심해지며 '내가 무자격한 탓이다' 하고 스스로 멸시를 하고 나니 더욱 견딜 수 없다. 그럴 만도 하다는 동정심이 없지 아니하되 그래도 그만 불쾌한 생각이 일어나며 '계집이란 할 수 없어.' 혼자 이런 불평을 중얼거리었다—.

환등(幻燈) 모양으로 하나씩 둘씩 이런 일이 가슴에 나타나니 무어라고 말할 용기조차 없어졌다. 나의 유일의 신앙자(信仰者)이고 위로자이던 저까지 인제는 나를 아니 믿게 되고 말았다. 그는 마음 속으로 '네가 육 년 동안 내 살을 깎고 저미었구나! 이 원수야!' 할 것이다. 이렇게 생각하매 그의 불 같던 사랑까지 엷어져가는 것 같았다. 아니 흔적도 없이 사라지고 만 것 같았다. 나는 감상적으로 허둥허둥하며,

"낸들 마누라를 고생시키고 싶어 시켰겠소! 비단옷도 해주고 싶고 좋은 양산도 사주고 싶어요! 그러길래 왼종일 쉬지 않고 공부를 아니 하우. 남 보기에는 편편히 노는 것 같아도 실상은 그렇지 안해! 본들 모른단 말이오."

나는 점점 강한 가면(假面)을 벗고 약한 진상(眞相)을 드러내며 이와 같은 가소로운 변명까지 하였다.

"왼 세상 사람이 다 나를 비소(誹笑)하고 모욕하여도 상관이 없지마는 마누라까지 나를 아니 믿어주면 어찌한단 말이오."

내 말에 스스로 자극이 되어 마침내,

"아아" 길이 탄식을 하고 그만 쓰러졌다. 이 순간에 고개를 숙이고 아마 하염없이 입술만 물어뜯고 있던 아내가 홀연,

"여보!"

울음소리를 떨면서 무너지는 듯이 내 얼굴에 쓰러진다.

"용서……!" 하고 북받쳐 나오는 울음에 말이 막히고 불덩이 같은 두 뺨이 내 얼굴을 누르며 흑흑 느끼어 운다. 그의 두 눈으로부터 샘 솟듯 하는 눈물이 제 뺨과 내 뺨 사이를 따뜻하게 젖어 퍼진다.

내 눈에서도 눈물이 흘러내린다. 뒤숭숭하던 생각이 다 이 뜨거운 눈물에 봄눈 슬듯 스러지고 말았다.

한참 있다가 우리는 눈물을 씻었다. 내 속이 얼만큼 시원한 듯하였다.

"용서하여주서요! 그렇게 생각하실 줄은 몰랐어요." 이런 말을 하는 아내는 눈물에 부어오른 눈꺼풀을 아픈 듯이 꿈적거린다.

"암만 구차하기로니 싫증이야 날까요! 나는 한번 먹은 마음이 있는데……."

가만가만히 변명을 하는 아내의 눈물 흔적이 어룽어룽한 얼굴을 물끄러미 바라보며 겨우 심신이 가뜬하였다.

3

어제 일로 심신이 피곤하였던지 그 이튿날 늦게야 잠을 깨니 간밤에 오던 비는 어느결에 그치었고 명랑한 햇발이 미닫이에 높았더라. 아내가 다시금 장문을 열고 잡힐 것을 찾을 즈음에 누가 중문을 열고 들어온다. 우리는 누군가 하고 귀를 기울일 적에 밖에서

"아씨!" 하는 소리가 들리었다.

아내는 급히 방문을 열고 나간다. 그는 처가에서 부리는 할멈이었다. 오늘이 장인 생신이라고 어서 오라는 말을 전한다.

"오늘이야! 참 옳지, 오늘이 이월 열엿샛날이지! 나는 깜빡 잊었어!"

"원 아씨는 딱도 하십니다. 어쩌면 아버님 생신을 잊으신단 말씀이오, 아무리 살림이 자미(滋味)가 나시더래도……."

시큰둥한 할멈은 선웃음을 쳐가며 이런 소리를 한다. 곤란한 살림에 골몰하느라고 자기 친부의 생신까지 잊었는가 하매 아내의 정지(情地)가 더욱 측은하였다.

아내는 할멈을 수작해 보내고 방으로 들어오며

"오늘이 본가 아버님 생신이래요. 어서 오라시는데……."

"어서 가구려……."

"당신도 가셔야지요. 우리 같이 가셔요." 아내는 하염없이 얼굴을 붉힌다.

나는 처가에 가기가 매우 싫었었다. 그러나 아니 가는 것도 내 도리가 아닐 듯하여 하는 수 없이 두루마기를 입었다.

아내는 머뭇머뭇하며 양미간을 보일 듯 말 듯 찡그리다가 곁눈으로 살짝 나를 엿보더니 돌아서서 급히 장문을 연다.

'흥, 입을 옷이 없어서 망상거리는구나.'

나도 슬쩍 돌아서며 생각하였다.

우리는 서로 등지고 섰건만 그래도 아내가 거의 다 빈 장 안을 들여다보며 입을 만한 옷이 없어 눈살을 찌푸린 양이 눈앞에 선연함을 어찌할 수가 없었다.

"자아, 가셔요."

무엇을 생각는지 모르게 정신을 잃고 섰다가 아내의 부르는 소리를 듣고 나는 기계적으로 고개를 돌리었다. 아내는 당목 옷을 갈아입고 내 마음을 알았던지 나를 위로하는 듯이 빙그레 웃는다. 나는 더욱 쓸쓸하였다.

우리 집은 천변 배다리 곁에 있고 처가는 안국동에 있어 그 거리가 꽤 멀었다. 나는 천천히 가느라고 가고 아내는 속히 오느라고 오건마는 그는 늘 뒤떨어졌었다. 내가 한참 가다가 뒤를 돌아보면 그는 늘 멀리 떨어져 나를 따라오려고 애를 쓰며 주춤주춤 걸어온다. 길가에 다니는 어느 여자를 보아도 거의 다 비단옷을 입고 고운 신을 신었는데 아내만 당목 옷을 허술하게 차리고 청목당혜로 타박타박 걸어오는 양이 나에게 얼마나 애연(哀然)한 생각을 일으켰는지!

한참 만에 나는 넓고 높은 처가 대문에 다다랐다. 내가 안으로 들어갈 적에 낯선 사람들이 나를 흘끔흘끔 본다. 그들의 눈에 '이 사람이 누구인가. 아마 이 집 하인인가 보다' 하는 경멸히 여기는 빛이 있는 것 같았다. 안 대청 가까이 들어오니 모두 내게 분분히 인사를 한다. 그 인사하는 소리가 내 귀에는 어째 비소하는 것 같기도 하고 모욕하는 것 같기도 하여 공연히 가슴이 두근거리고 얼굴이 후끈거리었다.

그중에 제일 내게 친숙하게 인사하는 사람이 있다. 그는 아내보다 삼 년 맏이인 처형이었다. 내가 어려서 장가를 들었으므로 그때 그는 나를 못 견디게 시달렸다. 그때는 그가 섭기도 하고 밉기도 하더니 지금 와서는 그때 그러한 것이 도리어 우리를 무관하고 정답게 만들었다. 그는 인천 사는데 자기 남편이 기미(期米)를 하여가지고 이번에 돈 십만 원이나 착실히 땄다 한다. 그는 자기의 잘사는 것을 자랑하고자 함인지 비단을 내리감고 치감고 얼굴에 부유한 태(態)가 질질 흐른다. 그러나 분으로 숨기려고 애쓴 보람도 없이 눈 위에 퍼렇게 멍든 것이 내 눈에 띄었다.

"왜 마누라는 어쩌고 혼자 오셔요!" 그는 웃으며 이런 말을 하다가 중문 편을 바라보더니

"그러면 그렇지! 동부인(同夫人) 아니하고 오실라구!"

혼자 주고받고 한다. 나도 이 말을 듣고 슬쩍 돌아다보니 아내가 벌써 중문 안에 들어섰더라. 그 수척한 얼굴이 더욱 수척해 보이며 눈물 괸 듯한 눈이 하염없이 웃는다. 나는 유심히 그와 아내를 번갈아 보았다. 처음 보는 사람은 분간을 못 하리만큼 그들의 얼굴은 혹사(酷似)하다. 그런데 얼굴빛은 어쩌면 저렇게 틀리는지? 하나는 이글이글 만발한 꽃 같고 하나는 시들시들 마른 낙엽 같다. 아내를 형이라 하고, 처형을 아우라 하였으면 아무라도 속을 것이다. 또 한 번 아내를 보며 말할 수 없는 쓸쓸한 생각이 다시금 가슴을 누른다. 딴 음식은 별로 먹지도 아니하고 못 먹는 술을 넉 잔이나 마시었다. 그래도 바늘방석에 앉은 것처럼 앉아 견딜 수가 없다. 집에 가려고 나는 몸을 일으켰다. 골치가 휭 하며 내가 선 방바닥이 마치 폭풍에 도도(滔滔)하는 파도같이 높았다 낮았다 어질어질해서 곧 쓰러질 것 같다. 이 거동을 보고 장모가 황망(惶忙)히 일어서며

"술이 저렇게 취해가지고 어데로 갈라구. 여기서 한잠 자고 가게."

나는 손을 내저으며

"안 돼요, 안 돼요. 집에 가겠어요."

취한 소리로 중얼거리었다.

"저를 어쩌나!" 장모는 걱정을 하시더니 "할멈! 어서 인력거 한 채 불러오게" 한다.

취중에도 인력거를 태우지 말고 그 인력거 삯을 나를 주었으면 책 한 권을 사보련만 하는 생각이 있었다. 인력거를 타고 얼마 아니 가서 그만 잠이 들고 말았다.

한참 자다가 잠을 깨어보니 방 안에 벌써 남폿불이 키었는데 아내는 어느 결에 왔는지 외로이 앉아 바느질을 하고 화로에서는 무엇이 끓는 소리가 보글보글 하였다. 아내가 나의 잠 깬 것을 보더니 급히 화로에 얹은 것을 만져보며

"인제 그만 일어나 진지를 잡수셔요" 하고 부리나케 일어나 구들목에 파묻어둔 밥그릇을 꺼내어 미리 차려둔 상에 얹어서 내 앞에 갖다 놓고 일변 화로를 당기어 더운 반찬을 집어 얹으며

"자아 어서 일어나셔요."

나는 마지못하여 하는 듯이 부스스 일어났다. 머리가 오히려 아프며 목이 몹시 말라서 국과 물을 연해 들이켰다.

"물만 잡수셔서 어째요. 진지를 좀 잡수셔야지."

아내는 이런 근심을 하며 밥상머리에 앉아서 고기도 뜯어주고 생선뼈도 추려주었다. 이것은 다 오늘 처가에서 가져온 것이다. 나는 맛나게 밥 한 그릇을 다 먹었다. 내 밥상이 나매 아내가 밥을 먹기 시작한다. 그러면 지금껏 내 잠 깨기를 기다리고 밥을 먹지 아니하였구나 하고 오늘 처가에서 본 일을 생각하였다. 어제 일이 있은 후로

우리 사이에 무슨 벽이 생긴 듯하던 것이 그 벽이 점점 엷어져가는 듯하며 가엾고 사랑스러운 생각이 일어났었다. 그래서 우리는 정답게 이런 이야기 저런 이야기를 하게 되었다. 우리의 이야기는 오늘 장인 생신 잔치로부터 처형 눈 위에 멍든 것에 옮겨갔다.

처형의 남편이 이번 그 돈을 딴 뒤로는 주야 요리점과 기생집에 돌아다니더니 일전에 어떤 기생을 얻어가지고 미쳐 날뛰며 집에만 들면 집안사람을 들볶고 걸핏하면 처형을 친다 한다. 이번에도 별로 대단치 않은 일에 처형에게 밥상을 냅다 갈겨 바로 눈 위에 그렇게 멍이 들었다 한다.

"그것 보아, 돈푼이나 있으면 다 그런 것이야."

"정말 그래요. 없으면 없는 대로 살아도 의좋게 지내는 것이 행복이야요."

아내는 충심(衷心)으로 공명(共鳴)해주었다. 이 말을 들으매 내 마음은 말할 수 없이 만족해지며 무슨 승리자나 된 듯이 득의양양하였다. 그리고 마음속으로

"옳다, 그렇다. 이렇게 지내는 것이 행복이다" 하였다.

4

이틀 뒤 해 어스름에 처형은 우리 집에 놀러 왔었다. 마침 내가 정신없이 무엇을 생각하고 있을 즈음에 쓸쓸하게 닫혀 있는 중문이 찌긋둥 하며 비단옷 소리가 사으락사으락 들리더니 아랫목은 내게 빼앗기고 윗목에 바느질을 하고 있던 아내가 문을 열고 나간다.

"아이고 형님 오셔요."

아내의 인사하는 소리가 들리더니 처형이 계집 하인에게 무엇을 들리고 들어온다. 나도 반갑게 인사를 하였다.

"그날 매우 욕을 보셨지요. 못 잡숫는 술을 무슨 짝에 그렇게 잡수셔요." 그는 이런 인사를 하다가 급작스럽게 계집 하인이 든 것을 빼앗더니 그 속에서 신문지로 싼 것을 끄집어내어 아내를 주며,

"내 신 사는데 네 신도 한 켤레 샀다. 그날 청목당혜를……."

말을 하려다가 나를 곁눈으로 흘끗 보고 그만 입을 닫친다.

"그것을 왜 또 사셨어요."

해쓱한 얼굴에 꽃물을 들이며 아내가 치사하는 것도 들은 체 만 체하고 처형은 또 이야기를 시작한다.

"올 적에 사랑양반을 졸라서 돈 백 원을 얻었겠지. 그래서 오늘 종로에 나와서 옷감도 바꾸고 신도 사고……."

그는 자랑과 기쁨의 빛이 얼굴에 퍼지며 싼 보를 끌러,

"이런 것이야!" 하고 우리 앞에 펼쳐놓는다.

자세히는 모르나 여하간 값 많은 품 좋은 비단일 듯하다. 문양 없는 것, 문양 있는 것, 회색 옥색 초록색 분홍색이 갖가지로 윤이 흐르며 색색이 빛이 나서 나는 한참 황홀하였다. 무슨 칭찬을 해야 되겠다 싶어서

"참 좋은 것인데요."

이런 말을 하다가 나는 또 쓸쓸한 생각이 일어난다. 저것을 보는 아내의 심중이 어떠할까? 하는 의문이 문득 일어남이라.

"모다 좋은 것만 골라 샀습니다그려."

아내는 인사를 차리느라고 이런 칭찬은 하나마 별로 부러워하는 기색이 없다.

나는 적이 의외의 감이 있었다.

처형은 자기 남편의 흉을 보기 시작하였다. 그 밉살스럽다는 둥 그 추근추근하다는 둥 말끝마다 자기 남편의 불미한 점을 들다가 문득 이야기를 끊고 일어선다.

"왜 벌써 가시려고 하셔요. 모처럼 오셨다가 반찬은 없어도 저녁이나 잡수셔요" 하고 아내가 만류를 하니

"아니 곧 가야지. 오늘 저녁 차로 떠날 것이니까 가서 짐을 매어야지. 아직 차 시간이 멀었어? 아니 그래도 정거장에 일찍이 나가야지 만일 기차를 놓치면 오죽 기다리실라구. 벌써 오늘 저녁 차로 간다고 편지까지 했는데……."

재삼 만류함도 돌아보지 아니하고 그는 홀홀히 나간다. 우리는 그를 보내고 방에 들어왔다. 나는 웃으며 아내에게,

"그까짓 것이 기다리는데 그다지 급급히 갈 것이 무엇이야."

아내는 하염없이 웃을 뿐이었다.

"그래도 옷감 바꿀 돈을 주었으니 기다리는 것이 애처롭기는 하겠지."

밉살스러우니 추근추근하니 하여도 물질의 만족만 얻으면 그것으로 위로하고 기뻐하는 그의 생활이 참 가련하다 하였다.

"참, 그런가 보아요."

아내도 웃으며 내 말을 받는다. 이때에 처형이 사준 신이 그의 눈에 띄었는지 (혹은 나를 꺼려 보고 싶은 것을 참았는지 모르나) 그것을 집

어 들고 조심조심 펴보려다가 말고 머뭇머뭇한다. 그 속에 그를 해케 할 무슨 위험품이나 든 것같이.

"어서 펴보구려."

아내가 하도 머뭇머뭇하기로 보다 못하여 내가 최촉(催促)을 하였다.

아내는 이 말을 듣더니 '작히 좋으랴' 하는 듯이 활발하게 싼 신문지를 헤친다.

"퍽 이쁜걸요." 그는 근일에 드문 기쁜 소리를 치며 방바닥 위에 사뿐 내려놓고 버선을 당기며 곱게 신어본다.

"어쩌면 이렇게 맞어요!"

연해연방 감탄사를 부르짖는 그의 얼굴에 흔연한 희색이 넘쳐흐른다.

"……."

묵묵히 아내의 기뻐하는 양을 보고 있는 나는 또다시 '여자란 할 수 없어!' 하는 생각이 들며 '조심하였을 따름이다!' 하매 밤빛 같은 검은 그림자가 가슴을 어둡게 하였다. 그러면 아까 처형의 옷감을 볼 적에도 물론 마음속으로는 부러워하였을 것이다. 다만 표면에 드러내지 않았을 따름이다. 겨우 '어서 펴보구려' 하는 한마디에 가슴에 숨겼던 생각을 속임 없이 나타내는구나 하였다.

내가 무엇을 생각하고 있는지 저는 모르고 새 신 신은 발을 조금 쳐들며

"신 모양이 어때요."

"매우 이뻐!"

겉으로는 좋은 듯이 대답을 하였으나 마음은 쓸쓸하였다. 내가 제게 신 한 켤레를 사주지 못하여 남에게 얻은 것으로 만족하고 기뻐하는도다—.

웬일인지 이번에는 그만 불쾌한 생각이 일어나지 아니하였다. 처형이 동서(同壻)를 밉다거니 무엇이니 하면서도 기차를 놓치면 남편이 기다릴까 염려하여 급히 가던 것이 생각난다. 그것을 미루어 아내의 심사도 알 수가 있다. 부득이한 경우라 하릴없이 정신적 행복에만 만족하려고 애를 쓰지마는 기실(其實) 부족한 것이다. 다만 참을 따름이다. 그것은 내가 생각해야 된다. 이런 생각을 하니 전날 아내에게 그런 말을 한 것이 후회가 난다.

'어느 때라도 제 은공을 갚아줄 날이 있겠지!'

나는 마음을 좀 너그럽게 먹고 이런 생각을 하며 아내를 보았다.

"나도 어서 출세를 하여 비단신 한 켤레쯤은 사주게 되었으면 좋으련만……."

아내가 이런 말을 듣기는 참 처음이다.

"네에?"

아내는 제 귀를 못 미더워하는 듯이 의아(疑訝)한 눈으로 나를 보더니 얼굴에 살짝 열기가 오르며

"얼마 안 되어 그렇게 될 것이야요!"라고 힘 있게 말하였다.

"정말 그럴 것 같소?" 나는 약간 흥분하여 반문하였다.

"그러문요, 그렇고말고요."

아직 아무도 인정해주지 않은 무명작가인 나를 다만 저 하나가 깊이깊이 인정해준다. 그러기에 그 강한 물질에 대한 본능적 요구

도 참아가며 오늘날까지 몹시 눈살을 찌푸리지 아니하고 나를 도와준 것이다.

'아아, 나에게 위안을 주고 원조를 주는 천사여!'

마음속으로 이렇게 부르짖으며 두 팔로 덥석 아내의 허리를 잡아 내 가슴에 바싹 안았다. 그다음 순간에는 뜨거운 두 입술이……. 그의 눈에도 나의 눈에도 그렁그렁한 눈물이 물 끓듯 넘쳐흐른다.

《개벽(開闢)》7 (1921. 1)

B 사감과 러브레터

현진건

C 여학교에서 교원 겸 기숙사 사감 노릇을 하는 B 여사라면 딱장 대요 독신주의자요 찰진 야소꾼으로 유명하다. 사십에 가까운 노처녀인 그는 주근깨투성이 얼굴이, 처녀다운 맛이란 약에 쓰려도 찾을 수 없을 뿐인가, 시들고 거칠고 마르고 누렇게 뜬 품이 곰팡 슬은 굴비를 생각나게 한다.

여러 겹 주름이 잡힌 훨렁 벗겨진 이마라든지, 숱이 적어서 법대로 쪽지거나 틀어 올리지를 못하고 엉성하게 그냥 빗겨 넘긴 머리 꼬리가 뒤통수에 염소 똥만 하게 붙은 것이라든지, 벌써 늙어가는 자취를 감출 길이 없었다. 뾰족한 입을 앙다물고 돋보기 너머로 쌀쌀한 눈이 노릴 때엔 기숙생들이 오싹하고 몸서리를 치리만큼 그는 엄격하고 매서웠다. 이 B 여사가 질겁을 하다시피 싫어하고 미워하는 것은 소위 '러브레터'였다. 여학교 기숙사라면 으레 그런 편지가 많이 오는 것이지만, 학교로도 유명하고 또 아름다운 여학생이 많은 탓인지 모르되 하루에도 몇 장씩 죽느니 사느니 하는 사랑 타령이 날아 들어왔었다. 기숙생에게 오는 사신(私信)을 일일이 검사하는 터이니까 그따위 편지도 물론 B 여사의 손에 떨어진다. 달짝지근한 사연을 보는 족족 그는 더할 수 없이 흥분되어서 얼굴이 붉으락푸르락, 편지 든 손이 발발 떨리도록 성을 낸다. 아무 까닭 없이 그런 편지를 받은 학생이야말로 큰 재변이었다. 하학하기가 무섭게 그 학생은 사감실로 불리어 간다. 분해서 못 견디겠다는 사람 모양으로 쌔근쌔근하며 방 안을 왔다 갔다 하던 그는, 들어오는 학생을 잡아먹을 듯이 노리면서 한 걸음 두 걸음 코가 맞닿을 만큼 바싹 다가들어서 딱 마주 선다. 웬 영문인지 알지 못하면서도 선생의 기색을 살피고 겁부터 집어먹은 학생은 한동안 어쩔 줄 모르다가 간신히 모기만 한 소리로,

"저를 부르셨어요?"

하고 묻는다.

"그래, 불렀다. 왜!"

팍 무는 듯이 한마디 하고 나서 매우 못마땅한 것처럼 교의(交椅)를 우당퉁탕 당겨서 철썩 주저앉았다가 학생이 그저 서 있는 걸 보면,

"장승이냐. 왜 앉지를 못해!"

하고 또 소리를 빽 지르는 법이었다.

스승과 제자는 조그마한 책상 하나를 사이에 두고 마주 앉는다. 앉은 뒤에도, '네 죄상을 네가 알지!' 하는 것처럼 아무 말 없이 눈살로 쏘기만 하다가 한참 만에야 그 편지를 끄집어내어 학생의 코앞

에 동댕이를 치며,

"이건 누구한테 오는 거냐?"

하고 문초를 시작한다.

앞장에 제 이름이 씌었는지라,

"저한테 온 것이야요."

하고 대답 않을 수 없다. 그러면 발신인이 누구인 것을 재차 묻는다.

그런 편지의 항용(恒用)으로 발신인의 성명이 똑똑치 않기 때문에 주저주저하다가 자세히 알 수 없다고 내대일 양이면,

"너한테 오는 것을 네가 모른단 말이냐?"

고 불호령을 내린 뒤에 또 사연을 읽어보라 하여 무심한 학생이 나직나직하나마 꿀 같은 구절을 입술에 올리면, B 여사의 역정은 더욱 심해져서 어느 놈의 소위인 것을 기어이 알려 한다. 기실 보도 듣도 못 한 남성의 한 노릇이요, 자기에게는 아무 죄도 없는 것을 변명 변명하여도 곧이 듣지를 않는다. 바른 대로 아뢰어야 망정이지 그렇지 않으면 퇴학을 시킨다는 둥, 제 이름도 모르는 여자에게 편지할 리가 만무하다는 둥, 필연 행실이 부정한 일이 있었으리라는 둥, 하다못해 어디서 한번 만나기라도 하였을 테니 어찌해서 남자와 접촉을 하게 되었느냐는 둥……. 자칫 잘못하여 학교에서 주최한 음악회나 바자에서 혹 보았는지 모른다고 졸리다 못해 주워댈 것 같으면 사내의 보는 눈이 어떻더냐, 표정이 어떻더냐, 무슨 말을 건네더냐 미주알고주알 캐고 파며 어르고 볶아서 넉넉히 십년감수는 시킨다.

두 시간이 넘도록 문초를 한 끝에는 사내란 믿지 못할 것, 우리 여성을 잡아먹으려는 마귀인 것, 연애가 자유이니 신성이니 하는 것도 모두 악마가 지어낸 소리인 것을 입에 침이 없이 열에 떠서 한참 설법을 하다가 닦지도 않은 방바닥(침대를 쓰기 때문에 방이라 해도 마룻바닥이다)에 그대로 무릎을 꿇고 기도를 올린다. 눈에 눈물까지 글썽거리면서 말끝마다 하느님 아버지를 찾아서 악마의 유혹에 떨어지려는 어린양을 구해달라고 뒤삶고 곱삶는 법이었다.

그리고 둘째로 그가 싫어하는 것은 기숙생을 남자가 면회하러 오는 일이었다. 무슨 핑계를 하든지 기어이 못 보게 하고 만다. 친부모, 친동기 간이라도 규칙이 어떠니 상학 중이니 무슨 핑계를 하든지 따돌려 보내기가 일쑤다.

이로 말미암아 학생이 동맹 휴학을 하였고 교장의 설유까지 들었건만 그래도 그 버릇은 고치려 들지 않았다.

이 B 사감이 감독하는 그 기숙사에 금년 가을 들어서 괴상한 일이 생겼다. 아니, 괴상한 일이 '생겼다'느니보다 '발각되었다'는 것이 마땅할는지 모르리라. 왜 그런고 하면 그 괴상한 일이 언제 시작된 것은 귀신밖에 모르니까.

그것은 다른 일이 아니라 밤이 깊어서 새로 한 점이 되고 두 점이 되어 모든 기숙생들이 달고 곤한 잠에 떨어졌을 제 난데없는 깔깔대는 웃음과 속살속살 하는 말낱이 새어 흐르는 일이었다. 하룻밤이 아니고 이틀 밤이 아닌 다음에야 그런 소리가 잠귀 밝은 기숙생의 귀에 들리기도 하였지만 자던 잠결이라 뒷동산에 구르는 마른 잎의 노래로나, 달빛에 날개를 번뜩이며 울고 가는 기러기의 소리로나 흘려 들었다. 그렇지 않으면 도깨비의 장난이나 아닌가 하여 무시무시한 증이 들어서 동무를 깨웠다가 좀처럼 동무는 깨지 않고 제 생각이 너무도 어림없고 어이없음을 깨달으면, 밤소리 멀리 들린다고 학교 이웃집에서 이야기를 하거나 또는 딴 방에 자는 제 동무들의 잠꼬대로만 여겨서 스스로 안심하고 그대로 자버리기도 하였다.

그러나 이 수수께끼가 풀릴 때는 왔다. 어째 공교롭게 한 방에 자던 학생 셋이 한꺼번에 잠을 깨었다. 첫째 처녀가 소변을 보러 일어났다가 그 소리를 듣고 둘째 처녀와 셋째 처녀를 깨우고 만 것이다.

"저 소리를 들어보아요. 아닌 밤중에 저게 무슨 소리야."

하고 첫째 처녀는 호동그래진 눈에 무서워하는 빛을 띤다.

"어젯밤에 나도 저 소리에 놀랐었어. 도깨비가 났단 말인가?"

하고 둘째 처녀도 잠 오는 눈을 비비며 수상해한다. 그중에 제일 나이 많을 뿐더러(많았자 열여덟밖에 아니 되지만) 장난 잘 치고 짓궂은 짓 잘하기로 유명한 셋째 처녀는 동무 말을 못 믿겠다는 듯이 이윽고 귀를 기울이다가,

"딴은 수상한걸. 나도 언젠가 한 번 들어본 법도 하구먼, 무얼 잠 아니 오는 애들이 이야기를 하는 게지."

이때에 그 괴상한 소리는 땍때굴 웃었다. 세 처녀는 으쓱 하며 귀를 소스라쳤다. 적적한 밤 가운데 다른 파동 없는 공기는 그 수상한 말마디를 곁에서나 나는 듯이 또렷또렷이 전해주었다.

"오! 태훈 씨! 그러면 작히 좋을까요."

간드러진 여자의 목소리다.

"경숙 씨가 좋으시다면 내야 얼마나 기쁘겠습니까? 아아, 오직 경숙 씨에게 바친 나의 타는 듯한 가슴을 인제야 아셨습니까?"

정열에 뜨인 사내의 목청이 분명하다.

한동안 침묵…….

"인제 고만 놓아요. 키스가 너무 길지 않아요? 행여 남이 보면 어떡해요?"

아양떠는 여자 말씨,

"길수록 더욱 좋지 않아요? 나는 내 목숨이 끊어질 때까지 키스를 하여도 길다고는 못 하겠습니다. 그래도 짧은 것을 한하겠습니다."

사내의 피를 뿜는 듯한 이 말끝은 계집의 자지러진 웃음으로 묻혀버렸다.

그것은 묻지 않아도 사랑에 겨운 남녀의 허물어진 수작이다. 감금이 지독한 이 기숙사에 이런 일이 생길 줄이야! 세 처녀는 얼굴을 마주 보았다. 그들의 얼굴은 놀랍고 무서운 빛이 없지 않았으되 점점 호기심에 번쩍이기 시작하였다. 그들의 머릿속에는 한결같이 로맨틱한 생각이 떠올랐다. 이 안에 있는 여자 애인을 보려고 학교 근처를 뒤돌고 곰돌던 사내 애인이, 타는 듯한 가슴을 걷잡다 못 하여 밤이 이슥하기를 기다려 담을 뛰어넘었는지 모르리라. 모든 불이 다 꺼지고 오직 밝은 달빛이 은가루처럼 서린 창문이 소리 없이 열리며 여자 애인이 흰 수건을 흔들어 사내 애인을 부른지도 모르리라. 활동사진에 보는 것처럼 기나긴 피륙을 내리어서 하나는 위에서 당기고 하나는 밑에 매달려 디룽디룽하면서 올라가는 정경이 있었는지 모르리라. 그래서 두 애인은 만나가지고 저와 같이 사랑의 속살거림에 잦아졌는지 모르리라…….

꿈결 같은 감정이 안개 모양으로 흐릿하게 무지개 모양으로 부시게 세 처녀의 몸과 마음을 휩싸돌았다. 그들의 뺨은 후끈후끈 달았다.

괴상한 소리는 또 일어났다.

"난 싫어요. 난 싫어요. 당신 같은 사내는 난 싫어요."

이번에는 매몰스럽게 내어대는 모양.

"나의 천사, 나의 하늘, 나의 여왕, 나의 목숨, 나의 사랑, 나를 살려주어요. 나를 구해주어요."

사내의 애를 졸이는 간청…….

"우리 구경 가볼까?"

짓궂은 셋째 처녀는 몸을 일으키며 이런 제의를 하였다. 다른 처녀들도 그 말에 찬성한다는 듯이 따라 일어섰으되 의아와 공구와 호기심이 뒤섞인 얼굴을 서로 교환하면서 얼마쯤 망설이다가 마침내 가만히 문을 열고 나왔다. 쌀벌레 같은 그들의 발가락은 가장 조심성 많게 소리나는 곳을 향해서 곰실곰실 기어간다. 컴컴한 복도에 자다가 일어난 세 처녀의 흰 모양은 그림자처럼 소리 없이 움직였다.

소리나는 방은 어렵지 않게 찾을 수 있었다. 찾고는 나무로 깎아 세운 듯이 주춤 걸음을 멈출 만큼 그들은 놀랐다. 그런 소리의 출처야말로 자기네 방에서 몇 걸음 안 되는 사감실일 줄이야! 그렇듯이 사내라면 못 먹어 하고 침이라도 뱉을 듯하던 B 여사의 방일 줄이야!

그 방에선 여전히 사내의 비대발괄하는 푸념이 되풀이되고 있다…….

"나의 천사, 나의 하늘, 나의 여왕, 나의 목숨, 나의 사랑, 나의 애를 말려 죽이실 테요. 나의 가슴을 뜯어 죽이실 테요. 내 생명을 맡으신 당신의 입술로……."

셋째 처녀는 대담스럽게 그 방문을 빠끔히 열었다. 그 틈으로 여섯 눈이 방 안을 향해 쏘았다. 이 어쩐 기괴한 광경이냐! 전등불은 아직 끄지 않았는데 침대 위에는 기숙생에게 온 소위 '러브레터'의 봉투가 너저분하게 흩어졌고, 그 알맹이도 여기저기 두서없이 펼쳐진 가운데 B 여사 혼자— 아무도 없이 제 혼자 일어나 앉았다. 누구를 끌어당길 듯이 두 팔을 벌리고 안경 벗은 근시안으로 잔뜩 한곳을 노리며 그 굴비쪽 같은 얼굴에 말할 수 없이 애원하는 표정을 짓고는 키스를 기다리는 것같이 입을 쫑긋이 내어민 채 사내의 목청을 내어가면서 아까 말을 중얼거린다. 그러다가 그 넋두리가 끝날 겨를도 없이 급작스레 앵돌아서는 시늉을 내며 누구를 뿌리치는 듯이 연해 손짓을 하면서 이번에는 톡톡 쏘는 계집의 음성을 지어,

"난 싫어요. 난 싫어요. 당신 같은 사내는 난 싫어요."

하다가 제물에 자지러지게 웃는다. 그러더니 문득 편지 한 장(물론 기숙생들에게 온 '러브레터'의 하나)을 집어들어 얼굴에 문지르며,

"정 말씀이야요? 나를 그렇게 사랑하셔요? 당신의 목숨같이 나를 사랑하셔요? 나를, 이 나를."

하고 몸을 추스르는데 그 음성은 분명히 울음의 가락을 띠었다.

"에그머니, 저게 웬일이야!"

첫째 처녀가 소곤거렸다.

"아마 미쳤나 보아. 밤중에 혼자 일어나서 왜 저러고 있을구."

둘째 처녀가 맞방망이를 친다.

"에그 불쌍해!"

하고 셋째 처녀는 손으로 괸 때 모르는 눈물을 씻었다…….

《조선문단》5 (1925. 2)

물레방아

나도향

나도향 1902~1926
호는 도향·소정지옹(笑亭之翁)·은하(隱荷), 필명은 빈(彬), 본명은 경손(慶孫). 서울 출생. 배재고등보통학교 졸업.《백조》동인으로 활동. 주요 작품으로 〈행랑자식〉〈자기를 찾기 전〉〈벙어리 삼룡이〉〈물레방아〉〈뽕〉〈지형근〉 등이 있다.

1

 덜컹덜컹 홈통에 들었다가 다시 쏟아져 흐르는 물이 육중한 물레방아를 번쩍 쳐들었다가 쿵 하고 확 속으로 내던질 제, 머슴들의 콧소리는 허연 겻가루가 케케 앉은 방앗간 속에서 청승스러웁게 들려 나온다.

 쏼쏼쏼 구슬이 되었다가 은가루가 되고 대줄기같이 뻗치었다가 다시 쾅쾅 쏟아져 청룡이 되고 백룡이 되어 용솟음쳐 흐르는 물이 저쪽 산모퉁이를 십 리나 두고 돌고 다시 이쪽 들 복판을 오 리쯤 꿰뚫은 뒤에, 이방원(李芳源)이가 사는 동리 앞 기슭을 스쳐 지나가는데 그 위에 물레방아 하나가 놓여 있다.

 물레방아에서 들여다보면 동북간으로 큼직한 마을이 있으니, 이 마을에 가장 부자요 가장 세력이 있는 사람으로 이름을 신치규(申

治圭)라고 부른다. 이방원이라는 사람은 그 집의 막실(幕室)살이를 하여가며 그의 땅을 경작하여 자기 아내와 두 사람이 그날그날을 지내간다.

어떠한 가을밤, 유난히 밝은 달이 고요한 이 촌을 한적하게 비출 때, 그 물레방앗간 옆에 어떤 여자 하나와 어떤 남자 하나가 서서 이야기를 하는 소리가 들리었다.

그 여자는 방원의 아내로 지금 나이가 스물두 살, 한창 정열에 타는 가슴으로 가장 행복스러울 나이의 젊은 여자요, 그 남자는 오십이 반이 넘어 인생으로서 살아올 길을 다 살고서 거의거의 쇠멸의 구렁텅이를 향하여 가는 늙은이이다.

그의 말소리는 마치 그 여자를 달래는 것같이,

"얘, 내 말이 조곰도 그를 것이 없지? 쳣네 할멈에게도 자세한 말을 들었을 터이지만은, 너 생각해보아라. 네가 허락만 하면 무엇이든지 네가 허고 싶다는 것은 내가 전부 해줄 터이란 말야. 그까짓 방원이 녀석하고 네가 몇백 년 살아야 언제든지 막실 구석을 면치 못할 터이니. 허허, 사람이란 젊어서 호강해보지 못하면 평생 호강 한 번 하야보지 못하고 죽을 것이 아니냐. 내가 말하는 것이 조곰도 잘못하는 것이 없느니라! 대강 너의 말을 쳣네 할멈에게 듣기는 들었으나 그래도 너에게 한 번 바로 대고 듣는 것만 못 해서 이리로 만나자고 한 것이다. 너의 마음은 어떠냐? 어듸, 허허, 내 앞이라고 조곰도 어떻게 알지 말고 이야기해봐, 응?"

이 늙은이는 두말할 것 없이 신치규다. 그는 탐욕스러운 눈으로 방원의 계집을 들여다보며 한 손으로 등을 뚜드린다.

새침한 얼굴이 파르족족하고 기다란 눈썹과 검푸른 두 눈 가장 자리에 이쁜 입, 뾰로통한 뺨이며 콧날이 오똑한 데다가 후리후리한 키에 떡벌어진 엉덩이가 아무리 보더라도 무서웁게 이지적(理智的)인 동시에 또는 창부형(娼婦型)으로 생긴 여자이다.

계집은 아무 말이 없이 서서 짐짓 부끄러운 태를 지으며 미혹적인 웃음을 생긋 웃고는 고개를 돌렸다. 그 웃음이 얼마나 짐승 같은 신치규의 만족을 사게 되었으며, 또는 마음을 충동시켰는지 희끗희끗한 수염이 거의 계집의 뺨에 닿도록 더 가까이 와서,

"응? 왜 대답이 없니? 부끄러워서 그러니? 그렇게 부끄러워할 일은 아닌데."

하고 계집의 손을 잡으며,

"손도 이렇게 이쁜 줄은 여태까지 몰랐구나. 참 분결 같다. 이렇게 얌전히 생긴 애가 방원 같은 천한 놈의 계집이 되어 일평생을 그대로 썩는다는 것은 너무 가엾고 아깝지 않으냐? 얘."

계집은 몸을 돌리려고 하지도 않고 영감이 하는 대로 내버려두며 눈으로 땅만 내려다보고 섰다가 가까스로 입을 떼는 듯하더니,

"제 말야 모두 첫네 할멈이 여쭈었지요. 저에게는 너무 분수에 과한 말씀이니까요."

"온, 천만에 소리를 다 하는구나. 그게 무슨 소리냐? 너도 아다시피 내가 너를 장난삼아 그러는 것도 아니겠고, 후사(後嗣)가 없어 그러는 것이니까 네가 내 아들이나 하나 낳아주렴. 그러면 내 것이 모다 네 것이 되지 않겠느? 자아, 그러지 말고 오늘 허락을 하렴. 그러면 내일이라도 방원이란 놈을 내쫓고 너를 불러들일 터이니."

"어떻게 내쫓을 수가 있에요?"

"허어, 그것이 그리 어려울 것이 무엇 있니. 내가 나가라는데 제가 나가지 않고 배길 줄 아늬!"

"그렇지만 너무 과하지 않을까요?"

"무엇? 저런 생각을 하니까 네가 이 모양으로 여태까지 있었지. 어떻단 말이냐? 그런 것은 조곰도 염려하지 말구, 자! 또 네 서방에게 들킬라, 어서 들어가자."

"먼저 들어가세요."

"왜?"

"남이 보면 수상히 알게요."

"무얼, 나하고 가는데 수상히 알 게 무어야……. 어서 가자."

계집은 천천히 두어 걸음 따라가다가,

"영감!"

하고 머츰하고 서 있다.

"왜 그러니?"

계집은 다시 말이 없이 서 있다가,

"아니에요."

하고,

"먼저 들어가세요."

하며 돌아선다. 영감이 간이 달아서 계집의 손을 잡으며,

"가자, 집으로 들어가자."

그의 가슴은 두근거리는지 숨소리가 잦아진다. 계집은 손을 빼려 하며,

"점잖으신 어른이 이게 무슨 짓이세요."

하면서도 그의 몸짓에는 모든 것을 허락한다는 뜻이 보였다. 영감은 계집의 몸을 끌어안더니 방앗간 뒤로 돌아 들어섰다. 계집은 영감 가슴에 안기어서 정욕이 가득한 눈으로 그를 보면서,

"영감."

말 한마디 하고 침 한 번 삼키었다.

"영감이 거짓말은 안 하시지요?"

"아니."

그의 말은 떨리었다. 계집은 영감의 팔을 한 손으로 잡고 또 한 손으로는 방앗간 속을 가리켰다.

"저리로 들어가세요."

영감과 계집은 방앗간에서 이삼십 분 후에 다시 나왔다.

2

사흘이 지난 뒤에 신치규는 방원이를 자기 집 사랑 마당 앞으로 불렀다.

"얘."

방원은 상전이라 고개를 숙이고,

"네."

공손하게 대답을 하였다.

"네가 그간 내 집에서 정성스러웁게 일을 한 것은 고마운 일이지마는……."

점잔과 주짜를 빼면서 신치규는 말을 꺼내었다. 방원의 가슴은 이 '마는'이라는 말 뒤에 이어질 말을 미리 깨달은 듯이 전신의 피가 가슴으로 모여드는 듯하더니 다시 터럭이라는 터럭은 전부 거꾸로 일어서는 듯하였다.

"오늘부터는 우리 집에 사정이 있어 그러니 내 집에 있지 말고 다른 곳에 좋은 곳을 찾아가 보아라."

아무 조건도 없다. 또는 이곳에서도 할 말이 없다. 죽으라고 하면 죽는 시늉이라도 해야 하는 것이다. 주인은 돈 가지고 사람을 사고 팔 수도 있는 것이다.

방원은 가슴이 답답하였다. 자기 혼잣몸 같으면 어디 가서 어떻게 빌어먹더라도 살 수가 있지마는 사랑하는 아내를 구해갈 길이 망연하다. 그는 고개를 굽히고 허리를 굽히고 나중에는 마음을 굽히어 사정도 하여보고 애걸도 하여보았다. 그러나 그것은 헛된 일이다. 주인의 마음은 쇠나 돌보다도 더 굳었다.

그는 하는 수 없이 자기 아내에게 그 이야기를 하였다. 그리고 아내더러 안주인 마님께 사정을 좀 하여 얼마간이라도 더 있게 하여달라고 하여보라 하였다. 그러나 아내는 방원의 말을 들을 리가 없었다. 도리어,

"그러면 어떻게 한단 말이오. 이제부터는 나를 어떻게 먹여 살릴 터이오?"

"너는 그렇게도 먹고살 수 없을까 봐 겁이 나니?"

"겁이 나지 않고. 생각을 해보구려, 인제는 꼼짝할 수 없이 죽지 않았소?"

"죽어?"

"그럼 임자가 나를 데리고 이곳까지 올 때에 무엇이라고 하였소. 어떻게 해서든지 너 하나야 먹여 살리지 못하겠느냐고 하였지요?"

"그래."

"그래, 얼마나 나를 잘 먹여 살리고 나를 호강시켰소? 여태까지 이태나 되도록 끌구 돌아다닌다는 것이 남의 집 행랑이었지요?"

"얘, 그것을 네가 모르고 하는 말이냐? 내가 허랴고 하지 않아서 그렇게 된 것이냐? 차차 살아가는 동안에 무슨 일이든지 생기겠지. 설마 요대로 늙어 죽기야 하겠니?"

"듣기 싫소! 뿔 떨어지면 구워 먹지 어느 천년에."

방원이는 가뜩이나 내어쫓기고 화가 나는데 계집까지 그리하니까 속에서 열화가 치밀어 올라왔다.

"이 육시를 하고도 남을 년! 왜 남의 마음을 글컹거리니."

"왜 사람에게 욕을 해."

"이년아, 욕 좀 하면 어떠냐?"

"왜 욕을 해!"

계집이 얼굴이 노래지며 대든다.

"이년이 발악인가?"

"누가 발악야. 계집년 하나 건사 못 하는 위인이 계집보고 욕만 하고, 한 게 무엇야? 그래, 은가락지 은비녀나 한 벌 사주어보았어? 내가 임자 하자고 하는 대로 하지 않은 것은 없지!"

"이년아, 은가락지 은비녀가 그렇게 갖고 싶으냐? 이 더러운 년아."

"무엇이 더러워? 너는 얼마나 정한 놈이냐!"

계집의 입속에서는 '놈' 소리가 나오기 시작한다.

"이년 보게! 누구더러 놈이래."

하고 손길이 계집의 낭자를 휘어잡더니 그대로 집어 들고 두어 번 주먹으로 등줄기를 우리었다.

"이 주릿대를 안길 년!"

발길이 엉덩이를 두어 번 지르니까 계집은 그대로 거꾸러졌다가 다시 일어났다. 풀어 헤뜨린 머리가 치렁치렁 끌리고 씰룩한 눈에는 독기가 섞이었다.

"왜 사람을 치니? 이놈! 죽여라 죽여, 어듸 죽여보아라, 이놈 나 죽고 너 죽자!"

하고 달려드는 계집을 후려쳐서 거꾸러뜨리고서,

"이년이 죽으랴고 기를 쓰나!"

방원이가 계집을 치는 것은 그것이 주먹을 가지고 하는 일종의 농담이다. 그는 주먹이나 발길이 계집의 몸에 닿을 때 거기에 얻어맞은 계집의 살이 아픈 것보다 더 찌르르하게 가슴 복판을 찌르는 아픔을 방원은 깨닫는 것이다. 홧김에 계집을 치는 것이 실상은 자기의 마음을 자기의 이빨로 물어뜯는 것이나 다름이 없는 것이다. 때리는 그에게는 몹시 애처로움이 있고 불쌍함이 있는 것이다. 그러나 자기의 화풀이를 받아주는 사람은 아직까지도 계집밖에는 없었다. 제일 만만하다는 것보다도 가장 마음 놓고 화풀이할 수 있음이다. 싸움한 뒤 하루가 못 되어 두 사람이 베개를 나란히 하고 서로 꼭 끼고 잘 때에는 그렇게 고마웁고 그렇게 감격이 일어나는 위안이 또다시 없음이다. 계집을 치고 화풀이를 하고 난 뒤에 다시 가슴을 에는 듯한 후회와 더 뜨거운 포옹으로 위로를 받을 그때에는 두 사람 아니라 방원에게는 그만큼 힘 있고 뜨거운 믿음이 또다시 없는 까닭이다.

계집은 일부러 소리를 높여서 꺼이꺼이 운다. 온 마을 사람이 거의 귀를 기울였으나,

"응, 또 사랑 싸움을 하는군!"

하고 도리어 그 싸움을 부러워하였다. 옆의 집 젊은 것이 와서 싱글싱글 웃으면서 들여다보며,

"인제 고만두라구."

하며 말리는 시늉을 한다. 동리 아이들만 마당 앞에 죽 늘어서서 눈들이 뚱그래서 구경들을 한다.

3

그날 저녁에 방원은 술이 얼근하여 돌아왔다. 아까 계집을 차던 마음은 어느덧 풀어지고 술로 흥분된 마음에 그는 계집의 품이 몹시 그리워져서 자기 아내에게 사과를 할 마음까지 생기었다. 본시 사람이 좋고 마음이 약하고 다정한 그는 무식하게 자라난 까닭에 무지한 짓을 하기는 하나, 그것은 결코 그의 성격을 말하는 무지함이 아니다.

그는 비척거리면서 집으로 향하는 길에 거슴츠레하게 풀린 눈을 스르르 내려 감고 혼잣소리로,

"빌어먹을 놈! 나가라면 나가지 무서운가? 제 집 아니면 살 곳이

없는 줄 아는 게로군! 흥, 되지 않게 다 무엇이냐? 돈만 있으면 제일이냐? 이놈, 네가 그러다가는 이 주먹 맛을 언제든지 볼라. 그대로 곱게 뒈질 줄 아니?"

하고 개천 하나를 건너뛴 후에,

"돈! 돈이 무엇이냐?"

한참 생각하다가.

"에후."

한숨을 쉬고 나서,

"돈이 사람 죽이는구나! 돈! 돈! 흥, 사람 나고 돈 났지 돈 나고 사람 났니?"

또 징검다리를 비척비척 하고 건넌 뒤에,

"고 배라먹을 년이 왜 고렇게 포달을 부려서 장부의 마음을 긁어 놓아!"

그의 목소리에는 말할 수 없이 다정한 맛이 있었다. 그는 자기 계집을 생각하면 모든 불평이 스러지는 듯이 숙였던 고개를 쳐들어 하늘을 보면서,

"허어, 저도 고생은 고생이지."

하고 다시 고개를 숙인 후,

"내가 너무해, 너무 그럴 게 아닌데."

그는 자기 집에 와서 문고리를 붙잡고 잡아 흔들면서,

"애! 자니! 자!"

그러나 대답이 없고 캄캄하다.

"이년이 어듸를 갔어!"

그는 문짝을 깨어져라 하고 닫은 후에 다시 길거리로 나와 그 옆 집으로 가서,

"여보 아즈머니! 우리 집 색시 어듸 갔는지 보았소?"

밥들을 먹던 옆의 집 내외는,

"어듸서 또 취했소그려! 애 어머니가 아까 머리 단장을 하더니 저 방아께로 갑디다."

"방아께로?"

"네."

"빌어먹을 년! 방아께로는 무얼 먹으러 갔누!"

다시 혼자 방아를 향하여 가면서 혼자 중얼거린다.

그는 방앗간을 막 뒤로 돌아서자 신치규와 자기 아내가 방앗간에서 나오는 것을 보았다.

"아!"

그는 너무 뜻밖의 일이므로 아무 말도 하지 못하고 그대로 한참이나 멀거니 서서 바라보기만 하였다.

그의 눈에서는 쌍심지가 거꾸로 섰다. 열이 올라와서 마치 주홍을 칠한 듯이 그의 눈은 붉어지고 번개 같은 광채가 번득거리었다.

그는 한참이나 사지를 떨었다. 두 이가 서로 맞춰서 달그락달그락하여졌다. 그의 주먹은 부서질 것같이 단단히 쥐어졌었다.

계집과 신치규는 방원이 와 선 것을 보고서 처음에는 조금 간담이 서늘하여졌으나 다시 태연하게 내려앉았다. 일이 이렇게 되었으매 할 대로 하라는 뜻이다.

방원은 달려들어서 계집의 팔목을 잡았다. 그리고 이를 악물고

부르르 떨었다.

"나는 네가 이럴 줄은 몰랐다."

계집은,

"무얼 이럴 줄을 몰라?"

하며 파란 눈을 흘겨보더니,

"나중에는 별꼴을 다 보겠네. 으레 그럴 줄을 인제 알았나? 뇨요! 왜 남의 팔을 잡고 요 모양야. 오늘부터는 나를 당신이 그리 함부로 하지를 못해요! 더러운 녀석 같으니! 계집이 싫다고 그러면 국으로 물러갈 일이지, 이게 무슨 사내답지 못한 일야! 뇨요!"

팔을 뿌리쳤으나 분노가 전신에 가득 찬 그는 그렇게 쉽게 손을 놓지 않았다.

"얘? 네가 이것이 정말이냐?"

"정말이 아니구 비싼 밥 먹고 거짓말할까?"

"네가 참으로 환장을 하구나?"

"아니, 누구더러 환장을 했대? 온 긔가 막혀 죽겠지! 뇨요! 뇨! 왜 추군추군하게 이 모양야? 뇨."

하고서 힘껏 뿌리치는 바람에 계집의 손이 쑥 빠지었다. 계집은 손목을 주무르면서 암상맞게 돌아섰다.

이제까지 이 꼴을 멀찍이 서서 보고 있던 신치규는 두어 발자국 나서더니 기침 한 번을 서투르게 하고서,

"얘! 네가 술이 취하였으면 일찍 들어가 자든지 할 것이지 웬 짓이냐? 네 눈깔에는 아모것도 보이는 것이 없단 말이냐? 너희 연놈이 싸우는 것은 너희 연놈이 어데든지 가서 할 일이지 여긔 누가 있

는지 없는지 눈깔에 보이는 것이 없어?"

짐짓 소리를 높여 호령을 하였다.

"엣, 괘씸한 놈!"

눈깔을 부라리었다. 방원은 한참이나 쳐다보고서 말이 없었다. 생각대로 하면 한주먹에 때려눕힐 것이지마는 그래도 그의 머릿속에는 아까까지의 상전이라는 관념이 남아 있었다. 번갯불같이 그 관념이 그의 입과 팔을 얽어놓았다. 어려서부터 오늘날까지 남을 섬겨보기만 한 그의 마음은 상전이라면 모두 두려워하는 성질이 깊이깊이 뿌리를 박아놓았다. 그러나 오늘부터는 신치규가 자기의 상전도 아니요, 자기가 신치규의 종도 아니다. 다만 똑같은 사람으로 서로 마주 섰을 뿐이다. 아니라, 지금부터는 신치규는 방원의 원수였다. 그의 간을 씹어먹어도 오히려 나머지 한이 있는 원수다.

신치규는 똑바로 쳐다보는 방원을 마주 쳐다보며,

"똑바루 보면 어쩔 터이냐? 온, 세상이 망하랴니까 별 해괴한 일이 다 많거든. 어째 이놈아?"

"이놈아?"

방원은 한 걸음 들어섰다. 나무같이 힘센 다리가 성큼 하고 나설 때 신치규는 머리끝이 으쓱하였다. 쇠몽둥이 같은 두 주먹이 쑥 앞으로 닥칠 때 그의 가슴은 덜컥 내려앉았다.

"네 입에서 이놈아라는 소리가 나오니? 이 사지를 찢어발겨도 오히려 시원치 못할 놈아! 네가 내 계집을 빼앗으랴고 오늘 날더러 나가라고 그랬지?"

"어허, 이거. 그놈이 눈깔이 삐었군. 얘, 나는 먼저 들어가겠다. 너는 네 서방허구 나중 들어오너라!"

신치규는 형세가 위험하니까 슬금슬금 꽁무니를 빼려고 돌아서서 들어가려 하니까, 방원은 돌아서는 신치규의 멱살을 잔뜩 쥐어 한 팔로 바짝 치켜 들고,

"이놈 어듸를 가? 네가 여태까지 맛을 몰랐구나?"

하며 한 번 집어쳐 땅바닥에다가 태질을 한 뒤에 그대로 타고 앉아서 목줄띠를 누르니까, 마치 뱀이 개구리 잡아먹을 적 모양으로 깩깩 소리가 나며 말 한마디도 하지 못한다.

"이놈, 너 죽고 나 죽으면 고만 아니냐?"

하고 방원은 주먹으로 사정없이 닥치는 대로 들이댄다. 나중에는 주먹이 부족하여 옆에 있는 모루돌멩이를 집어서 죽어라 하고 내리친다. 그의 팔, 그의 온몸에는 끓어오르는 분노가 극도에 달하자 사람의 가슴속에 본능적으로 숨어 있는 잔인성이 조금도 남지 않고 그대로 나타났다. 그의 눈은 마치 펄떡펄떡 뛰는 미끼를 가로채고 앉은 승냥이나 이리와 같이 뜨거운 피를 보고야 만족하다는 듯이 무서웁게 번쩍거리었다. 그에게는 초자연의 무서운 힘이 그의 팔과 다리에 올라왔다.

이 꼴을 보는 계집은 무서웠다. 끔찍끔찍한 일이 목전에 생길 것이다. 그의 맥이 풀린 다리는 마음대로 놓여지지 않았다.

"아! 사람 살류! 사람 살류!"

적적한 밤중에 쓸쓸한 마을에는 처참한 여자 목소리가 으스스하게 울리었다. 이 소리를 들은 방원은 더욱 힘을 주어서 눈을 딱 감고 죽어라 내리 짓찧었다. 뼈가 돌에 맞는 소리가 살이 으끄러지는 소

리와 함께 퍽퍽 하였다. 피 묻은 돌이 여기저기 흩어지고 갈가리 찢긴 옷에는 살점이 묻었다.

동리편 쪽에서 수군수군하더니 구둣소리가 나며 칼소리가 덜거덕거리었다. 방원의 머리에는 번갯불같이 무엇이 보이었다. 그는 손에 주먹을 쥐인 채 잠깐 정신을 차려 그쪽으로 귀를 기울였다.

"순검."

그는 신치규의 배를 타고 앉아서 순검의 구둣소리를 듣고 비로소 자기가 무슨 짓을 하였는지 깨달았다.

그는 미친 사람처럼 일어났다. 그러고는 옆에 서서 벌벌 떠는 계집에게로 갔다.

"얘! 가자! 도망가자! 너하고 나하고 같이 가자! 자, 어서어서!"

계집은 자기에게 또 무슨 일이 있을까 하여 겁을 내어 도망을 하려 한다. 방원은 계집을 따라가며,

"얘! 얘! 네가 이렇게도 나를 몰라주니? 내가 너를 어떻게 생각하는지 알지를 못하니? 자! 어서 도망가자. 어서어서, 뒤에서 순검이 쫓아온다."

계집은 그대로 서서 종종걸음을 치며,

"싫소! 임자나 가구려! 나는 싫여요, 싫여."

"가자! 응! 가!"

그는 미친 사람처럼 계집의 팔을 붙잡고 끌었다. 그때 누구인지 그의 두 팔을 마치 형틀에 매다는 것같이 꽉 뒤로 끼어안는 사람이 있었다.

"이놈아! 어듸를 가?"

그는 뒤를 돌아보지 않고도 그가 누구인지 알았다. 그는 전신에 맥이 풀리어 그대로 뒤로 자빠지려 할 때, 어느덧 널판 같은 주먹이 그의 뺨을 사정없이 갈겼다.

"정신차려!"

"네."

그는 무의식하게 고개가 숙여지고 말소리가 공손하여졌다.

땅바닥에서는 신치규가 꿈지럭거리며 이리저리 뒹군다. 청승스러운 비명이 들린다.

방원은 포승지운 채, 계집은 그대로 주재소로 끌려가고, 신치규는 머슴들이 업어 들였다.

4

석 달이 지났다. 상해죄로 감옥에서 복역을 하던 방원은 만기가 되어 출옥을 하였다. 그러나 신치규는 아무 일 없이 자기 집에서 치료하고 방원의 계집을 데려다 산다. 신치규는 온몸이 나은 뒤에 홀로 생각하였다.

'죽는 줄 알았드니 그래도 이렇게 살아 있으니!'

하고 얼굴에 흠이 진 곳을 만져보며,

'오히려 그놈이 그렇게 한 것이 나에게는 다행이지. 얼골이 아프기는 좀 하으나! 허어.'

'어떻게 그놈을 떼어버릴까 하고 그렇지 않아도 걱정을 하든 차에 잘 되었지. 그놈 한 십 년 감옥에서 콩밥을 먹었으면 좋겠다.'

방원은 감옥 속에서 생각하기를, 나가기만 하면 연놈을 죽여버리고 제가 죽든지 무슨 요정을 내리라 하였다.

집에서 내쫓기고 계집까지 빼앗기고, 그것을 생각하면 이가 갈리고 치가 떨리었다. 그것이 모두 자기가 돈 없는 탓인 것을 생각하매, 더욱 분한 생각이 났다.

'에 더러운 년!'

그는 홍바지에 쇠사슬을 차고서 일을 할 때에도 가끔 침을 땅에다 뱉으면서 혼자 중얼거리었다.

"사람이 이러고서야 살아서 무엇 하나. 멀쩡한 놈이 계집 빼앗기고 생으로 콩밥까지 먹으니……."

그가 감옥에서 나올 때에는 감옥소를 다시 한번 둘러보고, 내가 여기서 마지막으로 목숨을 잃어버리든지, 그렇지 않으면 내가 내 손으로 내 목을 찔러 죽든지, 무슨 요정이 날 것을 생각하고, 다시 온몸에 힘을 주고 씁쓸한 웃음을 웃었다.

그는 이백 리나 되는 길을 걸어서 계집이 사는 촌에를 왔다.

그러나 아무도 그를 아는 척하는 사람이 없었다. 전에 친하게 지내던 사람들도 그를 보고 피해 갔다.

마치 문둥병자나 마찬가지 대우를 하였다. 감옥에서 나온 뒤로부터는 더욱 이 세상이 차디차졌다. 자기가 상상하던 것보다도 더 무정하여졌다. 그는 하는 수 없이 밤이 될 때까지 그 근처 산속으로 돌아다녔다. 그래서 깊은 밤에 촌으로 내려왔다. 그는 그 방앗간을 다시 지나갔다. 석 달 전 생각이 났다. 자기가 여기서 잡혀갔다는 것을 생각할 때 더욱 억울하고 분한 생각이 치밀어 올라왔다. 그는 한참이나 거기 서서 그때 일을 생각하고 몸서리를 친 후에 다시 그 전 집을 찾아갔다.

날이 몹시 추워지고 눈이 쌓였다. 옷은 입은 것이 가을에 입고 감옥에 들어갔던 그것이므로 살을 에는 듯할 것이로되, 그는 분한 생각과 흥분된 마음에 그것도 몰랐다.

'연놈을 모두 처치를 해버려?!'

혼자 속으로 궁리를 하다가,

'그렇지, 그까짓 것들을 살려두어 쓸데없는 인생들야.'

하면서 옆구리에 지른 기름한 단도를 다시 만져보았다. 그는 감격스런 마음으로 그것을 쓰다듬었다.

그는 신치규의 집 울을 넘어 들어갔다. 그의 발은 전에 다닐 적같이 익숙하였다. 그는 사랑을 엿보고 다시 뒤로 돌아서 건넌방 창 밑에 와 섰었다. 귀를 기울였으나 아무 말도 들리지 않았다. 그는 손에 칼을 빼들었다. 그러고는 일부러 뒤 창문을 달각달각 흔들었다.

"그 뉘?"

하고 계집의 머리가 쑥 나오며 문이 열리었다. 그는 얼른 비켜 섰다. 문은 다시 닫혀지고 계집은 들어갔다.

방원의 마음은 이상하게 동요가 되었다. 어여쁜 계집의 목소리가 오래간만에 귀에 들릴 때 마치 자기가 감옥에서 꿈을 꿀 적 모양으로 요염하고도 황홀하게 그의 마음을 꾀는 것 같았다. 그는 꿈속에 다시 만난 것 같고 오래간만에 그를 만나보매 모든 결심은 얼음같이 녹는 듯하였다. 그래도 계집이 설마 나를 영영 잊어버리랴 하고 옛날의 정리를 생각할 때, 그것이 거짓말이 아니고 무엇이랴는 생각이 났다.

아무리 자기를 감옥에까지 가게 하였다 하더라도 그는 감히 칼을 들어 죽이려는 용기가 단번에 나지 않아서 주저하기를 시작하였다.

'아니다, 다시 한 번만 물어보자!'

그는 들었던 칼을 다시 짚고 생각하였다.

'거짓말이다. 거짓말이다! 그럴 리가 없다.'

그는 반신반의하였다.

'그렇다, 한 번만 다시 물어보고 죽이든 살리든 하자!'

그는 다시 문을 달각달각 하였다. 계집은 이번에 다시 문을 열고 사면을 둘러보더니 헌 짚신짝을 신고 나왔다.

"뉘요?"

그가 방원이 서 있는 집 모퉁이를 돌아서려 할 제,

"내다!"

하고 입을 틀어막고 칼을 가슴에 대었다.

"떠들면 죽어!"

방원은 계집의 입을 수건으로 틀어막고 결박을 한 후 들쳐 업고서 번개같이 달음질하였다. 그는 어느 결에 계집을 업어다가 물레방아 앞에 내려놓은 후 결박을 풀었다. 그리고 한숨을 쉬었다.

"나를 모르겠니?"

캄캄한 그믐밤에 얼굴을 바짝 계집의 코앞에 들이대었다. 계집은 얼굴을 자세히 보더니,

"아!"

소리를 지르더니 뒤로 물러섰다.

"조곰도 놀랠 것이 없다. 오늘 네가 내 말을 들으면 살려줄 것이요, 그렇지 않으면 이것야?"

하고 시퍼런 칼을 들이대었다. 계집은 다시 태연하게,

"말요? 임자의 말을 들으 것 같으면 발써 들었지요. 여태까지 있겠소? 임자도 남의 마음을 알지요. 임자와 나와 이 년 전에 이곳으로 도망해 올 적에도 전남편이 나를 죽이겠다고 칼로 허리를 찔러 그 흠이 있는 것을 날마다 밤에 당신이 어루만지었지요? 내가 그까짓 칼쯤을 무서워서 나 하고 싶은 짓을 못 한단 말이오? 힝, 이게 무슨 비겁한 짓이오. 사내 자식이, 자! 찌르랴거든 찔러보아요, 자, 자."

계집은 두 가슴을 벌리고 대들었다. 방원은 너무 계집의 태도가 대담하므로 들었던 칼이 도리어 뒤로 움찔할 만큼 기가 막혔다. 그는 무의식하게,

"정말이냐?"

하고 한 걸음 더 가까이 나섰다.

"정말이 아니고? 내가 비록 여자이지마는 당신같이 겁쟁이는 아니라오! 이것이 도모지 무엇이오?"

계집은 그래도 두려웠던지 방원의 손에 든 칼을 뿌리쳐 땅에 떨어뜨리었다.

이 칼이 땅에 떨어지자 방원은 여태까지 용사와 같이 보이던 계집이 몹시 비겁스러웁고 더러워 보이어 다시 칼을 집어들고 덤비었다.

"예! 간사한 년! 어쩔 터이냐! 나하고 당장에 멀리멀리 가지 않을 터이냐? 자아, 가자!"

그는 눈물이 어린 눈으로 타일러보기도 하고 간청도 하여보았다.

"자아, 어서 옛날과 같이 나하고 멀리멀리 도망을 가자! 나는 참으로 나의 칼로 너를 죽일 수도 없다!"

계집의 눈에는 독이 올라왔다. 광채가 어두운 밤에 번개같이 번쩍거리며,

"싫여요. 나는 죽으면 죽었지 가기는 싫여요. 이제 나는 고만 그렇게 구차하고 천한 생활을 다시 하기는 싫여요. 고만 물렸세요."

"너의 입으로 정말 그런 말이 나오느냐? 너는 나를 우리 고향에 다시 돌아가지도 못하게 만들어놓고, 나의 모든 것을 다 잃어버리게 한 후에, 또 나종에는 세상에서 지옥이라고 하는 감옥소에까지 가게 하지! 그러고도 나의 맨 마즈막 원을 들어주지 않을 터이냐?"

"나는 언제든지 당신 손에 죽을 것까지도 알고 있소! 자! 오늘 죽으나 내일 죽으나 언제든지 죽기는 일반, 이렇게 된 이상 나를 죽이시오."

"정말이냐? 정말야?"

"정말요!"

계집은 결심한 뜻을 나타내었다. 방원의 손은 떨리었다. 그리고 그는 눈을 꽉 감고,

"에, 여호 같은 년!"

하고 칼끝을 계집의 옆구리를 향하고 힘껏 내밀었다. 계집은 이를 악물고,

"사람 죽인다!"

소리 한 번에 그 자리에 거꾸러졌다. 칼자루를 든 손이 피가 몰리

는 바람에 우루루 떨리더니 피가 새어 나왔다. 방원은 그 칼을 빼어 들더니 계집 위에 거꾸러져서 가슴을 찌르고 절명하여 버리었다.

《조선문단》(1925)

화수분

전영택

전영택 1894~1968

호는 늘봄·추호(秋湖)·장춘(長春)·불수레. 평양 출생. 일본 아오야마학원 문학부 및 신학부 졸업. 미국 퍼시픽신학교 수료. 그리스도교 잡지《새사람》《예수》발간. 주요 작품으로〈혜선의 사〉〈천치?천재?〉〈흰 닭〉〈화수분〉〈크리스마스 전야〉〈소〉등이 있다.

1

첫 겨울 추운 밤은 고요히 깊어간다. 뒤뜰 창 바깥에 지나가는 사람 소리도 끊어지고 이따금 찬바람 부는 소리가 휘익 우수수 하고 바깥의 춥고 쓸쓸한 것을 알리면서 사람을 위협하는 듯하다.

"만주노 호야 호오야."

길게 그러고도 힘없이 외치는 소리가 보지 않아도 추워서 수그리고 웅크리고 가는 듯한 사람이 몹시 처량하고 가엾어 보인다. 어린 애들은 모두 잠들고 학교 다니는 아이들은 눈에 졸음이 잔뜩 몰려서 입으로만 소리를 내어 글을 읽는다. 나는 누워서 손만 내놓아 신문을 들고 소설을 보고, 아내는 이불을 들쓰고 어린애 저고리를 짓고 있다.

"누가 우나?"

일하던 아내가 말하였다.

"아니야요. 그 절름발이가 지나가면서 무슨 소리를 지껄이면서 가나 보아요."

공부하던 애가 말한다. 우리들은 잠시 그 소리를 들으려고 귀를 기울였으나 다시 각각 그 하던 일을 계속하여 다시 주의도 하지 아니하였다. 그러다가 우리는 모두 잠이 들어버렸다.

나는 자다가 꿈결같이 '으으으 으으으' 하는 소리를 들었다. 잠깐 잠이 반쯤 깨었으나 다시 잠들었다. 잠이 들려고 하다가 또 깜짝 놀라서 깨었다. 그리고 아내에게 물었다.

"저게 누가 울지 않소?"

"아범이구려."

나는 벌떡 일어나서 귀를 기울였다. 과연 아범의 우는 소리다. 행랑에 있는 아범의 우는 소리다.

'어찌하야 우는가. 사나이가 어찌하야 우는가. 자기 시골서 무슨 슬픈 상사의 기별을 받았나? 무슨 원통한 일을 당하였나?' 나는 생각하였다. '어이어이' 느껴우는 소리를 들으면서 아내에게 물었다.

"아범이 왜 울까?"

"글쎄요, 왜 울까요?"

2

아범은 금년 구월에 그 아내와 어린 계집애 둘을 데리고 우리 집 행랑방에 들었다. 나이는 한 서른 살쯤 먹어 보이고 머리에 상투가 그냥 달라붙어 있고 키가 늘씬하고 얼굴은 기름하고 누르퉁퉁하고 눈은 좀 큰데 사람이 퍽 순하고 착해 보였다. 주인을 보면 어느 때든지 그 방에서 고달픈 몸으로 밥을 먹다가도 얼른 일어나서 허리를 굽혀 절하였다. 나는 그것이 너무 미안해서 그러지 말라고 이르려고 하면서 늘 그냥 지내었다.

그 아내는 키가 자그마하고 몸이 뚱뚱하고 이마가 좁고 항상 입을 다물고 아무 말이 없다. 적은 돈은 회계할 줄을 알아도 '원'이나 '백 냥' 넘는 돈은 회계할 줄을 모른다. 그리고 어멈은 날짜 회계할 줄을 모른다. 그러기에 저 낳은 아이들의 생일을 아범이 그 전날 내일이 생일이라고 일러주지 않으면 모른다고 한다. 그러나 결코 속일 줄은 모르고 무슨 일이든지 하라는 대로 하기는 하나 얼른 대답을 시원히 하지 않고 꼬물꼬물 오래하는 것이 흠이다. 그래도 아침에는 일찍이 일어나서 기름을 발라 머리를 곱게 빗고 빨간 댕기를 드려 쪽을 찌고 나온다.

그들에게는 지금 입고 있는 단벌 홑옷과 조그만 냄비 하나밖에 아무것도 없다. 세간도 없고 물론 입을 옷도 없고 덮을 이부자리도 없고 밥 담아 먹을 그릇도 없고 밥 먹을 숟가락 한 개가 없다. 있는 것이라곤 보기 싫게 생긴 딸 둘과 작은애를 업는 홑누더기와 띠, 아범이 벌이하는 지게가 하나 ― 이것뿐이다. 밥은 우선 주인집에서 내어간 사발과 숟가락으로 먹고 물은 역시 주인집 어린애가 먹고 비운 '가루우유 통'을 갖다가 떠먹는다.

아홉 살 먹은 큰계집애는 몸이 좀 뚱뚱하고 얼굴은 컴컴한데 이마는 어미 닮아서 좁고 볼은 아비 닮아서 축 늘어졌다. 그리고 이르는 말은 하나도 듣는 법이 없다. 그 어미가 아무리 욕하고 때리고 하여도 볼만 부어서 까딱없다. 도리어 어미를 욕한다. 꼭 서서 어미보고 눈을 부르대고 '조 깍정이가 왜 야단이야' 하고 욕을 한다. 먹을 것이 생기면 자식 먹이고 남편 대접하고 자기는 늘 굶는 어미가 헛입 노릇이라도 하는 것을 보게 되면 '저 망할 계집년이 무얼 혼자만 처먹어?' 하고 욕을 한다. 다만 자기 어미나 아비의 말을 아니 들을 뿐 아니라 '주인 마누라'나 '주인 나리'가 무슨 말을 일러도 아니 듣는다. 먼데 있는 것을 가까이 오게 하려면 손수 붙들어 와야 하고, 가까이 있는 것을 비키게 하려면 붙들어다 치워야 한다.

다음에 작은계집애는 돌을 지나 세 살 먹은 것인데 눈이 커다랗고 입술이 삐죽 나오고 걸음은 겨우 빼뚤빼뚤 걷는다. 그러나 여태 말도 도무지 못 하고 새벽부터 하루종일 붙들어 매어 끌려가는 돼지 소리 같은 크고 흉한 소리를 내어 울어서 해를 보낸다. 울지 않는 때라고는 먹는 때와 자는 때뿐이다. 그러나 먹기는 썩 잘 먹는다. 먹을 것이라고 눈앞에 보이기만 하면 죄다 빼앗아다가 두 다리 사이에 넣고 다리와 팔로 웅크리고 '웅웅' 소리를 내면서 혼자서 먹는다. 그렇게 심술 사나운 큰계집애도 다 빼앗기고 졸연해서 얻어먹지 못한다. 이렇기 때문에 작은것은 늘 그 어미 뒷잔등에 업혀 있다. 만일 내려놓아 버려두면 그냥 땅바닥에 벗은 몸으로 두 다리를 턱 내뻗치고 묶여가는 돼지 소리를 동네가 요란하도록 냅다 지른다.

그래서 어멈은 밤낮 작은것을 업고 큰것과 싸움을 하면서 얻어먹지는 못하고 물 긷고 걸레치고 빨래하고 서서 돌아간다. 그러면서 작은것에서는 젖을 먹이고 큰것의 욕을 먹고 성화 받고 밤에는 사나이에게 '옹얼옹얼' 하는 잔말을 듣는다. 밥 지을 쌀도 없는데 밥 안 짓는다고 욕을 한다. 그리고 아범은 밝기도 전에 지게를 지고 나갔다가 밤이 어두워서 들어오지만 하루에 두 끼니를 못 끓여 먹고 대개는 벌이가 없어서 새벽에 나갔다가도 오정 때나 되면 일찍 들어온다. 들어와서는 흔히 잔다. 이런 때는 온종일 그 이튿날 아침까지 굶는다. 그때마다 말없던 어멈이 '옹얼옹얼' 바가지 긁는 소리가 들린다.

어멈이 그 애들 때문에 그렇게 애쓰고, 그들의 살림이 그렇게 어려운 것을 보고 나는 이따금 이렇게 생각하였다. 아내에게 말도 한다.

"저 애들을 누구를 주기나 하지."

위에 말한 것은 아범과 그 식구의 대강한 정형이다. 그러나 밤중에 그렇게 섧게 운 까닭은 무엇인가?

3

그 이튿날 아침이다. 마침 일요일이기 때문에 내게는 한가한 틈이 있어서 어멈에게서 그 내용을 들을 기회가 있었다.

"지난밤에 아범이 왜 그렇게 울었나?"

하는 아내의 말에 어멈의 대답은 대강 이러하였다.

"어멈이 늘 쌀을 팔러 다녀서 저 뒤의 쌀가게 마누라를 알지요. 그 마누라가 퍽 고맙게 굴어서 이따금 앉아서 이야기도 했어요. 때때로 '그 애들을 데리고 어떻게나 지내나' 하고 물어요. 그럴 적마다

'죽지 못해 삽지오' 하고 아무 말도 아니했어요. 그랬는데 한번은 가니까 큰애를 누구를 주면 어떠냐고 그래요. 그래서 '제가 데리고 있다가 먹이면 먹이고 죽이면 죽이고 하지, 제 새끼를 어떻게 남을 줍니까? 그려고 워낙 못생기고 아무 철이 없어서 에미 애비나 기르다가 죽이드래도 남은 못 주어요. 남이 가져갈 게이 못 됩니다. 그것을 데려가시는 댁에서는 길러 무엇합니까? 돼지면 잡아나 먹지요' 하고 저는 줄 생각도 아니했어요.

그래도 그 마누라는 '어린것이 다 그렇지 어떤가. 어서 좋은 댁에서 달라니 보내게. 잘 길러서 시집보내 주신다네. 그려고 여태 젊은 이들이 벌어먹고 살아야지 애들을 다 데리고 있다가는 인제 차차 날도 추워오는데, 모두 한꺼번에 굶어 죽지 말고······' 하시면서 여러 말로 대구 권하셔요.

말을 들으니까 그랬으면 좋을 듯도 하기에 '그럼 저의 아범보고 말을 해보지요' 했지요. 그랬더니 그 마누라가 부쩍 달라붙어서 '내일 그 댁 마누라가 우리 집으로 오실 터이니 그 애를 데리고 오게' 하셔요. 해서 저는 '글쎄요' 하고 돌아왔지요.

돌아와서 그날 밤에, 그제 밤이올시다. 그제 밤이 아니라 어제 아침이올시다. 요새 저는 정신이 하나 없어요. 그래 밤에는 들어와서 반찬 없다고 밥도 안 먹고 곤해서 쓰러져 자길래 그런 말을 못 하고 어제 아침에야 그 이야기를 했지요. 그랬더니 '내가 아나, 임자 맘대로 하게그려' 그리고 일어서 지게를 지고 나가버리겠지요.

그러고는 저 혼자서 온종일 요리조리 생각을 해보았지요. 아무러나 제 자식을 남을 주고 싶지는 않지만 어떻게 합니까. 아씨 아시듯이 이제 새끼가 또 하나 생깁니다그려. 지금도 어려운데 어떻게 둘씩 셋씩 기릅니까. 그래서 차마 발길이 안 나가는 것을 오정 때가 되어서 데리고 갔지요. 짐승 같은 계집애는 아무런 것도 모르고 따라나가요. 앞서가는 것을 뒤로 보면서 생각을 하니까 어째 마음이 안되었시요."

하면서 어멈은 울먹울먹한다. 눈물이 핑 돈다.

"그런 것을 데리고 갔더니 참말 웬 알지 못하는 마누라님이 앉아계셔요. 그 마누라가 이걸 호떡이라 군밤이라 감이라 먹을 것을 사다주면서 '나하고 우리 집에 가 살자. 이쁜 옷도 해주고 맛나는 밥도 먹고 좋지. 나하고 가자. 가자.' 하시니까 이것은 먹기에 미쳐서 대답도 아니하고 앉았어요."

이 말을 들을 때에 나는 그 계집애가 우리 마루 끝에 서서 우리 집 어린애가 감 먹는 것을 바라보다가 내버린 감꼭지를 나를 쳐다보면서 집어가지고 나가는 것이 생각났다.

어멈은 다시 이야기를 이어,

"그래 제가 어쩌나 보려고 '그럼 너 저 마님 따라가 살련? 나는 집에 갈 터이니.' 했더니 저는 본체만체하고 머리를 끄덕끄덕해요. 그래도 미심해서 '정말 갈 테야, 가서 울지 않을 테야?' 하니까 저를 한 번 힐끗 노려보더니 '그래, 걱정 말고 가어.' 하겠지요. 하도 어이가 없어서 내버리고 집으로 돌아왔지요.

저 혼자 그러고 돌아와서 가만히 생각하니까, 아범이 또 무어라고 할는지 몰라, 어째 안 되겠어요. 그래 바삐 아범이 일하러 댕기는 데를 찾아갔지요. 한 번 보기나 하랄려고. 염춘교 다리로 남대문통으로 아무리 찾아야 있어야지요. 몇 시간을 애써 찾아댕기다가 할 수 없이 그 댁으로 도루 갔지요. 갔더니 계집애도, 그 마누라도 벌써 떠나가버렸겠지요. 그 댁 마님 말씀이 저녁 여섯 시 차에 광핸지 광한지로 떠났다고 하셔요. 가시면서 보고 싶으면 설 때나 와 보고 와 살려면 농사짓고 살라고 하셨대요. 그래 하는 수가 있습니까. 그냥 돌아왔지요. 와서 아무 생각이 없어서 아범 저녁 지어줄 생각도 아니하고 공연히 밖에 나가서 왔다 갔다 돌아댕기다가 들어왔지요. 저는 어째 눈물도 안 나요.

그러다가 밤에 아범이 들어왔기에 그 말을 했더니 아무 말도 아니하고 그렇게 통곡을 했답니다. 저녁도 안 먹고 우는 것이 가이 없기 좁쌀 한 줌 있던 것 끓이고 댁에서 주신 찬밥 어린것 먹다가 남은 것을 먹으라고 했더니 그것도 아니 먹고 돌아앉아서 그렇게 울었답니다.

여북하면 제 자식을 꿈에도 보두 못하던 사람에게 주겠어요. 할 수가 없어서 그렇지요. 집에 두고 굶기는 것보다 나을까 해서 그랬지요. 아범이 본래는 저렇게는 못 살지는 않았답니다. 저희 아버지 살았을 때는 벼 백 석이나 하고 삼형제가 양평 시골서 남부럽지 않게 살았답니다. 이름들도 모두 좋지요. 맏형은 '장자'요 둘째는 '거부'요, 아범이 셋짼데 '화수분'이랍니다. 그런 것이 제가 간 후로부터 시아버님이 돌아가시고 그리고 맏아들이 죽고 농사 밑천인 소 한 마리를 도적맞고 하더니 차차 못살게 되기를 시작하야 종내 저렇게 거지가 되었답니다. 지금도 시골 큰댁엘 가면 굶지나 아니할 것을 부끄럽다고 저러고 있지요. 사내 못생긴 건 할 수가 없어요."

우리는 이제야 비로소 아범이 어제 울던 까닭을 알았고 이때에 나는 비로소 아범의 이름이 '화수분'인 것을 알고, 양평 사람인 줄도 알았다.

4

그런지 며칠이 지난 어느 날 아침이다.

화수분은 새 옷을 입고 갓을 쓰고 길 떠날 행장을 차리고 안으로 들어온다. 그것을 보니까 지난밤에 아내에게서 들은 말이 생각난다. 시골 있는 형 '거부'가 일하다가 발을 다쳐서 일을 못 하고 누워 있기 때문에 가뜩이나 흉년인 데다가 일을 못 해서 모두 굶어죽을 지경이니, 아범을 오라고 하니 가보아야 하겠다는 말을 듣고, 나는 "가보아야겠군" 하니까 아내는 "김장이나 해주고 가야 할 터인데" 하기에 "글쎄, 그럼 그렇게 이르지" 한 일이 있었다.

아범은 뜰에서 허리를 한 번 굽히고 말한다.

"나리, 댕겨오겠습니다. 제 형이 일하다가 도끼로 발을 찍어서 일을 못 하고 누웠다니까 가보아야겠습니다. 가서 추수나 해주고는 곧 오겠습니다. 거저 나리 댁만 믿고 갑니다."

나는 어떻게 대답했으면 좋을지 몰라서,

"잘 댕겨오게."

하였다.

아범은 다시 한번 절을 하고,

"안녕히 계십시오."

하면서 돌아서 나간다.

"저렇게 내버리고 가면 어떡합니까? 우리도 살기 어려운데 어떻게 불 때주고 먹이고 입히고 할 테요. 그렇게 곧 오겠소?"

이렇게 걱정하는 아내의 말을 듣고 나는 바삐 나가서 화수분을 불러서,

"곧 댕겨오게. 겨울을 나서는 안 되네."

하였다.

"암, 곧 댕겨옵지요."

화수분은 뒤를 돌아보고 이렇게 대답을 하고 달아난다.

5

화수분은 간 지 일주일이 되고 열흘이 되고 보름이 지나도 아니 온다. 어멈은 아범이 추수해서 쌀말이나 지고 돌아오기를 밤낮 기다려도 종내 오지 아니하였다. 김장 때가 다 지나고 입동이 지나고 정말 추운 겨울이 되었다. 하루 저녁은 바람이 몹시 불고, 그 이튿날 새벽에는 하얀 눈이 펑펑 내려 쌓였다.

아침에 어멈이 들어와서 화수분의 동네 이름과 번지 쓴 종잇조각을 내어놓으면서 어서 오지 않으면 제가 가겠다고 편지를 써달라고 하기에 곧 써서 부쳐까지 주었다.

그다음 날부터는 며칠 동안 날이 풀려서 꽤 따뜻하였다. 그래도 화수분의 소식은 없다. 어멈은 본래 어린애가 달려서 일을 잘 못 하는 데다가 다리 병이 있어 다리를 잘 못 쓰고 더구나 며칠 전에 손가

락을 다쳐서 일을 하지 못하는 것을 퍽 미안하게 생각한다. 그리고 추운 겨울에 혼자 살아갈 길이 막연하여, 종내 아범을 따라 시골로 가기로 결심을 한 모양이다.

"그만 아씨, 시골로 가겠습니다."

"몇 리나 되나."

"몇 린지 사나이들은 일찍 떠나면 하루에 간다고 해두, 저는 이틀에나 겨우 갈 걸이오."

"혼자 가겠나?"

"물어 가면 가기야 가지요."

아내와 이런 문답이 있은 다음 날 아침, 바람 몹시 불고 추운 날 아침에 어멈은 어린것을 업고 돌아볼 것도 없는 행랑방을 한 번 돌아보면서 아창아창 떠나갔다.

그날 밤에도 몹시 추웠다. 바람이 몹시 불었다. 우리는 문을 꼭꼭 닫고 문틈을 헝겊으로 막고 이불을 둘씩 덮고 꼭꼭 붙어서 일찍 잤다.

나는 자면서, 어멈이 잘 갔나, 얼어 죽지나 않았나? 하는 생각이 났다.

6

화수분도 가고, 어멈도 하나 남은 어린것을 업고 간 뒤에는 대문간은 깨끗해지고 시커먼 행랑방 방문은 늘 닫혀 있었다. 그리고 우리 집에는 다시는 행랑 사람 안 들이고 식모도 아니 두었다. 그래서 몹시 추운 날 아내는 손수 어린것을 등에 지고 이웃집의 우물에 가서 배추와 무를 씻어서 김장을 대강 하였다. 아내는 혼자서 김장을 하면서 눈물을 흘리고 어멈 생각을 하였다.

7

김장을 다 마친 어떤 날, 추위가 풀려서 따뜻한 날 오후에, 동대문 밖에 출가해 사는 동생 S가 오래간만에 놀러 왔다. S에게 비로소 화수분의 소식을 듣고 우리는 놀랐다. 그들은 본래 S의 시댁에서 천거해 보낸 것이다. 그 소식은 대강 이렇다.

화수분이 시골 간 후에 형 거부는 움직 못 하고 누워 있기 때문에 형 대신 겸 두 사람의 일을 하다가 몸이 지쳐 몸살이 나서 넘어졌다. 열이 몹시 나서 정신없이 앓았다. 정신없이 앓으면서도 귀동이(서울서 강화 사람에게 준 큰계집애)를 부르고 늘 울었다.

"귀동아, 귀동아, 어델 갔니? 잘 있니……."

그러다가는 흑득흑득 느끼면서,

"그렇게 먹고 싶어 하던 사탕 한 알 못 사주고 연시 한 개 못 사주고……."

하고 소리를 내어 '어— 이 어이' 운다.

그럴 때에 어멈의 편지가 왔다. 뒷집 기와집 진사댁 서방님이 일러주는 편지 사연을 듣고,

"아이구 옥분아(작은계집애 이름), 옥분이 에미!"

하고 또 어이어이 운다. 울다가 벌떡 일어나서 서울서 넝마전에서 사 입고 간 새 옷을 입고 갓을 썼다. 집안사람들이 굳이 말리는 것

을 뿌리치고 화수분은 서울을 향하여 어멈을 데리러 떠났다. 싸리문 밖에를 나가 화수분은 나는 듯이 달아났다.

　화수분은 양평서 오정이 거의 되어서 떠나서 해져갈 즈음에서 백리를 거의 와서 어떤 높은 고개를 올라섰다. 칼날 같은 바람이 뺨을 친다. 그는 고개를 숙여 앞을 내려다보다가 소나무 밑에 희끄무레한 사람의 모습을 보았다. 그것을 곧 달려가보았다. 가본 즉 그것은 옥분과 그의 어머니다. 나무 밑 눈 위에 나뭇가지를 깔고 어린것 업는 헌 누더기를 쓰고 한끝으로 어린것을 꼭 싸가지고 웅크리고 떨고 있다. 화수분은 왁 달려들어 안았다. 어멈은 눈은 떴으나 말을 못 한다. 화수분도 말을 못 한다. 어린것을 가운데 두고 그냥 껴안고 밤을 지낸 모양이다.

　이튿날 아침에 나무장사가 지나다가 그 고개에 젊은 남녀 껴안은 시체와, 그 가운데 아직 막 자다 깨인 어린애가 등에 따뜻한 햇볕을 받고 앉아서, 시체를 툭툭 치고 있는 것을 발견하여 어린것만 소에 싣고 갔다.

《조선문단》4 (1925. 1)

탈출기

최서해

최서해 1901~1932

본명은 학송(鶴松), 일명 서해(曙海)·설봉(雪峰)·풍년년(豊年年), 이명은 저곡(苧谷). 함북 성진 출생. 성진보통학교에 입학 후 가난으로 중퇴. 신경향파의 대표적 작가. 주요 작품으로 〈토혈〉〈탈출기〉〈박돌(朴乭)의 죽음〉〈홍염〉 및 소설집 《혈흔(血痕)》 등이 있다.

1

 김 군! 수삼 차 편지는 반갑게 받았다. 그러나 나는 한 번도 회답치 못하였다. 물론 군의 충정에는 나도 감사를 드리지만 그 충정을 나는 받을 수 없다.

 ― 박 군! 나는 군의 탈가(脫家)를 찬성할 수 없다. 음험한 이역에 늙은 어머니와 어린 처자를 버리고 나선 군의 행동을 나는 찬성할 수 없다.

 박 군! 돌아가라. 어서 집으로 돌아가라. 군의 부모와 처자가 이역 노두에서 방황하는 것을 나는 눈앞에 보는 듯싶다. 그네들의 의지할 곳은 오직 군의 품밖에 없다. 군은 그네들을 구하여야 할 것이다.

 군은 군의 가정에서 동량(棟樑)이다. 동량이 없는 집이 어디 있으랴? 조고마한 고통으로 집을 버리고 나선다는 것이 의지가 굳다는 박 군으로서는 너무도 박약한 소위이다.

군은 ××단에 몸을 던져 ×선에 섰다는 말을 일전 황 군에게서 듣기는 하였으나 그렇다 하여도 나는 그것을 시인할 수 없다. 가족을 못 살리는 힘으로 어찌 사회를 건지랴.

박 군! 나는 군이 돌아가기를 충정으로 바란다. 군의 가족이 사람들 발 아래서 짓밟히는 것을 생각할 때! 군의 가슴인들 어찌 편하랴—

김 군! 군은 이러한 말을 편지마다 썼지? 나는 군의 뜻을 잘 알았다. 내 사랑하는 나의 가족을 위하여 동정하여주는 군에게 내 어찌 감사치 않으랴? 정다운 벗의 충고에 나는 늘 울었다. 그러나 그 충고를 들을 수 없다. 듣지 않는 것이 군에게는 고통이 되는지, 분노가 될는지? 나에게 있어서는 행복일는지도 알 수 없는 까닭이다.

김 군! 나도 사람이다. 정애(情愛)가 있는 사람이다. 나의 목숨 같은 내 가족이 유린받는 것을 내 어찌 생각지 않으랴? 나의 고통을 제삼자로서는 만 분의 일이라도 느낄 수 없을 것이다.

나는 이제 나의 탈가한 이유를 군에게 말하고자 한다. 여기 대하여 동정과 비난은 군의 자유이다. 나는 다만 이러하다는 것을 군에게 알릴 뿐이다. 나는 이것을 군이 아니면 다른 사람에게라도 알리지 않고는 견딜 수 없는 충동을 받는 까닭이다.

그러나 나는 단언한다. 군도 사람이어니 나의 말하는 것을 부인치는 못하리라.

2

김 군! 내가 고향을 떠난 것은 오 년 전이다. 이것은 군도 아는 사실이다. 나는 그때에 어머니와 아내를 데리고 떠났다. 내가 고향을 떠나 간도로 간 것은 너무도 절박한 생활에 시든 몸이, 새 힘을 얻을까 하여 새 희망을 품고 새 세계를 동경하여 떠난 것도 군이 아는 사실이다.

— 간도는 천부금탕(天賦金湯)이다. 기름진 땅이 흔하여 어디를 가든지 농사를 지을 수 있고 농사를 잘 지으면 쌀도 흔할 것이다. 삼림이 많으니 나무 걱정도 될 것이 없다.

농사를 지어서 배불리 먹고 따뜻이 지내자. 그리고 깨끗한 초가나 지어놓고 글도 읽고 무지한 농민들을 가르쳐서 이상촌(理想村)을 건설하리라. 이렇게 하면 간도의 황무지를 개척할 수도 있다.

이것이 간도 갈 때의 내 머릿속에 그리었던 이상이었다. 이때에 나는 얼마나 기뻤으랴? 두만강을 건너고 오랑캐령을 넘어서 망망한 평야와 산천을 바라볼 때 청춘의 내 가슴은 이상의 불길에 탔다. 구수한 내 소리와 헌헌한 내 행동에 어머니와 아내도 기뻐하였다.

오랑캐령에 올라서니 서북으로 쏠려 오는 봄 세찬 바람이 어떻게 뺨을 갈기는지.

"에그 칩구나! 여긔는 아직도 겨울이로구나."

어머니는 수레 위에서 이불을 뒤집어썼다.

"무얼요. 이 바람을 많이 마저야 성공이 올 것입니다."

나는 가장 씩씩하게 말하였다. 이처럼 나는 기쁘고 활기로웠다.

3

 김 군! 그러나 나의 이상은 물거품에 돌아갔다. 간도에 들어서서 한 달이 못 되어서부터 거친 물결은 우리 세 생령(生靈)의 앞에 기탄 없이 몰려왔다.

 나는 농사를 지으려고 밭을 구하였다. 빈 땅은 없었다. 돈을 주고 사기 전에는 일 평의 땅이나마 손에 넣을 수 없었다. 그렇지 않으면 지나인(支那人)의 밭을 도조나 타조로 얻어야 된다. 일 년 내 중국 사람에게서 양식을 꾸어 먹고 도조나 타조를 지으면 가을 추수는 빚으로 다들어가고 또 처음꼴이 된다. 그러나 농사라고 못 지어본 내가 도조나 타조를 얻은대야 일 년 양식 빚도 못 될 것이고, 또 나 같은 '시로도'에게는 밭을 주지 않았다.

 생소한 산천이요, 생소한 사람들이니, 어디 가 어쩌면 좋을는지? 의논할 사람도 없었다. H라는 촌거리에서 셋방을 얻어가지고 어름어름하는 새에 보름이 지나고 한 달이 넘었다. 그새에 몇 푼 남았던 돈은 다 부러먹고 밭은 고사하고 일자리도 못 얻었다.

 나는 팔을 걷고 나섰다. 이리저리 돌아다니면서 구들도 고쳐주고 가마도 붙여주었다. 이리하여 호구하게 되었다. 이때 H장에서는 나를 '온돌장이'(구들 고치는 사람)라고 불렀다. 갈아입을 의복이 없는 나는 늘 숯검정이 꺼멓게 묻은 의복을 벗을 새가 없었다.

 H장은 좁은 곳이다. 구들 고치는 일도 늘 있지 않았다. 그것으로 밥 먹기는 어려웠다. 나는 여름 불볕에 삯김도 매고 꼴도 베어 팔았다. 그리고 어머니와 아내는 삯방아도 찧고 강가에 나가서 부스러진 나뭇개비를 주워서 겨우 연명하였다.

김 군! 나는 이때부터 비로소 무서운 인간고(人間苦)를 느꼈다. 아아 인생이란 과연 이렇게도 괴로운 것인가? 하는 것을 나는 생각하게 되었다. 나는 나에게 닥치는 풍파 때문에 눈물 흘린 일은 이때까지 없었다. 그러나 어머니가 나무를 줍고 젊은 아내가 삯방아를 찧을 때! 나의 피는 끓었으며 나의 눈은 눈물에 흐려졌다.

"에구, 차라리 내가 드러누워 앓고 있지, 네 괴로워하는 꼴은 차마 못 보겠다."

이것은 언제 내가 병들어 신음할 때에 어머니가 울면서 하신 말씀이다. 이것을 무심히 들었던 나는 이때에야 이 말의 참뜻을 느꼈다.

"아아, 차라리 나의 고기가 찢어지고 뼈가 부서지는 것은 참을 수 있으나, 내 눈앞에서 사랑하는 늙은 어머니나 아내가 배를 주리고 남의 멸시를 받는 것은 참으로 견디기 어렵구나!"

나는 이렇게 여러 번 가슴을 쳤다. 나는 밤이나 낮이나, 비 오나 바람이 차나 헤아리지 않고 삯김, 삯심부름, 삯나무, 무엇이든지 가리지 않았다.

"오늘도 배고프겠구나, 아츰도 변변히 못 먹고 나는 너 배 주리잔는 것을 보았으면 죽어도 눈을 감겠다."

내가 삯일을 하다가 늦게 돌아오면 어머니는 우실 듯하게 말씀하셨다. 그러나 나는 혼연하게,

"배가 무슨 배가 고파요."

대답하였다.

내 아내는 늘 별말이 없었다. 무슨 일이든지 시키는 대로 소곳하

고 아무 소리 없이 순종하였다. 나는 그것이 더욱 불쌍하게 생각되었다. 나는 어머니보다도 아내 보기가 퍽 부끄러웠다.

"경제의 자립도 못 되는 내가 웨 장가를 들었누?"

이것이 부모의 한 일이었지만 나는 이렇게도 탄식하였다. 그럴수록 아내에게 대하여 황공하였고 존경하였다.

어떻게 하면 살 수 있을까……? 이러한 생각은 이때 내 머리를 몹시 때렸다. 이때 나에게는 부지런한 자에게 복이 온다 하는 말이 거짓말로 생각되었다. 그 말을 지상의 격언으로 굳게 믿어온 나는 그 말에 도리어 일종의 의심을 품게 되었고 나중은 부인까지 하게 되었다.

부지런하다면 이때 우리처럼 부지런함이 어디 있으며, 정직하다면 이때 우리 식구같이 정직함이 어디 있으랴? 그러나 빈곤은 날로 심하였다. 이틀 사흘 굶은 적도 한두 번이 아니었다. 한번은 이틀이나 굶고 일자리를 찾다가 집으로 들어가니 부엌 앞에 앉았던 아내가(아내는 이때에 아이를 배어서 배가 남산만 하였다) 무엇을 먹다가 깜짝 놀란다. 그리고 손에 쥐었던 것을 얼른 아궁이에 집어넣는다. 이때 불쾌한 감정이 내 가슴에 떠올랐다. '무얼 먹을까? 어디서 무엇을 얻었을까? 무엇이길래 어머니와 나 몰래 먹누? 아! 녜편네란 그런 것이로구나! 아니 그러나 설마…… 그래도 무엇을 먹던데…….'

나는 이렇게 아내를 의심도 하고 원망도 하고 밉게도 생각하였다. 아내는 아무 말없이 어색하게 머리를 숙이고 앉아서 씩씩 하다가 밖으로 나간다. 그 얼굴은 좀 붉었다.

아내가 나간 뒤에 나는 아내가 먹다가 던진 것을 찾으려고 아궁이를 뒤지었다. 싸늘하게 식은 재를 막대기로 뒤져내니 벌건 것이 눈에 띄었다. 나는 그것을 집었다. 그것은 귤껍질이다. 거기에 베먹은 잇자국이 났다. 귤껍질을 쥔 나의 손은 떨리고 잇자국을 보는 내 눈에는 눈물이 고였다.

김 군! 이때 나의 감정을 어떻게 표현하면 적당할까?

— 오죽 먹구 싶었으면 오죽 배고팠으면 길바닥에 내던진 귤껍질을 주워 먹을까! 더욱 몸비잖은 그가! 아아, 나는 사람이 아니다. 그러한 아내를 나는 의심하였구나! 이놈이 어찌하야 그러한 아내에게 불평을 품었는가? 나 같은 간악한 놈이 어디 있으랴. 내가 양심이 부끄러워서 무슨 면목으로 아내를 볼까?

— 이렇게 생각하면서 나는 느껴가며 눈물을 흘렸다. 귤껍질을 쥔 채로 이를 악물고 울었다.

"야, 어째서 우느냐? 일어나거라. 우리도 살 때 있겠지. 늘 이렇겠느냐."

하면서 누가 어깨를 친다. 나는 그것이 어머니인 것을 알았다. 나는

"아이구, 어머니! 나는 불효외다."

하면서 어머니의 발을 안고 자꾸자꾸 울고 싶었다. 그러나 나는 아무 소리 없이 가슴을 부둥켜안고 밖으로 나왔다.

"내가 웨 우누? 울기만 하면 무엇 하나? 살자! 살자! 어떻게든 살아보자! 내 어머니와 내 아내도 살아야 하겠다. 이 목숨이 있는 때까지는 벌어보자!"

나는 이를 갈고 주먹을 쥐었다. 그러나 눈물은 여전히 흘렀다. 아내는 말없이 울고 섰는 내 곁에 와서 손으로 치마끈을 만지작거리

며 눈물을 떨어뜨린다. 농삿집에서 자라난 아내는 지금도 어찌 수줍은지 내가 울면 같이 울기는 하여도 어떻게 말로 위로할 줄은 모른다.

4

김 군! 세월은 우리를 위하여 여름을 항상 주지 않았다.

서풍이 불고 서리가 내리기 시작하였다. 찬 기운은 헐벗은 우리를 위협하였다.

가을부터 나는 대구어(大口魚) 장사를 하였다. 삼 원을 주고 대구 열 마리를 사서 등에 지고 산골로 다니면서 콩(大豆)과 바꾸었다. 그러나 대구 열 마리는 등에 질 수 있었으나 대구 열 마리를 주고 받은 콩 열 말은 질 수 없었다. 나는 하는 수 없이 삼사십 리나 되는 곳에서 두 말씩 두 말씩 사흘 동안이나 지어왔다. 우리는 열 말 되는 콩을 자본(資本)삼아 두부(豆腐) 장사를 시작하였다.

아내와 나는 진종일 맷돌질을 하였다. 무거운 맷돌을 돌리고 나면 팔이 뚝 떨어지는 듯하였다. 내가 이렇게 괴로울 적에 해산(解産)한 지 며칠 안 되는 아내의 괴로움이야 어떠하였으랴? 그는 늘 낯이 부석부석하였다. 그래도 나는 무슨 불평이 있는 때면 아내를 욕하였다. 그러나 욕한 뒤에는 곧 후회하였다.

콧구멍만 한 부엌방에 가마를 걸고 맷돌을 놓고 나무를 들이고 의복가지를 걸고 하면 사람은 겨우 비비고 들어앉게 된다. 뜬 김에 문창은 떨어지고 벽은 눅눅하다. 모든 것이 후줄근하여 의복을 입은 채 미지근한 물속에 들어앉은 듯하였다. 어떤 때는 애써 갈아놓은 비지가 이 뜬 김 속에서 쉬어버린다. 두부 물이 가마에서 몹시 끓어 번질 때에 우윳빛 같은 두부 물 위에 버터빛 같은 노란 기름이 엉기면(그것은 두부가 잘될 징조다) 우리는 안심한다. 그러나 두부 물이 희멀끔해지고 기름기가 돌지 않으면 거기만 시선을 쏘고 있는 아내의 낯빛부터 글러가기 시작한다. 초를 쳐보아서 두부발이 서지 않고 매캐지근하게 풀려질 때에는 우리의 가슴은 덜컥 한다.

"또 쉰 게로구나? 저를 어찌누?"

젖을 달라고 빽빽 우는 어린아이를 안고 서서 두부 물만 들여다보시는 어머니는 목메인 말씀을 하시면서 우신다. 이렇게 되면 온 집 안은 신산하여 말할 수 없는 울음, 비통, 처참, 소조(蕭條)한 분위기에 싸인다.

"너 고생한 게 애닯구나! 팔이 부러지게 갈아서…… 그거(두부) 팔아서 장을 보려고 태산같이 바랬더니……."

어머니는 그저 가슴을 뜯으면서 운다. 아내도 울듯 울듯 머리를 숙인다. 그 두부를 판대야 큰돈은 못 된다. 기껏 남는대야 이십 전이나 삼십 전이다. 그것으로 우리는 호구를 한다. 이십 전이나 삼십 전에 어머니는 운다. 아내도 기운이 준다. 나까지 가슴이 바짝바짝 조인다. 그날은 하는 수 없이 쉰 두부 물로 때를 에우고 지낸다. 아이는 젖을 달라고 밤새껏 빽빽거린다. 우리의 살림에는 어린것도 귀찮았다.

5

울면서 겨자먹기로 괴로운 대로 또 두부를 하지 않으면 안 된다. 그러나 이번에는 땔나무가 없다. 나는 낫(鎌)을 들고 떠난다. 내가 낫을 들고 떠나면 산후여독(産後餘毒)으로 신음하는 아내도 낫을 들고 말없이 나를 따라 나선다. 어머니와 나는 굳이 만류하나 아내는 듣지 않는다.

내 손으로 하는 나무이건만 마음 놓고는 못 한다. 산 임자에게 들키면 여간한 경을 치지 않는다. 그러므로 우리는 황혼이면 산에 가서 도적 나무를 하여 지고, 밤이 깊어서 돌아온다. 아내는 이고 나는 지고 캄캄한 밤에 산비탈로 내려오다가 발이 미끄러지거나 돌에 채이면 나는 곤두박질을 하여 나뭇짐 속에 든다. 아내는 소리 없이 이었던 나무를 내려놓고 나뭇짐에 눌려서 버둑거리는 나를 겨우 끄집어 일으킨다. 그러나 내가 나뭇짐을 지고 일어나면 아내는 혼자 나뭇단을 이지 못한다. 또 내가 나뭇짐을 벗고 아내에게 이어주면 나는 추어주는 이 없이는 나뭇짐을 질 수가 없다. 하는 수 없이 나는 어떤 높은 바위 위에 벗어놓고 (후에 지기 편하도록) 아내에게 이어준다. 이리하여 산비탈을 내려오면 언제 왔는지 어머니는 애를 업고 우둘우둘 떨면서 산 아래서 기다리시다가도,

"인제 오니? 나는 너 또 붙들리지나 않는가 하여 혼이 났다."

하신다. 이때마다 내 가슴은 저렸다. 나는 이렇게 나무 도적질을 하다가 중국 경찰서에까지 잡혀가서 여러 번 맞았다.

이때 이웃에서는 우리를 조소하고 경찰서에서는 우리를 의심하였다.

— 흥, 신수가 멀쩡한 연놈들이 그 꼴이야. 어디 가 일자리도 구하지 않고, 그 눈이 누래서 두부 장사하는 꼬락서니는 참 더러워서 못 보겠네. 불알을 달고 나서 그렇게야 살리? —

이것은 이웃 남녀가 비웃는 소리였다. 그리고 어떤 산 임자가 나무 잃은 고발을 하면 경찰서에서는 불문곡직하고 우리 집부터 수색하고 질문하면서 나를 때린다. 그러나 나는 호소할 곳이 없었다.

6

김 군! 이러구러 겨울은 점점 깊어가고 기한(飢寒)은 점점 박두하였다. 일자리는 없고…… 그렇다고 손을 털고 앉았을 수는 없었다. 모든 식구가 퍼 — 러퍼 — 래서 굶고 앉은 꼴을 나는 그저 볼 수 없었다. 시퍼런 칼이라도 들고 하루라도 괴로운 생을 모면하도록 그네들을 쿡쿡 찔러 없애고 나까지 없어지든지, 그렇지 않으면 칼을 들고 나서서 강도질이라도 하여서 기한을 면하든지 하는 수밖에는 더 도리가 없게 절박하였다. 나는 일이 없으면 없으니만큼, 고통이 닥치면 닥치느니만큼, 내 번민은 컸다. 나는 어떤 날은 거의 얼빠진 사람처럼 눈을 감고 깊은 생각에 잠긴 일도 있었다.

이때 내 머릿속에서는 머리를 움실움실 드는 사상이 있었다.(오늘날에 생각하면 그것은 나의 전 운명을 결정할 사상이었다.) 그 생각은 누구의 가르침에 의해 일어난 것도 아니려니와 일부러 일으키려고 애써서 일어난 것도 아니다. 봄 풀싹같이 내 머릿속에서 점점 머리를 들었다.

― 나는 여태까지 세상에 대하여 충실하였다. 어디까지든지 충실하려고 하였다. 내 어머니, 내 아내까지도…… 뼈가 부서지고 고기가 찢기더라도 충실한 노력으로 살려고 하였다. 그러나 세상은 우리를 속였다. 우리의 충실을 받지 않았다. 도리어 충실한 우리를 모욕하고 멸시하고 학대하였다. 우리는 여태까지 속아 살아왔다. 포학하고 허위스럽고 요사한 무리를 용납하고 옹호하는 세상인 것을 참으로 몰랐다. 우리뿐 아니라 세상의 모든 사람들도 그것을 의식치 못하였을 것이다. 그네들은 그러한 세상의 분위기에 취하였다. 나도 이때까지 취하였었다. 우리는 우리로서 살아온 것이 아니라 어떤 험악한 제도의 희생자로서 살아왔었다.

김 군! 나는 사람들을 원망치 않는다. 그러나 마주(魔酒)에 취하여 자기의 피를 짜 바치면서도 깨지 못하는 사람을 그저 볼 수 없다. 허위와 요사와 표독과 게으른 자를 옹호하고 용납하는 이 제도는 더욱 그저 둘 수 없다.

― 이 분위기 속에서는 아무리 노력하여도 충실하여도 우리는 우리의 생의 만족을 느낄 날이 없을 것이다. 어찌하여 겨우 연명을 한다 하더라도 죽지 못하는 삶이 될 것이요, 그 영향은 자식에게까지 미칠 것이다. 나는 어미 품속에서 빽빽하는 어린것의 장래를 생각할 때면 애잡짤한 감정과 분함을 금할 수 없다. 내가 늘 이 상태면 (그것은 거의 정한 이치다) 그에게는 상당한 교양은 고사하고 다리 밑이나 남의 집 문간에 버리게 될 터이니. 아! 삶을 받을 만한 생명을 죄 없이 찌그러지게 하는 것이 어찌 애닯지 않으며 분치 않으랴? 그렇다면 그것을 나의 죄라 할까?

김 군! 나는 더 참을 수 없었다. 나는 나부터 살리려고 한다. 이때까지는 최면술에 걸린 송장이었다. 제가 죽은 송장으로 남(식구들)을 어찌 살리랴? 그러려면 나는 나에게 최면술을 걸려는 무리를, 험악한 이 공기의 원류를 쳐부수려고 하는 것이다.

나는 이것을 인간의 생의 충동(衝動)이며 확충(擴充)이라고 본다. 나는 여기서 무상의 법열(法悅)을 느끼려고 한다. 아니 벌써부터 느껴진다. 이 사상이 드디어 나로 하여금 집을 탈출케 하였으며, ××단에 가입케 하였으며, 비바람 밤낮을 헤아리지 않고 벼랑 끝보다 더 험한 ×선에 서게 한 것이다.

김 군! 거듭 말한다. 나도 사람이다. 양심을 가진 사람이다. 애정을 가진 사람이다. 내가 떠나는 날부터 식구들은 더욱 곤경에 들 줄도 나는 알았다. 자칫하면 눈 속이나 어느 구렁에서 죽는 줄도 모르게 굶어 죽을 줄도 나는 잘 안다. 그러므로 나는 이곳에서도 남의 집 행랑어멈이나 아범이며, 노두에 방황하는 거지를 무심히 보지 않는다. 아! 나의 식구도 그럴 것을 생각할 때면 자연히 흐르는 눈물과 뿌직뿌직 찢기는 가슴을 덮쳐 잡는다. 그러나 나는 이를 갈고 주먹을 쥔다. 눈물을 아니 흘리려고 하며 비애에 상하지 않으려고 한다. 울기에는 너무도 때가 늦었으며, 비애에 상하는 것은 우리의 박약을 너무도 표시하는 듯싶다. 어떠한 고통이든지 참고 분투하려고 한다.

김 군! 이것이 나의 탈가한 이유를 대략 적은 것이다. 나는 나의 목적을 이루기 전에는 내 식구에게 편지도 하지 않으려고 한다. 그네가 죽어도, 내가 또 죽어도…….

나는 이러다가 성공 없이 죽는다 하더라도 원한이 없겠다. 이 시대, 이 민중의 의무를 이행한 까닭이다. 아아, 김 군아! 말은 다 하였으나 정은 그저 가슴에 넘치누나!

《조선문단》 6 (1925. 3)

홍염(紅焰)

최서해

1

　겨울은 이 가난한— 백두산 서북편 서간도 한 귀퉁이에 있는 이 가난한 촌락 '빼허〔白河〕'에도 찾아들었다. 겨울이 찾아들면 조그만 강을 앞에 끼고 큰 산을 등진 '빼허'는 쓸쓸히 눈 속에 묻히어서 차디찬 좁은 하늘을 치어다보게 된다.

　눈보라는 북국의 특색이다. '빼허'의 겨울에도 그러한 특색이 있다. 이것이 빼허의 생령들을 괴롭게 하는 것이다.

　오늘도 눈보라가 친다.

　북극의 얼음 세계나 거쳐오는 듯한 차디찬 바람이 우 하고 몰려오는 때면 산봉우리와 엉성한 가지 끝에 쌓였던 눈들이 한꺼번에 휘날려서 이 좁은 산골은 뿌연 눈안개 속에 들게 된다. 어떤 때는 강골바람에 빙판에 덮였던 눈이 산봉우리로 불리게 된다. 이렇게 교대적으로 산봉우리의 눈이 들로 내리고 빙판의 눈이 산봉우리로 올리달려서 서로 엇바뀌는 때면 그런대로 관계치 않으나, 하늬〔天風〕와 강바람이 한꺼번에 불어서 강으로부터 올리달은 눈과 봉우리로부터 내리달은 눈이 서로 부닥치고 어우러지게 되면 눈보라와 바람 소리에 빼허의 좁은 골짜기는 터질 듯한 동요를 받는다.

 등진 산과 앞으로 낀 강 사이에 게딱지처럼 끼어 있는 것이 이 빼허의 촌락이다. 통틀어서 다섯 호밖에 되지 않는 집이나마 밭을 따라서 이리저리 흩어져 있다. 모두 커다란 나무를 찍어다가 우물 정(井)자로 틀을 짜 지은 집인데 여기 사람들은 이것을 '귀틀집'이라 한다. 지붕은 대개 조짚이요, 혹은 나무껍질로도 예었다. 그 꼴은 마치 우리 내지(간도서는 조선을 내지라 한다)의 거름집〔堆肥舍〕과 같다. 심하게 말하는 이는 도야지 굴과 같다고 한다.

 이것이 남부여대로 서간도 산골을 찾아들어서 사는 조선 사람의 집들이다. 빼허의 집들은 그러한 좋은 표본이다.

 험악한 강산 세찬 바람과 뿌연 눈보라 속에 게딱지처럼 붙어서 위태스럽게 침묵을 지키고 있는 이 모든 집에도 언제든지 — 공도(公道)가 위대한 공도가 어그러지지 않으면 언제든지 꼭 한때는 따뜻한 봄볕이 지내리라. 그러나 이렇게 눈발이 날리고 바람이 우지짖으면 그 어설궂은 집 속에 의지 없이 들어백인 넋들은 자기네로도 알 수 없는 공포에 몸을 부르르 떨게 된다.

 이렇게 몹시 춥고 두려운 날 아침에 문 서방은 집을 나섰다. 산산이 흐트러진 머리카락을 뿌연 상투에 휘휘 거둬 감고 수건으로 이마를 질끈 동인 위에 까맣게 그으른 대팻밥모자를 끈 달아 썼다. 부대처럼 툭툭한 토수래(베실을 삶아서 짠 것이다) 바지저고리는 언제 입은 것인지 뚫어지고 흙투성이 되었는데 바람에 무겁게 휘날린다.

"문 서뱅이 발써 갔소?"

문 서방은 짚신에 들막을 단단히 하고 마당에 내려서려다가 부르는 소리에 머리를 돌렸다. 펄쩍 문을 열면서 때가 찌덕찌덕한 늙은 얼굴을 내미는 것은 한 관청(韓官廳 ― 관청은 직함)이었다.

"왜 그러시우?"

경기 말씨가 그저 남아 있는 문 서방은 한 발로 마당을 밟고 한 발로 흙마루를 밟은 채 한 관청을 보았다.

"엑 바름두! 저, 엑 흑……."

한 관청은 몰아치는 바람이 아츠러운지 연방 흑흑 느끼면서 ―

"저 일절 욕을 마오! 그게…… 엑 워쩐 바름이 이런구 그게 되놈인데 부모두 모르는 되놈〔胡人〕인데……."

하는 양은 경험 있는 늙은 사람의 말을 깊이 들으라는 어조이다.

"나는 또 무슨 말씀이라구! 아 그늠이 이번두 그러면 그저 둔단 말이오?"

문 서방의 소리는 좀 분개하였다.

눈을 몰아치는 바람은 또 몹시 마당으로 몰아들었다. 그 판에 문 서방은 바람을 등지고 돌아서고 한 관청의 머리는 창틀 안으로 자라목처럼 움츠러들었다.

"글쎄 이 늙은 거 말을 듣소! 그늠이 제 가새비(장인)를 잘 알겠소? 홍……."

한 관청은 함경도 사투리로 뇌이면서 다시 머리를 내밀었다.

"염려 마슈! 좋게 하죠."

문 서방은 더 들을 말 없다는 듯이 바람을 안고 휙 돌아섰다.

"그새 무슨 일이나 없을까?"

밭 가운데로 눈을 헤치면서 나가던 문 서방은 주춤하고 돌아다보면서 혼자 뇌었다.

눈보라 때문에 눈도 뜰 수 없거니와 지척을 분간할 수 없이 되어서 집은커녕 산도 보이지 않았다.

"그새 무슨 일이 날라구!"

그는 또 이렇게 혼자 뇌이고 저고리 섶을 단단히 여미면서 강가로 내려가다가 발을 돌려서 언덕길로 올라섰다. 강얼음을 타고 가는 것이 빠르지만 바람이 심하면 빙판에서 걷기가 거북하여 언덕길을 취하였다. 하 다니던 길이니 짐작으로 걷지 눈에 묻히어서 길이 보이지 않았다.

언덕길에 올라서니 바람은 더욱 심하였다. 우와 하고 가슴을 치어서 뒤로 휘뜩 자빠질 것은 고사하고 눈발에 아즈럽게 낯을 치어서 눈도 뜰 수 없고 숨도 바로 쉴 수 없었다. 뻣뻣하여가는 사지에 억지로 힘을 주어가면서 이를 악물고 두 마루턱이나 넘어서 '달리소' 강가에 이르니 가슴에서는 잔나비가 뛰노는 것 같고 등골에는 땀이 흘렀다. 그는 서리가 뿌연 수염을 씻으면서 빙판을 건너갔다. 빙판에는 개가죽 모자 개가죽 바지에 커단 '울레(신)'를 신은 중국 파리(썰매)꾼들이 기다란 채쭉을 휘휘 두르면서,

""뚜―어, 뚜―어, 딱딱."

하고 말을 몰아간다.

"꺼울리 날취(저 조선 거지 어디 가나)?"

중국 파리꾼들은 문 서방을 보면서 욕을 하였으나 문 서방은 허둥허둥 빙판을 걸어서 높다란 바위 모퉁이를 지나 언덕에 올라섰다.

여기가 문 서방이 목적하고 온 '달리소'라는 땅이다. 이 땅 주인은 인(殷)가라는 중국 사람인데 그 '인'가는 문 서방의 사위이다. 저편 밭 가운데 굵은 나무로 울타리를 한 것이 인가의 집이다 그 밖으로 오륙 호나 되는 게딱지 같은 귀틀집은 지팡살이〔小作人〕하는 조선 사람들의 집이다. 문 서방은 바위 모퉁이를 돌아 언덕에 오르니 산이 서북을 가리어서 바람이 좀 잠즉하여 좀 푸근한 느낌을 받았으나 점점 인가 — 사위의 집 용마루가 보이고 울타리가 보이고 그 좌우의 같은 조선 사람의 집이 보이니 스스로 다리가 움츠러지면서 걸음이 떠지었다.

'엑 더러운 놈! 되놈〔胡人〕에게 딸 팔아먹은 놈!'

그것은 자기 스스로 한 일은 아니지만 어디선지 이런 소리가 귀청을 징징 치는 것 같은 동시에 개기름이 번지르하여 핏발이 올올한 눈을 흉악하게 굴리는 인가 — 사위의 꼴이 언뜻 눈앞에 떠올라서 그는 발끝을 돌릴까 말까 하고 주저하였다. 그러다가도,

"여보 룡녜(딸의 이름)가 왔소? 룡녜 좀 데려다주구려."

하고 죽어가는 아내의 애원하던 소리가 귓가에 울려서 다시 앞을 향하였다.

"이게 문 서뱅이! 또 딸집을 찾아가옵느냐?"

머리를 수굿하고 걷던 문 서방은 불의의 모욕이나 받는 듯이 어깨를 툭 떨어뜨리면서 머리를 들었다. 그것은 길옆에서 도야지 우

리를 치던 지팡살이꾼의 한 사람이었다.

"네! 아아니……."

문 서방은 대답도 아니요 변명도 아닌 이러한 말을 하고는 얼른얼른 인가의 집으로 향하였다. 온 동리가 모두 나서서 자기의 뒤를 비웃는 듯해서 곁눈질도 못 하였다.

여기는 서북이 가리어서 빼허처럼 바람이 심하지 않았다. 흐릿하나마 볕도 엷게 흘렀다.

2

"여보! 저 인가가 또 오는구려!"

가을볕이 쨍쨍한 마당에서 '깨'를 떨던 아내는 남편 문 서방을 보면서 근심스럽게 말하였다.

"오면 어쩌누? 와도 하는 수 없지!"

뒤줏간 앞에서 옥수수껍질을 발르던 문 서방은 기탄없이 말하였다.

"엑 그 단련을 또 어찌 받겠소?"

아내의 찌푸린 낯은 스스로 흐리었다.

"참 되놈이란 오랑캐……."

"여보 여기 왔소."

문 서방의 높은 소리를 주의시키던 아내는 뒤줏간 저편을 보면서

"아, 오셨소?"

하고 어색한 웃음을 웃었다.

"예 왔소! 장귀즈(주인) 있소?"

지주 인가는 어설픈 웃음을 지으면서 마당에 들어서다가 뒤줏간 앞에 앉은 문 서방을 보더니

"응 저기 있소!"

하고 손가락질을 하면서 그 앞에 가 수캐처럼 쭈그리고 앉았다.

서천에 기운 태양은 인가의 이마에 번지르르 흘렀다.

"어디 갔다 오슈?"

문 서방은 의연히 옥수수를 발르면서 하기 싫은 말처럼 힘없이 끄집어내었다.

"문 서방! 그래 오레두 비들(빚을) 모 가프갯소?"

인가는 문 서방 말과는 딴전을 치면서 담뱃대를 쌈지에 넣는다.

"허허 어제두 말했지만 글쎄 곡식이 안 된 거 어떡하오?"

"안 돼! 안 돼! 곡시기 자르되고 모 되구 내가 아르오? 오늘은 바다가지구야 가갯소!"

인가는 담배를 피우면서 버티려는 수작인지 땅에 펑덩 드러앉았다.

"내년에는 꼭 갚아드릴게 올만 참아주오! 장구재(주인)도 알지만 흉년이 되어서 되지두 않은 이것(곡식)을 모두 드리면 우리는 어떻게 겨울을 나라우 응? ……자 내년에는 꼭, 하하."

인가를 보면서 넋 없는 웃음을 치는 문 서방의 눈에는 애원하는 빛이 흘렀다.

"안 되우! 안 돼! 퉁퉁(모다)듸 주! 모두두 만히 만히 보족이오!"

"부족이 돼두 하는 수 없지. 글쎄 뻔히 보시면서 어떡하란 말이

오? 휴."

"어째 어부소! 응 늬듸 어째 어부소 마리해! 울리 쌀리듸, 울리 소금이듸, 울리 강냉이듸…… 늬듸 이비(그는 입을 가리키면서)듸 안 먹어? 어째 어부소, 응?"

인가는 낯빛이 거무락푸르락해서 소리를 고래고래 질렀다. 문 서방은 더 말이 나오지 않았다.

언제나 이놈의 소작인 노릇을 면하여 볼까? 경기도에서도 소작인 생활 십 년에 겨죽만 먹다가 그것도 자유롭지 못하여 남부여대로 딸 하나 앞세우고 이 서간도로 찾아들었더니 여기서도 그네를 맞아주는 것은 지팡살이(小作人)였다. 이름만 달랐지 역시 소작인이다. 들어오던 해는 풍년이었으나 늦게 들어와서 얼마 심지 못하였고 그 이듬해에는 흉년으로 말미암아 일 년 내 꾸어 먹은 것도 있거니와 소작료도 못 갚아서 인가에게 매까지 맞고 금년으로 미뤘더니 금년에도 흉년이 졌다. 다른 사람들도 빚을 지지 않은 바가 아니로되 유독이 문 서방을 조르는 것은 음흉한 인가의 가슴속에 문 서방의 룡녜(금년 열일곱)가 걸린 까닭이었다. 문 서방은 벌써 그 눈치를 알아챘으나 차마 양심이 허락지 않았다. 인가의 욕심만 채우면 밭맥*이나 단단히 생겨 한평생 기탄없을 것을 모르지는 않지만 무남독녀로 고이 기른 딸을 되놈에게 주기는 머리에 벼락이 내릴 것 같아서 죽으면 그저 굶어죽었지 차마 할 수 없었다. 그는 그런 것 저런 것 생각할 때마다 도리어 내지(조선) — 쪼들려도 나서 자란 자

---

* 1맥은 10일경(日耕), 1일경은 약 천 평(坪)이다.

기 고향에서 쪼들리던 옛날이 ― 삼 년 전의 그 옛날이 그리웠다. 그러나 그것도 한 꿈이었다. 그 꿈이 실현되기에는 그네의 경제적인 기초가 너무도 어줄이 없었다. 빈 마음만 흐르는 구름에 부쳐서 내지로 보낼 뿐이었다.

"엇재서 대다비 어부소, 응? 그래 울리 비듸듸 안 가파? 창우니, 빠피야!(이놈 껍질 벗긴다)"

인가는 담뱃대를 꽁무니에 지르면서 일어나 앉더니 팔을 거둔다. 그것을 본 문 서방 아내는 낯빛이 파랗게 질려서 부들부들 떨면서 이편만 본다. 문 서방도 낯빛이 까맣게 죽었다.

"자, 그러면 금년 농사는 온통 드리지요!"

문 서방의 목소리는 힘없이 떨렸다. 마치 종아리채를 든 초학 훈장의 앞에 엎드린 어린애의 소리처럼…….

"부요우(싫어)…… 퉁퉁듸…… 모모 모두 우리 가져가두 보미(옥수수) 쓰단(四石), 쐐옌(소금) 얼씨진(二十斤), 쑈미(좁쌀) 디 빠단(八石) 디유아(있다)…… 늬듸 자리 알라잇소! 그거 안 줘?"

검붉은 인가의 뺨은 성난 두꺼비 배처럼 불떡불떡하였다.

"나머지는 내년에 갚지요."

문 서방은 머리를 뚝 떨어뜨렸다.

"슴마(무엇)? 창우니 빠피야!"

인가의 억센 손이 문 서방을 잡았다. 문 서방은 가만히 받았다. 정신이 아찔하였다.

"에구, 장구재…… 흑흑…… 장구재…… 제발 살려줍쇼! 제발 살려주시면 뼈를 팔아서라두 갚겠읍니다. 장구재 제발!"

문 서방의 아내는 부들부들 떨면서 인가의 팔에 매달렸다. 그의 애걸하는 소리는 벌써 울음에 떨렸다.

"내 보미 워듸 소금이 낼라! 아니 소 아니 소 어 어째니 소?"

인가의 주먹은 문 서방의 귓벽을 울렸다.

"아이구!"

문 서방은 땅에 쓰러졌다.

"엑 에구…… 응응응…… 에구 장구재 제발 제제…… 흑 제발 살려줍소…… 응."

쓰러지는 문 서방을 붙잡던 아내는 인가를 보면서 땅에 엎드려서 손을 비빈다.

"이 상느므샛지(상놈의 자식)…… 늬듸 로포(아내) 워듸(내가) 가져가!"

하고 인가는 문 서방을 차더니 엎디어서 손이야 발이야 비는 문 서방의 아내의 손목을 잡아끌었다.

"늬듸 울리 지비 가! 오눌리부터 늬듸 울리 에미네(아내)!"

"장구재…… 제발…… 에이구 응……?"

"에구 엄마!"

집 안에서 바느질하던 룡녜가 내달았다. 인가는 문 서방의 아내를 사정없이 끌고 자기 집으로 향한다.

"나를 잡아가라! 나를……."

쓰러졌던 문 서방은 인가의 팔을 잡았다.

"타마나!"

하는 소리와 같이 인가의 발길은 문 서방의 불거름으로 들어갔다. 문 서방은 거꾸러졌다..

"아이구 어머니! 왜 울 어머니를 잡아가오? 응응…… 흑."

룡녜는 어머니의 팔목을 잡은 중국인의 손을 물어뜯었다. 룡녜를 본 인가는 문 서방의 아내는 놓고 문 서방의 딸 룡녜를 잡았다.

"이 개새끼야! 이것 놔라…… 응응 흑…… 아이구 아버지…… 엄마!"

억센 장정 인가에게 티끌같이 끌려가는 연연한 처녀는 몸부림을 하면서 발악을 하였다.

"룡녜야! 아이구 우리 룡녜야!"

"에이구 응…… 너를 이 땅에 데리구 와서 개 같은 놈에게……."

문 서방의 내외는 허둥지둥 달려갔다.

낯빛이 파랗게 질린 흰옷 입은 사람들은 쭉 나와서 섰건마는 모두 시체같이 서 있을 뿐이었다. 여편네 몇몇은 치맛자락으로 눈물을 씻었다.

의연히 제 걸음을 재촉하는 볕은 서산에 뉘엿뉘엿하였다. 앞강으로 올라오는 찬바람은 스르르 스쳐 가는데 석양에 돌아가는 까마귀 울음은 의지 없는 사람의 넋을 호소하는 듯 처량하였다.

"에구 룡녜야! 부모를 못 만나서 네 몸을 망치는구나! 에구 이놈의 돈 이 우리를 죽이는구나!"

문 서방 내외는 그 밤을 인가의 집 울타리 밖에서 새었다. 누구 하나 들여다보지도 않는데 인가의 집에서 내놓은 개들은 두 내외를 잡아먹을 듯이 짖으며 덤벼들었다.

이리하여 룡녜는 영영 인가의 손에 들어갔다. 며칠 후에 인가는 지금 문 서방이 있는 빼허에 땅날갈이나 있는 것을 문 서방에게 주어서 그리로 이사시켰다.

문 서방은 별별 욕과 애원을 하였으나 나중에 인가는 자기 집 일꾼들을 불러서 억지로 몰아내었다. 이리하여 문 서방은 차마 생목숨을 끊기 어려워서 원수가 주는 땅을 파먹게 되었다. 그것이 작년 가을이었다. 그 뒤로 인가는 절대로 룡녜를 밖으로 내보내지 않을 뿐 아니라 그 어버이 되는 문 서방 내외에게도 보이지 않았다.

"룡녜는 매일 밥도 안 먹고 어머니 아버지만 부르고 운다."

하는 희미한 소식을 인가의 집에 가까이 드나드는 중국인들에게서 들을 때마다 문 서방은 가슴을 치고 그 아내는 피를 토하였다.

이리하여 문 서방의 아내는 늦은 여름부터 아주 병석에 드러누웠다. 그는 병석에서 매일 룡녜만 부르고 룡녜만 보여달라고 졸랐다. 그래서 문 서방은 벌써 세 번이나 인가를 찾아가서 말했으나 효과가 없었다.

이번까지 가면 네 번째다. 이번은 어떻게 성사가 되겠지? (간도에 있는 중국인들은 조선 여자를 빼앗아가든지 좋게 사가더라도 밖에 내보내지도 않고 그 부모에게까지 흔히 면회를 거절한다. 중국인은 의심이 많아서 그런다고 한다.)

3

문 서방은 울긋불긋한 채필로 '관운장'과 '장비'를 무섭게 그려 붙인 집 대문 앞에 섰다. 문밖에서 뼈다귀를 핥던 얼룩개 한 마리가 웡웡 짖으면서 달려들더니 이 구석 저 구석에서 개무리가 우 하고 덤벼들었다. 어떤 놈은 으르렁 으르고, 어떤 놈은 꼬리를 뒷다리 사이에 바싹 끼면서 금방 물듯이 송곳 같은 이빨을 악물었고, 어떤 놈은 대어들었다가는 뒷걸음치고 뒷걸음을 쳤다가는 대어들면서 산천이 무너지게 짖고, 어떤 놈은 소리도 없이 코만 실룩실룩하면서 달려들었다. 그 여러 놈들이 문 서방을 가운데 놓고 죽 돌아서서 각각 제 재주대로 날뛴다. 그렇지 않아도 지금 개 때문에 대문 밖에서 기웃거리던 문 서방은 이 사면초가를 어떻게 막으면 좋을지 몰랐다. 이러는 판에 한 마리가 획 들어와서 문 서방의 바짓가랭이를 물었다.

"으악…… 꺼우듸(개를)!"

문 서방은 소리를 치면서 돌멩이를 찾노라고 엎드리는 것을 보더니 개들은 일시에 뒤로 물러났으나 또다시 덤벼들었다.

"창우니 타마나가비(상소리다)!"

안에서 개가죽 모자를 쓰고 뛰어나오는 일꾼은 기단 호밋자루를 두루면서 개를 쫓았다. 개들은 몰려가면서도 몹시 짖었다.

문 서방은 조짚 수수깡이가 지저분하게 널려 있는 마당을 지나서 왼편 일꾼들 있는 방문으로 들어갔다. 누릿하고 퀴퀴한 더운 기운이 후끈 낯을 스칠 때 얼었던 두 눈은 뿌연 더운 안개에 스르르 흐리어서 어디가 어딘지 잘 분간할 수 없었다.

"윈따야 랠라마(문 영감 오셨소)?"

'캉(구들)'에서 지껄이는 중국인 중에서 누군지 첫인사를 붙였다.

"에헤 랠라 장구재(주인) 유(있소)?"

문 서방은 어색한 웃음을 지었다. 얼었던 몸은 차차 녹고 흐리었던 눈앞도 점점 밝아졌다.

"쌍캉바(구들로 올라오시오)!"

구들 위에서 나는 틱틱한 소리는 인가였다. 그는 일꾼들과 무슨 의논을 하던 판인가? 지껄이는 일꾼들은 고요히 앉아서 담배를 피우면서 호기심에 번득이는 눈을 인가와 문 서방에게 보내었다.

어느 천년에 지은 집인지, 거미줄이 얼키설키 서린 천장과 벽은 아궁이 속같이 검은데 벽에 붙여놓은 삼국풍진도(三國風塵圖)며 춘야도리원도(春夜桃李園圖)는 이리저리 찢기고 그을었다. 그을음과 담배 연기에 싸여서 눈만 반작반작하는 무리들은 아귀도(餓鬼道)를 생각케 한다. 문 서방은 무시무시한 기분에 몸을 부르르 떨었다.

"추엔바(담배 잡수시오)!"

인가는 웬일인지 서투른 대로 곧잘 하던 조선말은 하지 않고 알아도 못 듣는 중국말을 쓰면서 담뱃대를 문 서방 앞에 내밀었다.

"여보 장구재! 우리 로포(아내)가 딸을 못 봐서 죽겠으니 좀 보여 주웅……?"

문 서방은 담뱃대를 받으면서 또 전처럼 애걸하였다. 인가는 이마를 찡그리면서 볼을 불렸다.

"저게(아내) 마지막 죽어가는데 철천지한이나 풀어야 하잖겠소, 응? 한 번만 보여주! 어서 그러우! 내가 룡녜를 만나면 꾀일까 봐…… 그럴 리 있소! 이렇게 된 밧자에…… 한 번만…… 낯이나…… 저 죽어가는 제 에미 낯이나 한 번 보게 해주! 네? 제발……!"

"안 되우! 보내지 모 하겠소. 우리 지비 문바께 로포(아내-룡례를 가리키는 말) 나갔소 재미어부소." 배짱을 부리는 인가의 모양은 마치 전당포 주인과 같은 점이 있었다. 문 서방의 가슴은 죄였다 아쉽고 안타깝고 슬픔이 어울어지더니 분한 생각이 났다. 부뚜막에 놓은 낫을 들어서 인가의 배를 왁 긁어놓고 싶었으나 아직도 행여나 하는 바람과 삶에 대한 애착심이 그 분을 제어하였다.

"그러지 말고 제발 보여주오! 그러면 내 아내를 데리구 올까? 아니 바람을 쏘여서는…… 엑 죽어두 원이나 끄고 죽게 내가 데리고 올게 낯만 슬쩍 보여주오, 네? 흑…… 끅…… 제발……."

이십 년 가까이 손끝에서 자기 힘으로 기른 자기 딸을 억지로 빼앗긴 것도 원통하거든 그나마 자유로 볼 수도 없이 되는 것을 생각하니! 더구나 그 우악한 인가에게 가슴과 배를 사정없이 눌리이는 연연한 딸의 바둑거리는 그림자가 눈앞에 언뜻하여, 가슴이 꽉 막히고 사지가 부르르 떨리면서 주먹이 쥐어졌다. 그러나 뒤따라 병석의 아내가 떠오를 때 그의 주먹은 풀리고 머리는 숙었다.

"넬리 또 왔소 이얘기 하오! 오늘리드 울리드 일이드 푸푸듸! 만히 잇소."

인가는 문 서방을 어서 가라는 듯이 자기 먼저 캉(구들)에서 내려섰다.

"제발 그러지 말구! 으흑 흑…… 제제 제발 단 한 번만이라두 낯만…… 으흑흑웅!"

문 서방은 인가를 따라 밖으로 나오면서 울었다. 등뒤에서는 웃음소리가 들렸다. 그러나 그 웃음소리는 이때의 문 서방에게는 아무러한 자극도 주지 못하였다.

"자— 이거 적지만……."

마당에 한참이나 서서 무엇을 생각하던 인가는 백조(百弔)짜리 관체(官帖―돈) 석 장을 문 서방의 손에 쥐였다. 문 서방은 받지 않으려고 했다. 더러운 놈의 더러운 돈을 받지 않으려 하였다. 그러나 지금 붙여먹는 밭도 인가의 밭이다. 잠깐 사이 분과 설움에 어리어서 퇴기던 돈은― 돈 힘은 굶고 헐벗은 문 서방을 누르지 않을 수 없었다. 그는 못 이기는 것처럼 삼백 조를 받아놓고 힘없이 나오다가

'저 속에는 룡녜가 있으려니!'

생각하면서 바른편에 놓인 조그마한 집을 바라볼 때 자기도 모르게 발길이 도로 돌아섰다. 마치 거기서는 룡녜가 울면서 자기를 부르는 것 같았다. 그러나 인가는 문 서방을 문밖에 내보내고 문을 닫아 잠갔다.

문밖에 나서니 천지가 아득하였다. 발길이 돌아가지 않았다. 사생을 다투는 아내를 생각하면 아니 가든 못 할 일이고 이 울타리 속에는 룡녜가 있거니 생각하면 눈길이 다시금 울타리로 갔다.

그가 바위 모퉁이 빙판에 올 때까지 개들은 쫓아나와 짖었다. 그는 제 분김에 한 마리 때려잡는다고 얼른 돌멩이를 집어들었다가, 작년 가을에 어떤 조선 사람이 어떤 중국 사람의 개를 때려죽이고 그 사람이 주인에게 총 맞아 죽은 일이 생각나서 들었던 돌멩이를 헛뿌렸다.

돌아 떨어지는 겨울해는 어느새 강 건너 봉우리 엉성한 가지 끝에 걸렸다. 바람은 좀 자고 날씨는 맑으나 의연히 추워서 수염에는 우물가처럼 어름보쿠지가 졌다.

4

 눈옷 입은 산봉우리 나뭇가지 끝에 붉은 석양볕이 스르르 자취를 감추고 먼 동쪽 하늘가에 차디찬 연자주빛이 싸르르 돌더니 그마저 스러지고 쌀쌀한 하늘에 찬 별들이 내려다보게 되면서부터 어둑한 황혼빛이 '빼허'의 좁은 골에 흘러들어서 게딱지 같은 집 속까지 흐리기 시작하였다.

 까만 서까래가 드러난 수수깡 천장에는 그을은 거미줄이 흐늘흐늘 수없이 드리이고, 빈대 죽인 자리는 수묵으로 댓잎(竹葉)을 그린 듯이 흙벽에 빈틈이 없는데 먼지가 수북한 구들에는 구름깔개(참나무를 엷게 밀어서 결은 자리)를 깔아놓았다. 가마 저편 바당(부엌)에는 장작개비가 흩어져 있고 아궁이에서는 발간 불이 훨훨 붙는다.

 뜨끈뜨끈한 부뚜막에는 문 서방의 아내가 누덕이불에 싸여 누웠고 문 앞과 윗목에는 이웃집 사람들이 모여 앉았는데 지금 막 '달리소' 인가의 집에서 돌아온 문 서방은 신음하는 아내의 가슴에 손을 얹고 앉았다.

 등꽂이에 켜놓은 등(삼대에 겨를 올려서 불켜는 것)불은 환하게 이 실내의 모든 사람을 비췄다.

 "룡녜야! 룡녜야! 룡녜야!"

 고요히 누웠던 문 서방의 아내는 마지막 소리를 좀 크게 질렀다. 문 서방은 아내의 가슴을 지근히 눌렀다.

 "에구, 우리 룡녜! 우리 룡녜를 데려다주구려!"

 그는 눈을 번쩍 뜨면서 몸을 흔들었다.

 "여보 왜 이러우. 룡녜가 지금 와요. 금방 올걸!"

홍염

어린애를 어리듯 하면서 땀내가 께저분한 아내의 얼굴을 내려다 보는 문 서방의 눈은 흐리었다.

"에구, 몹쓸 놈두! 저런 거 모르는 체하는가? 쳇!"

윗목에 앉은 늙은 부인은 함경도 사투리로 구슬피 뇌었다.

"허 그러게 되놈〔胡人〕이라지! 그놈덜께 인륜(人倫)이 있소?"

문 앞에 앉았던 한 관청은 받아쳤다.

"룡녜야! 룡녜야! 흥 저기 저기 룡녜가 오네!"

문 서방의 아내는 쑥 꺼진 두 눈을 모떠서 천장을 뚫어지게 보면서 보기에 아츠러운 웃음을 웃었다.

"어디? 아직은 안 오. 여보, 왜 이러우? 응? 정신을 채리우 응!"

문 서방의 목소리는 떨렸다.

"저기 엑…… 룡 룡녜……."

그는 눈을 더 크게 뜨고 두 뺨의 근육을 경련적으로 움직이면서 번쩍 일어났다. 문 서방은 아내의 허리를 안았다. 그는 또 정신에 착오를 일으켰는지, 창문을 바라보고 뛰어나가려고 하면서 ㅡ

"룡녜야! 룡녜 룡녜…… 저 저기 저기 룡녜가 있네! 룡녜야! 어디 가니? 룡녜야! 네 어디 가느냐? 응?"

고함을 치고 눈물 없는 울음을 우는 그의 눈에서는 파란 불빛이 번쩍하였다. 좌중은 모진 짐승의 앞에나 앉은 듯이 모두 숨을 죽이고 손을 틀었다. 문 서방은 전신의 힘을 내어서 아내의 허리를 안았다.

"하하하(그는 이상한 소리를 내어 웃다가 다시 성을 잔뜩 내면서)…… 룡녜, 룡녜가 저리로 가는구나! 으응…… 저놈이 저놈이 웬 놈이냐?"

하면서 한참 이를 악물고 창문을 노려보더니—

"저 저…… 이놈아! 우리 룡녜를 놓아라! 저 되놈이 저 되놈이 룡녜를 잡아가네! 이놈 놔라! 이놈 모가지를 빼놓을 이이……."

그의 앞에는 룡녜를 인가에게 빼앗기던 그때가 떠올랐는지, 이를 뿍 갈면서 몸을 번쩍 일으켜 창문을 향하고 내달았다.

"여보 정신을 차리오! 여보 왜 이러우? 아이구 응."

쫓아나가면서 아내의 허리를 안아서 뒤로 끌어들이는 문 서방의 소리는 눈물에 젖었다.

"이늠아! 이게 웬 놈이 남을 붙잡니? 응? 으윽."

그는 두 손으로 남편의 가슴을 밀다가도 달려들어서 남편의 어깨를 물어뜯으면서—

"이것 놔라! 에그 룡녜야, 저게 웬 놈이…… 에구구…… 저놈이 …… 저놈이 룡녜를 깔고 앉네!"

하고 몸부림을 탕탕 하는 그의 눈에는 핏발이 서고 낯빛은 파랗게 질렸다.

이때 한 관청 곁에 앉았던 젊은 사람은 얼른 일어나서 문 서방을 조력하였다. 끌어들이려거니 뛰어나가려거니 하여 밀치고 당기는 판에 등꽂이가 넘어져서 등불이 펄렁 죽어버렸다. 방 안이 갑자기 깜깜하여지자 창문만 희슥하였다.

"조심들 하라니! 엑 불두!"

한 관청은 등을 화로에 대이고 푸푸 불면서 툭덕툭덕 하는 사람들께 주의를 시켰다. 불은 번쩍 하고 켜졌다.

'우우 쏴— 스르르륵'

문을 치는 바람 소리가 요란하였다.

"엑 또 바람이 나는 게로군! 날쎄두 폐릅(괴상하)다."

한 관청은 이렇게 뇌이면서 등꽂이에 등대를 꽂고 몸부림하는 문 서방 내외와 젊은 사람을 피하여 앉았다.

"이것 놓아주오! 아이구, 우리 룡녜가 죽소! 저 흉한 되놈에게 깔려서…… 엑 저저저…… 저것 봐라! 이놈, 네 이놈아! 에이구 룡녜야! 룡녜야! 사람 살려주오! (소리를 더욱 높여서) 우리 룡녜를 살려주! 응 으윽 에엑끅……."

그는 마지막으로 오장육부가 쏟아지게 소리를 지르다가 검붉은 핏덩이를 왈칵 토하면서 앞으로 거꾸리지었다.

"으윽!"

"응 끔직두 한게!"

하면서 여러 사람들은 거꾸러진 문 서방의 아내 앞에 모여들었다.

"여보! 여보소! 아이구 정신 좀……."

떨려 나오는 문 서방의 소리는 절반이나 울음으로 변하였다.

거불거불하는 등불 속에 검붉은 피를 한 말이나 토하고 쓰러진 그는 낯이 파랗게 되어서 숨결이 없었다.

"허! 잡싱〔雜神〕이 붙었는가? 으흠 응! 으흠 흥! 각황제방 심미기, 두우열로 구슬벽……."

여러 사람들과 같이 문 서방의 아내를 부뚜막에 고요히 뉘어놓고 한 관청은 귀신을 쫓는 경문이라고 발음도 바로 못 하는 이십팔수를 줄줄줄 읽었다.

"으응응…… 흑흑…… 여여보!"

문 서방의 목메인 울음을 받는 그 아내는 한 관청의 서투른 경문 소리를 듣는지 마는지, 손발은 점점 식어가고 낯은 파랗게 질렸는데 무엇을 보려고 애쓰던 눈만은 멀거니 뜨고 그저 무엇인지 노리고 있다. 경문을 읽던 한 관청은,

"엑 인저는 늙어가는 사람이 울기는? 우지 마오! 이내 살아날 거!"

하고 문 서방을 나무라면서 문 서방의 아내 앞에 다가앉더니 주머니에서 은동침(어느 때에 얻어둔 것인지?)을 꺼내 문 서방 아내의 인중(人中)을 꾹 찔렀다. 그러나 점점 식어가는 그는 이마도 찡기지 않았다. 다시 콧구멍에 손을 대어보았으나 숨결은 없었다.

바람은 우우 쏴― 하고 문에 눈을 들이치었다. 여러 사람은 약속이나 한 듯이 두려운 빛을 띤 눈으로 창을 바라보았다.

"으응 에이구! 여보! 끝끝내 룡녜를 못 보고 죽었구려…… 잉잉…… 흑."

문 서방은 울기 시작하였다. 그 울음소리는 고요한 방 안 불빛 속에 바람 소리와 함께 처량하게 흘렀다.

"에구 못된 놈도 있는게!"

"에구 참 불쌍하게두!"

"훙 우리두 다 그 신세지!"

무시무시한 기분에 싸여서 낯빛이 푸르러가는 여러 사람들은 각각 한마디씩 뇌었다. 그 소리는 모두 갈 데 없는 신세를 호소하는 듯하게 구슬프고 힘없었다.

5

문 서방의 아내가 죽은 그 이튿날 밤이었다. 그날 밤에도 바람이 몹시 불었다. 그 바람은 강바람이어서 서북에 둘리인 산 때문에 좀 한 바람은 움쩍도 못 하던 달리소(문 서방의 사위 인가의 땅)까지 범하였다. 서북으로 산을 등지고 앞으로 강 건너 높은 절벽을 대하여 강골밖에 터진 데 없는 달리소는 강바람이 들어차면 빠질 데는 없고 바람과 바람이 부닥쳐서 흔히 회오리바람이 일게 된다. 이날 밤에도 그 모양으로, 달리소에는 회오리바람이 일어서 낟가리가 날리고 지붕이 날리고 산천이 울려서 혼돈이 배판할 때 빙세게나 트는 듯한 판이라 사람은커녕 개와 도야지도 굴속에서 꿈쩍 못하였다.

밤이 퍽 깊어서였다.

차디찬 별들이 총총한 하늘 아래, 우렁찬 바람에 휘날리는 눈발을 무릅쓰고 달리소 앞강 빙판을 건너서 달리소 언덕으로 올라가는 그림자가 있다. 모진 바람이 스치는 때마다 혹은 엎드리고 혹은 우뚝 서기도 하면서 바삐바삐 가던 그림자는 게딱지 같은 지팡살이집 근처에서부터 무엇을 꺼리는지 좌우를 슬밋슬밋 보면서 자취를 숨기고 걸음을 느리게 하여 저편으로 돌아가 인가의 집 높은 울타리 뒤로 돌아갔다.

"으르릉 웡웡."

하자 어느 구석으로인지 개가 한 마리, 두 마리, 세 마리 뒤이어 나와서 짖으면서 그 그림자를 쫓아간다. 그 개소리는 처량한 바람소리 속에 싸여 흘러서 건너편 산을 즈르릉즈르릉 울렸다.

"꽝! 꽝꽝."

인가의 집에서는 개짖음에 홍우재(마적)나 돌아오는가 믿었던지 헛총질을 네댓 방이나 하였다. 그 소리도 산천을 울렸다. 그 바람에 슬근슬근 가던 그림자는 획 돌아서서 손에 들었던 보자기를 개 앞에 던졌다. 보자기는 터지면서 둥글둥글한 것이 우루루 쏟아졌다. 짖으면서 달려오던 개들은 짖기를 그치고 거기 모여들어서 서로 물고 뜯고 뺏어서 먹는다. 그러는 사이에 그림자는 인가의 울타리 뒤에 산같이 쌓아놓은 보릿짚 더미에 가서 성냥을 쭉 긋더니 뒷산으로 올리닫는다.

처음에는 바람 속에서 판득판득하던 불이 삽시간에 그 산 같은 보릿짚 더미에 붙었다.

"훠쓰(불이야)!"

하는 고함과 함께 사람의 소리는 요란하였다. 모진 바람에 하늘하늘 일어서는 불길은 어느새 보릿짚 더미를 살라버리고 울타리를 살라버리고 울타리 안에 있는 집에 옮았다.

"푸우 우루루루루 쏴아……."

동풍이 몹시 일면은 불기둥은 서편으로, 서풍이 몹시 부는 때면 불기둥은 동으로 쏠려서 모진 소리를 치고 검은 연기를 뿜다가도 동서풍이 어울치면 축늉(火神)의 붉은 혓발은 하늘하늘 염염이 타올라서 차디찬 별 ─ 억만 년 변함이 없을 듯하던 별까지 녹아내릴 것같이 검은 연기는 하늘을 덮고 붉은빛은 깜깜하던 골짜기에 차흘러서 어둠을 기회로 모아들었던 온갖 요귀(妖鬼)를 몰아내는 것 같다. 불을 질러놓고 뒷숲속에 앉아서 내려다보는 그 그림자 ─ 딸과 아내를 잃은 문 서방은,

"하하하……."

시원스럽게 웃고 가슴을 만지면서 한 손으로 꽁무니에 찼던 도끼를 만져보았다.

일동리 사람들과 인가의 집 일꾼들은 불 붙는 데 모여들었으나 모두 어쩔 줄을 모르고 떠들고 덤비면서 달려가고 달려올 뿐이었다.

그러는 사이에 울타리는 물론 울타리 속에 엉큼히 서 있던 큰 집 두 채도 반이나 타서 쓰러졌다.

이런 불 속으로부터 여러 사람이 오고 가는 밭 가운데로 튀어나가는 두 그림자가 있었다. 하나는 커단 장정이요 하나는 작은 여자이다. 뒷산 숲에서 이것을 본 문 서방은 그 두 그림자를 향하고 내리뛰었다. 그는 천방지방 내리뛰었다. 독살이 잔뜩 올라서 불빛에 번쩍이는 그의 눈에는 이 두 그림자밖에는 아무것도 보이지 않았다.

"으윽 끅."

문 서방이 여러 사람을 헤치고 두 그림자 앞에 가 섰을 때, 앞에 섰던 장정의 그림자는 땅에 거꾸러졌다. 그때는 벌써 문 서방의 손에 쥐었던 도끼가 장정 '인가'의 머리에 박혔다. 도끼를 놓은 문 서방의 품에는 어린 여자의 그림자가 안겼다. 룡녜가…….

그 바람에 모여 섰던 사람들은 혹은 허둥지둥 뛰어버리고 혹은 뒤로 자빠져서 부르르 떨었다. 룡녜도 거꾸러지는 것을 안았다.

"룡녜야! 놀라지 마라! 나다! 아버지다! 룡녜야!"

문 서방은 딸을 품에 안으니 이때까지 악만 찼던 가슴이 스르르 풀리면서 독살이 올랐던 눈에서 뜨거운 눈물이 떨어졌다. 이렇게 슬픈 중에도 그의 마음은 기쁘고 시원하였다. 하늘과 땅을 주어도 그 기쁨을 바꿀 것 같지 않았다.

그 기쁨! 그 기쁨은 딸을 안은 기쁨만이 아니었다. 작다고 믿었던 자기의 힘이 철통 같은 성벽을 무너뜨리고 자기의 요구를 채울 때 사람은 무한한 기쁨과 충동을 받는다.

불길은— 그 붉은 불길은 의연히 모든 것을 태워버릴 것처럼 하늘하늘 올랐다.

《조선문단》18 (1927.1)

레디메이드 인생

채만식

채만식 1902~1950

호는 백릉(白菱)·채옹(菜翁). 전북 옥구 출생. 일본 와세다대학 고등학원 문과 중퇴. 동아일보·조선일보·개벽사 기자. 1924년《조선문단》에 추천되면서 문단에 등단. 주요 작품으로〈레디메이드 인생〉〈인텔리와 빈대떡〉〈치숙〉〈태평천하〉〈미스터 방〉〈논 이야기〉등의 단편과《탁류》등의 장편이 있다.

1

"머, 어데 빈자리가 있어야지."

K 사장은 안락의자에 푹신 파묻힌 몸을 뒤로 벌―떡 젖히며 하품을 하듯이 시원찮게 대답을 한다. 미상불 그는 두 팔을 쭉―내뻗고 기지개라도 한번 쓰고 싶은 것을 겨우 참는 눈치다.

이 K 사장과 둥근 탁자를 사이에 두고 공손히 마주 앉아 얼굴에는 '나는 선배인 선생님을 극히 존경하고 앙모합니다' 하는 비굴한 미소를 띠고, 있는 구변 없는 구변을 다하여 직업 동냥의 구걸 문구를 기다랗게 늘어놓던 P······. P는 그러나 취직 운동에 백전백패의 노졸(老卒)인지라 K씨의 힘 아니 드는 한마디의 거절에도 새삼스럽게 실망도 아니한다. 대답이 그렇게 나왔으니 인제 더 졸라도 별수가 없는 것이지만 허실 삼아 한마디 더 해보는 것이다.

"글쎄올시다. 그러시다면 지금 당장 어떻게 해줍시사고 무리하게 조를 수야 있겠습니까마는……. 그러면 이담에 결원이 있다든지 하면 그때는 꼭……."

이렇게 말하고 P는 지금까지 외면하였던 얼굴을 돌리어 K 사장을 조심성 있게 바라보았다. 그러나 K 사장은 우선 고개를 좌우로 두어 번 흔들고는 여전히 하품 섞인 대답을 한다.

"결원이 그렇게 나나 어데……. 그리고 간혹 가다가 결원이 난다 더래도 유력한 후보자가 멧십 명씩 밀려 있어서……."

P는 아무 말도 아니하고 고개를 숙였다. 인제는 영영 틀어진 것이다. 안녕히 계십시오 하고 일어서는 것밖에는 별수가 없다.

별수가 없이 되었으니 "네 그렇습니까" 하고 선선히 일어서야 할 것이지만 지금까지의 은근히 모시고 있던 태도에 비하여 그것이 너무 낯이 간지러운 표변임을 알기 때문에 실망이나 하는 체하고 잠시 더 앉아 있는 것이다.

"거참 큰일들 났어."

K 사장은 P가 낙심해하는 것을 보고 별로 밑천이 들지 아니하는 일이라서 알뜰히 걱정을 나누어준다.

"저렇게 좋은 청년들이 일거리가 없어서 저렇게들 애를 쓰니."

P는 속으로 코똥을 '흥' 하고 뀌었으나 아무 대답도 아니하였다. K 사장은 P가 이미 더 조르지 아니하리라고 안심한지라 먼저 하품 섞어 "빈자리가 있어야지" 하던 시원찮은 태도는 버리고 그가 늘 흉중에 묻어두었다가 청년들에게 한바탕씩 해 들려주는 훈화를 꺼낸다.

"그렇지만 내가 늘 말하는 것인데⋯⋯ 저렇게 취직만 하려고 애를 쓸 게 아니야. 도회지에서 월급 생활을 하려고 할 것만이 아니라 농촌으로 돌아가서⋯⋯."

"농촌으로 돌아가서 무얼 합니까?"

P는 말중동을 갈라 불쑥 반문하였다. 그는 기왕 취직 운동은 글러진 것이니 속 시원하게 시비라도 해보고 싶은 것이다.

"허! 저게 다 모르는 소리야⋯⋯. 조선은 농업국이요 농민이 전 인구의 팔 할이나 되니까 조선 문제는 즉 농촌 문제라고 볼 수가 있는데, 아 지금 농촌에서 할 일이 오직이나 많다구?"

"저는 그 말씀 잘 못 알아듣겠는데요. 저희 같은 사람이 농촌에 가서 할 일이 있을 것 같잖습니다."

"그럴 리가 있나! 가령 응⋯⋯ 저⋯⋯."

K 사장은 응⋯⋯ 저⋯⋯ 하고 더듬으면서 곧 대답을 하지 못한다. 그것은 무리가 아니다.

그가 구직하러 오는 지식 청년들에게 농촌으로 돌아가 농촌 사업을 하라는 것과 (다음에 또 꺼내는, 일거리를 만들라는 것은) 결코 현실에서 출발한 이론적 근거가 있는 것이 아니었다. 그저 지식 계급의 구직꾼이 넘치는 것을 보고 막연히 '농촌으로 돌아가라' '일을 만들어라'고 해왔을 따름이다. 따라서 거기에 대한 구체적 플랜이 있는 것도 아니었던 것이다. 한편으로는 한 행세거리로 또 한편으로는 구직꾼 격퇴의 수단으로 자룡이 헌 창 쓰듯 썼을 뿐이지—.

그리하여 그동안까지는 대개는 그 막연한 설교를 들은 성 만 성 하고 물러가는 것이 그들의 행투였는데, 오늘 이 P에게만은 그렇지

레디메이드 인생　169

가 아니하여 불가불 구체적 설명을 해주어야 하게 말머리가 돌아선 것이다. 그래서 그는 떠듬떠듬 생각해가면서 생각나는 대로 주워섬기는 것이다.

"가령 응…… 저…… 문맹퇴치운동도 있지. 농민의 구 할은 언문도 모른단 말이야! 그리고 생활개선운동도 좋고……. 헌신적으로."

"헌신적으로요?"

"그렇지……. 할 테면 헌신적으로 해야지."

"무얼 먹고 헌신적으로 그런 사업을 합니까? ……먹을 것이 있어서 그런 농촌 사업이라도 할 신세라면 이렇게 취직을 못 해서 애를 쓰겠습니까?"

"허! 그게 안 된 생각이야…… 자기가 먹고살 재산이 있으면서 사회를 위해서 일도 아니하고 번들번들 논다는 것은, 그것은 타락된 생각이야."

P는 K 사장이 억담을 내세우는 것을 보고 속으로 싱그레 웃었다.

"그렇지만 지금 조선 농촌에서는 문맹 퇴치니 생활 개선이니 합네 하고 손끝이 하―얀 대학이나 전문학교 졸업생들이 몰켜오는 것을 그다지 반겨하기는커녕 머릿살을 앓을 것입니다……. 농민이 우매하다든지 문화가 뒤떨어졌다든지 또 생활이 비참한 것이 근본 원인이 기역니은을 모른다든가 생활 개선을 할 줄 몰라서 그런 것이 아니니까요. 그리고 조선의 지식 청년들이 모다 그런 인도주의자가 되여집니까?"

"되면 되지 안 될 건 무어야?"

"그건 인도주의란 그것이 한 개 공상이니까 그렇겠지요."

"허허…… 그러면 P군은 ××주의잔가?"

"되다가 찌부러진 찌스레깁니다. 철저한 ××주의자라면 이렇게 선생님한테 와서 취직 운동도 아니합니다."

"못써! 그렇게 과격한 사상으로 기울어서야 쓰나……. 정 농촌으로 돌아가기가 싫거든 서울서라도 몟 사람 맘 맞는 사람이 모여서 무슨 일을 — 조선에 신문이 모자라니 신문을 하나 경영하든지, 또 조고맣게 하자면 잡지 같은 것도 좋고, 또 영리 사업도 좋고……. 그러면 취직 운동 하는 것보담 훨씬 낫잖은가?"

"졸 줄이야 압니다마는 누가 돈을 내놉니까?"

"그거야 성의 있게 하면 자연 돈도 생기는 거지."

P는 엉터리없는 수작을 더 하기가 싫어 웬만큼 말을 끊고 일어섰다.

속에 있는 말을 어느 정도까지 활활 해준 것이 시원은 하나 또 취직이 글렀구나 생각하니 입안에서 쓴 침이 고여 나온다.

복도에서 편집국장 C를 만났다. P는 C와 자별히 사이가 가까운 터였다.

"사장 만나러 왔소?"

C가 묻는 것이다.

"아—니."

P는 거짓말을 하였다. 그는 지금 K 사장을 만나 거절당한 이야기를 하기가 어쩐지 창피하기도 할 뿐 아니라 또 전부터 C더러 K 사장에게 자기의 취직 운동을 부탁해왔던 터인데 직접 이렇게 찾아와서 만났다고 하기가 혐의쩍기도 하여 시치미를 뚝 뗀 것이다.

"아주 단념하오."

C 자기에게 부탁한 취직 운동을 단념하란 말이다. 그러면 벌써 C가 K 사장에게 이야기를 하였고 그 결과 일이 틀어진 것을 P는 모르고 와서 헛노릇을 한바탕한 것이다. P는 먼저 C를 만나보지 아니하고 K 사장을 만난 것을 후회하였다. C는 잠깐 멈췄던 말을 계속한다.

"어제 아침에 사장더러 P군의 사정이 퍽 난처하니 어떻게 생각해봐주면 좋겠다고 여러 말을 했다가 코 떼었소. 신문사가 구제 기관이 아닌데 남의 사정 난처한 것을 어떻게 하라느냐고 그럽디다……. 하기야 그게 옳은 말이지만—."

신문사가 구제 기관이 아니라고 한다는 그 말이 P의 머리에는 침 끝으로 찌르는 것같이 정신이 들게 울리었다.

"흥! 망할 자식들!"

P는 혼잣말로 이렇게 두덜거리며 C와 작별도 아니하고 밖으로 나와버렸다.

2

P는 광화문 네거리의 기념비각(記念碑閣) 옆에서 발길을 멈추고 망설였다. 어디로 갈까 하는 것이다.

봄 하늘이 맑게 개었다. 햇볕이 살이 올라 포근히 온몸을 싸고 돈다. 덕석 같은 겨울 외투를 벗어버리고 말쑥말쑥하게 새로 지은 경쾌한 춘추복의 젊은이들이 봄볕처럼 명랑하게 오고 가고 한다.

멋쟁이로 차린 여자들의 목도리가 나비같이 보드랍게 나부낀다. 그 오동보동한 비단 다리를 바라다보노라니 P는 전에 먹던 치킨까스가 생각이 났다.

창을 활활 열어젖힌 전차 속의 봄 사람들을 보니 P도 전차를 잡아타고 교외나 나가고 싶었다. 그러나 크림 — 맛을 못 본 지 몇 달이 된 낡은 구두, 고기작거린 동복 바지, 양편 포켓이 오뉴월 쇠×알같이 축 처진 양복저고리, 땟국 묻은 와이셔츠와 배배 꼬인 넥타이, 엿장수가 이 전어치 주마던 낡은 모자, 이렇게 아래로부터 훑어 올려보며 생각하니 교외의 산보는커녕 얼핏 돌아가서 차라리 이불을 뒤쓰고 드러눕고만 싶었다.

마침 기념비각 앞에 자동차 하나가 머무르더니 서양 사람 내외가 내린다. 그들은 사내가 설명을 하고 여자가 듣고 하면서 기념비각을 앞뒤로 구경한다. 여자는 사진까지 찍는다.

대원군이 만일 이 꼴을 본다면…… 이렇게 생각하매 P는 저절로 미소가 입가에 떠올랐다.

3

대원군은 한말(韓末)의 돈키호테였었다. 그는 바가지를 쓰고 벼락을 막으려 하였다. 바가지는 여지없이 부스러졌다. 역사는 조선이라는 조그마한 땅덩이나마 너무 오래 뒤떨어뜨려놓지 아니하였다.

갑신정변(甲申政變)에 싹이 트기 시작하여가지고 한일합방의 급격한 역사적 변천을 거치어 자유주의의 사조는 기미년에 비로소 확실한 걸음을 내디뎠다.

자유주의의 새로운 깃발을 내어걸은 '시민'의 기세는 등등하였다.

"양반? 흥! 누구는 발이 하나길래 너희만 양발(반)이라느냐?"

"법률의 앞에서는 만인이 평등이다."

"돈…… 돈이 있으면 무어든지 할 수 있다."

신흥 부르주아지는 민×주의의 간판을 이용하여 노동자 농민의 등을 어루만지고 경제적으로 유력한 봉건 귀족과 악수를 하는 동시에 지식 계급을 대량으로 주문하였다.

유자천금이 불여교자일권서(遺子千金不如敎子一券書)라는 봉건 시대의 진리가 자유주의의 세례를 받아 일단의 더 발전된 얼굴로 민중을 열광시켰다.

"배워라. 글을 배워라……. 지식만 있으면 누구나 양반이 되고 잘 살 수가 있다."

이러한 정열의 외침이 방방곡곡에서 소스라쳐 일어났다.

신문과 잡지가 붓이 닳도록 향학열을 고취하고 피가 끓는 지사(志士)들이 향촌으로 돌아다니며 삼 촌의 혀를 놀리어 권학(勸學)을 부르짖었다.

"배워라. 배워야 한다. 상놈도 배우면 양반이 된다."

"가르쳐라. 논밭을 팔고 집을 팔아서라도 가르쳐라. 그나마도 못하면 고학이라도 해야 한다."

"공자 왈 맹자 왈은 이미 시대가 늦었다. 상투를 깎고 신학문을 배워라."

"야학을 설치하여라."

재등(齋藤) 총독이 문화 정치의 간판을 내어걸고 골고루 학교를 증설하였다.

보통학교의 교장이 감발을 하고 촌으로 돌아다니며 입학을 권유하였다. 생도에게는 월사금을 받기는커녕 교과서와 학용품을 대어 주었다.

민간의 유지는 돈을 걷어 학교를 세웠다. 민립 대학도 생기려다가 말았다. 청년회에서 야학을 설치하였다. 갈돕회가 생겨 갈돕만주 외우는 소리가 서울의 신풍경을 이루었고 일반은 고학생을 존경하였다.

여학생이라는 새 숙어가 생기고 신여성이라는 새 여인이 생겨났다.

이와 같이 조선의 관민이 일치되어 민중의 지식 정도를 높이는 데 진력을 하였다. 즉 그들 관민이 일치하여 계획한 조선의 문화 정도는 급속도로 높아갔다.

그리하여 민중의 지식 보급에 애쓴 보람은 나타났다.

면서기를 공급하고 순사를 공급하고 군청 고원을 공급하고 간이 농업 학교 출신의 농사 개량 기수(技手)를 공급하였다.

은행원이 생기고 회사 사원이 생겼다. 학교 교원이 생기고 교회의 목사가 생겼다.

신문 기자가 생기고 잡지 기자가 생겼다. 민중의 지식 정도가 높았으니 신문 잡지 독자가 부쩍 늘고 의사와 변호사의 벌이가 윤택

하여졌다.

소설가가 원고료를 얻어먹고 미술가가 그림을 팔아먹고 음악가가 광대의 천호(賤號)에서 벗어났다.

인쇄소와 책장사가 세월을 만나고 양복점, 구둣방이 늘비 ― 하여졌다.

연애 결혼에 목사님의 부수입이 생기고 문화 주택을 짓느라고 청부업자가 부자가 되었다. 그리하여 부르주아지는 '가보'를 잡고 공부한 일부의 지식군은 진주(다섯 끗)를 잡았다.

그러나 노동자와 농민은 무대를 잡았다. 그들에게는 조선의 문화의 향상이나 민족적 발전이나가 도리어 무거운 짐을 지워주었을지언정 덜어주지는 아니하였다. 그들은 배(梨) 주고 속 얻어먹은 셈이다.

…… (원문 일부 탈락) ……

인텔리…… 인텔리 중에도 아무런 손끝의 기술이 없이 대학이나 전문학교의 졸업 증서 한 장을 또는 조그마한 보통 상식을 가진 직업 없는 인텔리……. 해마다 천여 명씩 늘어가는 인텔리……. 뱀을 본 것은 이들 인텔리다.

부르주아지의 모든 기관이 포화 상태가 되어 더 수요가 아니 되니 그들은 결국 꼬임을 받아 나무에 올라갔다가 흔들리는 셈이다. 개밥의 도토리다.

인텔리가 아니 되었으면 차라리…… 노동자가 되었을 것인데 인텔리인지라 그 속에는 들어갔다가도 도로 달아나오는 것이 99퍼센트다. 그 나머지는 모두 어깨가 축 처진 무직 인텔리요, 무기력한 문화 예비군 속에서 푸른 한숨만 쉬는 초상집의 주인 없는 개들이다. 레디메이드 인생이다.

4

"제 — 길!"

P는 혼자 두덜거리며 지금까지 섰던 기념비각 옆을 떠났다.

…… (원문 일부 탈락) ……

P는 자기 자신이고 세상의 모든 일이고 모두 짜증이 나고 원수스러웠다.

광화문 큰 거리를 총독부 쪽으로 어실어실 걸어가노라니 그의 그림자가 짤막하게 앞에 누워 간다. P는 그 자기의 그림자를 콱 밟고 싶었다. 그러나 발을 내어디디면 그림자도 그만큼 앞으로 더 나가곤 한다. 이 그림자와 자기 자신에서 그리고 그림자를 밟으려는 자기 자신과 앞으로 달아나는 그림자에서 P는 자기의 이중인격의 모순상(相)을 발견하였다.

동십자각 옆에까지 온 P는 그 건너편 담배 가게 앞으로 갔다.

"담배 한 갑 주시오."

하고 돈을 꺼내려니까 담배 가게 주인이

"네 — . 마 — 콤니까?"

묻는다.

P는 담배 가게 주인을 한 번 거들떠보고 다시 자기의 행색을 내려훑어보다가 심술이 버쩍 났다. 그래서 잔돈으로 꺼내려던 것을 일

부러 일 원짜리로 꺼내드는데 담배 가게 주인은 벌써 마코 한 갑 위에다 성냥을 받쳐 내어민다.

"해태 주어요."

P는 돈을 들이밀면서 볼먹은 소리를 질렀다. 그러나 담배 가게 주인은 그저 무신경하게 "네!" 하고는 마코를 해태로 바꾸어주고 팔십오 전을 거슬러다 준다.

P는 저편이 무렴해하지 아니하는 것이 더욱 얄미웠다.

그는 해태 한 개를 꺼내어 붙여 물고 다시 전찻길을 건너 개천가로 해서 올라갔다. 인제는 포켓 속에 남은 것이 꼭 삼 원하고 동전 몇 푼이다. 엊그제 겨울 외투를 사 원에 잡혀서 생긴 것이다.

방세와 전깃불값이 두 달 치나 밀렸다. 삼 원은 방세 한 달 치를 주고 일 원에서 전등 삯 한 달 치를 주고도 싶었으나 그러고 나면 그 나머지로 설렁탕이나 호떡을 사먹어도 하루밖에는 못 지낸다. 그래 그대로 넣어두고 한 이틀 지내는 동안에 일 원이 거진 달아났던 판인데 공연한 객기를 부리느라고 당치도 아니한 해태를 샀기 때문에 인제는 일 원 돈은 완전히 달아나고 삼 원만 남은 것이다.

P는 포켓 속에 손을 넣고 잔돈과 지폐를 섞어 삼 원 남은 돈을 만지작거렸다. 그러면서 왼편 손으로는 손가락을 꼽아가며 삼 원을 곱쟁이쳐보았다.

육 원 십이 원 이십사 원 사십팔 원 구십륙 원 백구십이 원 팔 원 모자라는 이백 원…… 사백 원 팔백 원 일천육백 원 삼천이백 원 육천사백 원 일만 이천팔백 원 팔백 원은 떼어버리고 이만사천 원 사만팔천 원 구만육천 원 십구만이천 원 삼십팔만사천 원 칠십육만팔

천 원 일백오십삼만육천 원…….

삼 원을 열여덟 번만 곱집으면 일백오십만 원이 된다. 일백오십만 원, 그놈이 있으면……. 이렇게 생각하매 어깨가 으쓱해졌다.

삼 원의 열여덟 곱쟁이가 일백오십만 원이니 퍽 쉬운 일이다……. 그놈만 있으면 백만 원을 들여서 오십 전짜리 십육 페이지 신문을 하나 했으면 우선 K 사장의 엉엉 우는 꼴을 볼 수가 있을 것이다.

그러나 아쉬운 대로 십오만 원만 있어도 일만 오천 원 아니 일천오백 원만 있어도 아니 일백오십 원만 있어도 십오 원만 있어도 우선 방세와 전등 삯을 주고 한 달은 살아가겠다.

P는 한숨을 내쉬었다. 한 달? 한 달만 살고 나면 그 담은 어떻게 하나? ……그래도 몇백 원은 있어야지, 아니 몇천 원은, 아니 멧만 원은…….

P는 늘 하는 버릇으로 이런 터무니없는 공상을 되풀이하였다.

그는 최근 이러한 공상을 하면서부터 취직을 시들하게 여겼다.

취직이 된댔자 사오십 원이나 오륙십 원의 월급이다. 그것을 가지고 빠듯빠듯 살아간들 무슨 아기자기한 재미가 있을 턱도 없는 것이다.

가령 근실히 해서 월괘저금(月掛貯金) 같은 것도 하고 집도 장만하고 여편네도 생기고 사장이나 중역들의 눈에 들어 지위도 부장쯤으로는 올라가고, 그리하여 생활의 근거도 안정이 되고 하면 지금 같은 곤란은 당하지 아니하겠지만, 그러나 P에게는 아직도 젊은 때의 야심이 있어 그러한 고식된 안정이나 명색 없는 생활은 도리어

레디메이드 인생

피하고 싶었던 것이다. 좀 더 남의 눈에 띄며 좀 더 재미있고 그리고 자유로운 생활―.

물론 그는 지금이라도 누가 한 달에 삼십 원만 줄 테니 와서 일을 해달라면 마치 주린 개가 고기를 보고 덤비듯이 덮어놓고 덤벼들 것이다. 그러나 속으로는 그와 딴판으로 배포를 부리고 있는 것이다.

P가 삼청동으로 올라가느라고 건춘문 앞까지 이르렀을 때에 저편에서 말쑥하게 봄치장을 한 여자 하나가 마주 내려왔다.

역시 삼청동 근처에 사는 여자인지 P와는 가끔 마주치는 여자다.

P는 그 여자와 만날 때마다 일부러 눈 익혀 보지 아니하는 체는 하면서도 실상은 고비샅샅 관찰을 하였고 그리고 속으로는 연애라도 좀 했으면 하던 터였다. 무엇보다도 동그스름한 얼굴에 이목구비가 모두 모지지 아니하고 얼굴의 윤곽이 동글듯이 모가 나지 아니한 것, 그래서 맘자리도 그렇게 동글려니 하는 것이 P의 마음을 끈 것이다.

그 여자는 자주 만나는 이 헙수룩한 양복쟁이―P를 먼빛으로도 알아보았는지 처녀다운 조심스런 몸매로 길을 가로 비껴 가까이 왔다.

P는 고개를 꼿꼿이 쳐들고 앞만 쳐다보면서도 속으로는

'저 여자가 지금 내 옆으로 다가와서 조고만 소리로 정답게 구애(求愛)를 한다면? 사뭇 드려안긴다면? ……어쩔꼬?'

이런 생각을 하면서 히죽이 웃는데 여자는 벌써 지나쳐버렸다.

'흥! 어쩌긴 무얼 어째? ……이년아 일없다는데 왜 이래! 하고 발

길로 칵 채내던지지.'

하고 P는 어깨를 으쓱하였다.

삼청동 꼭대기에 있는 집 — 집이 아니라 사글세로 든 행랑방 — 에 돌아왔다. 객지에 혼자 있으니 웬만하면 하숙에 있을 것이로되 밥값이 밀리고 그것에 졸릴 것이 무서워 P는 방을 얻어가지고 있던 것이다.

먹는 것이야 수중에 돈이 있는 때에 따라 호떡도 설렁탕도 백화점의 런치도 그렇잖고 몇 끼씩 굶기도 하여 대중이 없었다.

볕 구경을 잘 못 해서 겨울에도 곰팡이 슬고 이불을 며칠씩 그대로 펴두는 방바닥에서는 먼지가 풀신풀신 올랐다.

하도 어설퍼 앉으려고도 아니하고 방 가운데 우두커니 서서 있노라니까 안방 문 여닫는 소리가 들리며 주인 노파가 나와서 캑 하고 기침을 한다. P는 또 방세 졸릴 일이 아득하였다.

그러나 노파는 방세보다도 우선 편지 한 장을 들이밀어준다. 고향의 형에게서 온 것이다.

편지를 뜯어 읽고 난 P는 말가웃(一斗半)이나 되게 한숨을 푸 내쉬었다. 그러고는 편지를 박박 찢어버렸다.

5

편지의 요건은 P의 아들에 관한 것이다.

P에게는 연전에 갈린 아내와 사이에 생긴 창선이라는 아들이 있다. 금년에 아홉 살이다.

아내와 갈릴 때에 저편에서 다만 어린애만이라도 주었으면 그것을 데리고 길러가는 재미로 혼자 사는 세상에 낙을 붙이겠다고 사정하였다. 그리고 적어도 중학까지는 마치게 하겠다는 것이었다.

그렇게 했으면 P도 한 짐을 덜었을 것이다. 그러나 그는 듣지 아니하였다.

어릴 적부터 소박데기 어미의 손에서 아비의 원망과 푸념을 들어가면서 자란 자식은 자란 뒤에 그 아비에게 호감을 가지지 못한다. P는 자식을 꼭 찾고 싶은 것은 아니나 아무튼 장성하면 아비라고 찾아올 터인데 그때에 P는 이미 늙고 자식은 팔팔하게 젊은 놈이 옛날에 제 어미를 소박한 아비라서 아니꼽게 군다면 그것은 차마 못 당할 노릇이다.

이러한 생각으로 P는 창선이를 내주지 아니한 것이다. 그러나 빼앗아놓고 보니 인제 겨우 네댓 살밖에 아니 먹은 것을 자기 손으로 어찌할 수가 없다. 그리하여 할 수 없이 어렵사리 지내는 그 형에게 맡기어놓고 다시 서울로 올라온 것이다. 보통학교에 다닐 나이가 되면 서울로 데려오겠다고 해두고.

P의 형은 작년에 조카를 보통학교에 입학시켰다. 그러나 극빈 축에 드는 집안인지라 몇 푼 아니 되는 월사금과 학비를 대지 못하여 중도에 퇴학시켰다. 애초에 입학시킬 상의로 P에게 편지를 했을 때에 P는 공부 같은 것은 시켰자 소용이 없으니 차라리 뼈가 보드라운 때부터 생일(勞勤)을 시키라고 하였다. P의 형은 그러나 백부(伯父)의 도리로나 집안의 체면으로나 창선이를 생일을 시킬 수가 없었다. 차라리 자기 손에 두어 헐벗기고 헐입히면서 공부도 시키지 못

하느니 제 아비인 P더러 데려가라고 작년부터 편지를 하던 터이다.

금년도 입학 시기가 당하매 P의 형은 P에게 누차 편지를 하였다. 금년에 입학을 시키지 못하면 명년에는 학령이 초과되어 들여주지 아니할 것이니 어서 데려다가 공부를 시키라는 것이다.

"그 어린것이 굶기를 먹듯 하고 재주는 있으면서 남의 집 아이들이 학교에 다니는 것을 부러워하는 꼴은 차마 애차라워 볼 수가 없다. 차라리 이 꼴 저 꼴 보지 아니하는 것이 속이나 편하겠다."

이번 편지에는 이러한 구절이 있고 끝에 가서

"여비가 몇 원 변통되면 차를 태우고 전보 칠 테니 정거장에 나와 데려가거라. 나도 웬만하면 객지에 혼자 있는 너에게 어린 자식을 떠맥기듯이 보내겠느냐마는 잘못하다가 그것을 굶겨 죽이겠기에 생각타 못하여 단행하는 것이다."

이러한 말이 씌어 있었다.

P는 박박 찢은 편지를 돌돌 뭉쳐 방구석에 내던지고 한숨을 푸— 내쉬었다.

인제는 자식을 데리고 있기가 피할 수 없이 되었는데 어떻게 했으면 좋을까 하는 것이다. 그는 형이 원망스럽고 아니꼬웠다.

굳이 제 아비를 따라 보낸다는 것이 아니라 부둥부둥 공부를 시키라는 것 때문이다. 기왕 서울로 보내나 시골서 데리고 있으나 고생시키기는 일반이니 차라리 시골서 일찍부터 생일이나 시켰으면 P에게는 여러 가지로 좋을 것이었다.

"흥! 체면! 공부! 죽여도 인테리는 만들잖는다."

P는 혼자 이렇게 두덜거렸다.

"집에서 온 편지유? 무슨 걱정이 생겼수."

말거리를 찾지 못하여 머뭇거리고 섰던 안방 노인이 동정이나 하는 듯이 이렇게 묻는다.

"아—니요."

P는 마지못해 코대답을 하였다.

"필경 무슨 걱정이 생긴 게구려!"

노인은 자기의 말거리를 만들려고 아니라는데도 이렇게 걱정을 내어놓는다.

"그게 모다 가난한 탓이지…… 저렇게 젊고 똑똑한 이가 저게 모다 가난한 탓이야! 어데 구실〔職業〕자리 말한다더니 아직 아니 됐수?"

"네 아직……."

"거 큰일 났구려! 어서 돼야 할 텐데……. 나두 꼭 죽겠수……. 이 늙은것이……! 돈 좀 마련되잖했수……?"

"네, 아직 좀……."

"저걸 어쩌나! 오늘은 물값이야 전깃불값이야 사뭇 받으러 달려들 텐데!"

"메칠만 더 미루십시요. 설마하니 마나님이야 아니 드리겠습니까……."

"암으렴! 실수야 없을 줄 알지만 내가 하도 옹색하니깐 그러는 거지……."

P는 노인이 지껄이게 두어두고 혼자 생각하였다. 전에 아는 집에서 셋방을 얻어 들었을 때에는 두 달이고 석 달이고 세가 밀려야 조

르는 법이 없었다.

 밀려도 조르지 아니하는 아는 집…… 이것이 P는 도리어 미안해서 이곳으로 옮겨온 것이다. 옮겨와가지고 막상 졸림질을 당하니 미안해도 졸리지는 아니하던 옛집이 그리워지는 것이다.

 노인이 문을 가로막고 서서 수다스런 소리로 더 지껄이려고 하는데 마침 P의 동무 M과 H가 찾아왔다.

 "어데 나가나?"

 M이 그렇잖아도 벌씸한 코를 한 번 더 벌씸하고 사이 벌어진 앞니를 내어 보이며 싱끗 웃는다.

 몸집은 M과 같이 통통하지만 키가 작아 M의 뒤에 가려 섰던 H가 옆으로 나서며

 "안녕합시요."

 하고 인사를 한다.

 P는 싱끗이 웃었다. 이 M과 H는 같은 하숙에 있는데 두 사람은 곧잘 같이 돌아다닌다. 같이 가는 것을 나란히 세워놓고 보면 하나는 키가 커서 우뚝하고 하나는 키가 작아서 납작 붙어 가는 것 같다.

 얼굴도 M은 우둘부둘한 게 정객 타입으로 생겼고 — 잘못하면 복싱 링에 내세워도 좋겠고 — H는 안존한 게 사무원 타입이다.

 일상의 언행을 보아도 H는 무슨 이야기가 자기 전문인 법률에 관한 것에 다다르면 육법전서의 조목을 따르르 외우면서 이러고 저러고 하다고 설명을 하고 M은 동경서 학생 ××에 제휴를 했던 만큼 그리고 전문이 정경과인 만큼 좌익 진영에서 쓰는 어투가 그대로 나온다.

"여전히 모다 동색(冬色)이 창연하군!"

P는 두 사람의 특특한 겨울 양복을 보고 그리고 자기의 행색을 내려보며 웃었다.

M이 신을 벗고 들어와 먼지 앉은 책상 위에 걸어앉으며

"춘래불사춘(春來不似春)일세."

하고 한마디 외운다. H도 따라 들어와 한편에 앉으며 한마디 한다.

"아직 괜찮아……. 거리에서 보니까 동복 입은 사람이 많데……."

"괜찮기는 무어 괜찮아……. 우리가 길로 돌아다니니까 사 ― 방에서 아이구 아야! 소리가 들리데."

"왜?"

"봄이 발밑에서 짓밟히느라고."

"하하하하."

세 사람은 소리를 내어 웃었다.

"참 시험 본 것 어떻게 되었소."

P는 H가 일전에 총독부에서 본 고원 채용 시험을 생각하고 물어보았다.

"말두 마시우……. 인제는 꼭 들어앉어 공부나 해가지고 변호사 시험이나 치겠소."

사람이 별로 변통성도 없고 그렇다고 여기저기 발도 좁아 취직이 여의하게 되지 못하는 것을 볼 때에 P는 가엾은 생각이 늘 들곤 하였다.

"가만있게……. 어서 변호사 시험만 패스하게. 그러면 인제 내가

백만 원짜리 주식회사를 조직해가지고 자네를 법률 고문으로 모셔 음세."

이것은 M이 늘 농 삼아 하는 농담이다. M도 일 년 동안이나 취직 운동을 하면서 지냈건만 그는 도리어 배포가 유하다. 조금 더 재바르게 했으면 M은 벌써 취직이 되었을는지도 모르나 그는 타고난 배포와 그리고 남에게 아유구용(阿諛苟容)을 하기 싫어하는 성질로 말하자면 취직 전선의 낙오자다.

별로 만나야 할 일도 없다. 그러나 제가끔 혼자 있으면 우울해지니까 이렇게 서로 찾으며 자주 만나게 된다.

만나 앉아서 이야기라도 지껄이면 그동안만은 명랑하여진다. 지금 서울 안에 P니 M이니 H니와 매일 만나 하는 일 없이 돌아다니고 주머니 구석에 돈푼 있으면 서로 털어 선술잔이나 먹고 하는 룸펜의 패가 수없이 많다.

무어나 일을 맡겼으면 불이 버쩍 일게 해낼 팔팔한 젊은 사람들이다. 그렇건만 그들은 몸을 비비 꼬고 있다.

아무 데도 용납치 못하는 사람들이다. ××적 ××에서 그들을 불러들이기에는 ××적 ××의 주관적 정세가 너무도 미약하다. 그것은 그들의 몇 부분이 동경서 학생으로 있을 시절에는 그 속에서 활발하게 ××을 계속하던 것이 조선에 나오면서 탈리되는 것으로 보아 그러한 해석을 내리지 아니할 수가 없다.

그렇다고 부르주아의 기성 문화 기관에 들어가자니 그곳에서는 수요를 찾지 아니한다. 레디메이드로 된 존재들이니 아무 때라도 저편에서 필요해야만 몇씩 사들여간다.

M이 마코를 꺼내놓고 붙여 문다. P는 포켓 속에 들어 있는 해태를 차마 내놓기가 낯이 따가워 M의 마코를 집어 당겼다.

…… (원문 일부 탈락) ……

P는 설명을 시작한다. P 자신 그러한 장난 비슷한 공상은 하면서 일단 해보라고 하면 주저할 것이지만 어쨌거나 그랬으면 통쾌하리라는 것이다.

"먼점 경무국에 들어가서 아주 까놓고 이야기를 한단 말이야. 우리가 지금 대상으로 하는 것은 총독부가 아니라 조선의 소위 민간 측 유지들이니까 간섭을 말어달라고."

"그러면 관허(官許) 메―데―로구만."

"그래 관허도 좋아……. 그래가지고는 기에다가는 무어라고 쓰느냐 하면 '우리에게 향학열을 고취한 놈이 누구냐?' ……어때?"

"조―치."

"인테리에게 직업을 내라…… 이렇게 노래를 지어 부르거든."

…… (원문 일부 탈락) ……

"웅…… 유지와 명사의 가면을 박탈시키라고……. 한 십 명이 그렇게 데모를 한단 말이야."

"하하하하."

M은 이렇게 웃고 H는 시원찮게 핀잔을 준다.

"드끄럽소, 여보. ……아 글쎄 멀끔멀끔한 양복쟁이들이 종로 네거리로 기를 받고 그렇게 다녀봐! 애들이 와서 나 광고지 한 장 주―하잖나."

"하하하하."

"허허허허."

창밖에서 냉이장수가 싸구려 소리를 외치고 지나간다. M이 그에 응하여

"이크! 봄을 떰펑하는구나!"

"훙, 경제학자라 달르군……. 참 우리 하숙에서는 채소를 좀 멕여주어야지!"

"밥값을 잘 내보지."

"그도 그렇지만."

"나는 석 달 치 밀렸네."

"나도 그렇게 될 걸."

"그러니까 나처럼 이렇게 아파트 생활을 해요."

이것은 P의 말이다. 아파트라고 말해놓고도 서글퍼서 허허 웃었다.

"조선식 아파트! 그렇지만 우리가 아파트 생활을 했다면 아마 두어 달 전에 굶어 죽었을걸."

"나는 돈을 보면 초면 인사를 해야 되겠네……. 본 지가 하도 오래서 낯을 잊었어."

"여보게."

하고 M이 의젓하게 H를 달군다.

"돈 구경한 지 오래됐다지?"

"응."

"존 수가 있네."

"멋?"

"자네 책 좀 삼사(三四) 구락부에 보내세."

"싫으이."

"자네 돈 구경하고······, 구경하고 나서 그놈으로 한잔 먹고······."

"한잔 말이 났으니 말이지, 요 같으면 술이나 실컷 먹고 주정이라도 했으면 속이 시언하겠네."

"그러니까 말이야······ 가세. 가서 다섯 권만 잽혀."

"일없다."

"내가 찾어주지."

"흥."

"정말이야."

"싫여."

6

그날 밤.

P와 M은 H를 졸라 그의 법률책을 잡혀 돈 육 원을 만들어가지고 나섰다.

선술집에 가서 엔간히 취하도록 먹은 뒤에 C라는 까페에 가서 술 두 병을 놓고 자정이 되도록 노닥거렸다.

그곳에서 나올 때는 육 원 돈이 이 원 남았다. 이 원의 처치를 생각하던 세 사람은 일제히 동관으로 가기로 하였다.

세 사람이 모두 다리가 비틀거렸다. 그중에도 P는 더욱 취하였다.

닐리리 가락으로 들어박힌 갈보집.

다 쓰러져가는 초가집을 세 사람이 아는 집 들어서듯이 쑥쑥 들어서니

"들어옵시요."

"어서 옵시요."

라고 머리 땋은 계집애와 배가 북통 같은 애 밴 계집이 마루로 나선다.

P가 무심결에 해태곽을 꺼내어 붙여 무니까 머리 땋은 계집애가 P의 목을 걸싸안고 볼에다 입을 쪽 맞추더니,

"나도 하나."

하고 손을 벌린다. P는 기가 막혀 담배곽을 내미는데 H와 M은 박수를 하며

"부라보!"

하고 굉장하게 큰 소리를 외친다.

건넌방에 들어가 앉으니 마루에서 따그락따그락 소리가 난다.

배부른 계집은 푸대접을 받고 머리 땋은 계집애가 H와 M의 손으로 옮아다니면서 주물린다. 깩깩 소리를 지르고 엄살을 한다. 말을 붙이고 대답을 주고받고 하는 것이 H와 M은 전에 한번 와본 집인 듯하다.

술상이 들어왔다.

잔은 사발만 한데 술주전자는 눈알만 하다. 술을 부어놓으니 M이 척 받아놓고는 노래를 투정한다. 계집애는 그보다 더 약아 제가 그 술을 쪽 들이마시고는 빈 잔만 M의 입에 대어준다.

P는 자숫물같이 밍밍한 술을 두어 잔 받아먹는 동안에 비위가 꽉

거슬려서 진정하느라고 드러누웠다.

H가 계집애를 무릎에 올려놓고 신이 나게 노래를 부른다. 물론 고저도 장단도 맞지 아니하는 노래다.

M이 애 밴 계집을 실컷 시달려주다가 머리 땋은 계집애를 빼앗아 가더니 귀에 대고 무어라고 속삭거린다. 그러면서 둘이서 연해 P를 건너다보며 싱긋벙긋 웃는다.

조금 있다가 계집애가 P에게로 오더니 귀에다 입을 대고 속삭인다.

"저이가 나더러 당신하고 오늘 저녁…… 응 어때?"

"그래라."

P는 불쑥 성난 것처럼 대답했다.

"아이! 승거워!"

계집애는 P를 한 번 꼬집어주고 다시 M에게로 달아났다.

M에게로 가서 또 무어라고 속삭거리더니 재차 와가지고는 귓속말을 한다.

"자고 가, 응."

"그래 글쎄."

"꼭."

"응."

"정말."

"응."

술은 네 주전자가 들어왔는데 세 사람 손님은 두서너 잔씩밖에 아니 먹었다. 그 나머지는 다 저희가 먹었다. 계집애가 술이 곤주가 되게 취해가지고 해롱해롱 까분다.

　술값을 치르는 것을 보고 P도 따라 일어섰다. M이 몸뚱이로 슬쩍 밀어서 방 안으로 들여보내고 뒤에서 계집애가 양복 뒷깃을 잡아당긴다.

"그래라. 자고 간다."

P는 방 가운데 벌떡 드러누웠다.

"너희 집이 어데냐?"

계집애가 옆에 와서 앉는 것을 보고 P가 물었다.

"××도 ××."

"언제 왔니?"

"작년에."

P는 몸을 일으켰다. 또 속이 왈칵 뒤집혀 좀 더 진정하려고 하는 생각인데 계집애가 콱 밀어뜨린다.

"나이 몇 살이냐?"

"열여덟."

"부모는?"

"부모가 있으면 여기서 이 짓을 해?"

"왜 이 짓이 나쁘냐?"

"흥…… 나도 사람이야."

"에―꾸! 나는 네가 신선인 줄 알았더니 인제 알고 보니까 사람이로구나!"

"드끄러!"

계집애는 눈을 쪽 흘기고는 갑자기 웃으면서 P의 목을 그러안는다.

"자고 가, 응."

"우리 마누라한테 자볼기맞고 쫓겨난다."

"그러면 내한테 와서 나하고 살지……. 여기 내 빚 팔십 원만 물어 주면……."

"팔십 원이냐?"

"응."

"가겠다."

P는 또 일어나려는 것을 계집이 껴안고 놓지 아니한다.

"자고 가……. 내가 반했어."

"아서라."

"정말!"

"놓아."

"아니야. 안 놓아. 자고 가요, 응…… 자고…… 나 돈 좀 주어."

"돈? 내가 돈이 있어 보이니?"

"돈소리가 절렁절렁 나는데?"

미상불 P의 포켓 속에서는 아까부터 잔돈 소리가 가끔 잘랑거렸다.

"자고 나 돈 조—꼼 주고 가 응."

"얼마나?"

"암만도 좋아. ……오십 전도, 아니 이십 전도."

계집애의 말이 떨어지기도 전에 P는 불에 덴 것같이 벌떡 일어섰다. 일어서면서 그는 포켓 속에 손을 넣어 있는 대로 돈을 움켜쥐어

방바닥에 홱 내던졌다. 일 원짜리 지전 두 장과 백통전이 방바닥에 요란스럽게 흐트러진다.

"앗다 돈!"

해던지고는 P는 뛰어나왔다. 그의 눈에는 눈물이 고였다.

7

P는 정조적(貞操的)으로 순진한 사나이가 아니다. 열네 살 때에 소꿉질 같은 장가를 갔고 그 뒤 동경 가서 있을 동안에 거기 여자와 살림도 하였다.

조선에 돌아와 직업을 가지고 있는 사이에 기생과 사귀어 한동안 죽을 둥 살 둥 모르게 지내기도 하였다.

그 밖에도 정 두어 지낸 여자가 두엇 더 있다. 그러나 삼십이 되도록 지금까지 유곽을 가거나 은근짜 집을 가거나 동관의 색주가 집에 가서 잠자리를 한 일은 없다.

그것은 P의 괴벽이다. 어떠한 여자를 물론하고 그가 정이 들지 아니한 여자이면 절대로 관계를 아니한다는 것이다.

그 대신 한번 P의 눈에 들고 따라서 정이 들면 아무것도 돌아보지 아니하고 심각한 열정에 맡기어 완전히 그 여자를 움켜쥐어버리며 또한 그 여자에게 전부를 내주어버린다. 그리하여 그는 늘 'all or nothing'을 말한다.

이것이 처세상 퍽 이롭지 못한 것을 P도 잘 안다. 또 공연한 승벽이요 고집인 줄 알건만 그는 그것을 고치지 못한다.

이날 밤에도 그는 그 계집애를 조금도 어떻게 하겠다는 생각은 나지 아니하였다.

술 취한 끝에 속이 괴로우니까 진정을 하자는 판인데 "오십 전 아니 이십 전도 좋아" 하는 소리에 버쩍 흥분이 된 것이다.

너무도 인간이 단작스럽고 악착스러운 것 같았다. P가 노상 보고 듣는 세상이 돈을 중간에 놓고 악착스럽게 으등으등하는 것임을 모르는 바는 아니나 정조 대가로 일금 이십 전을 요구하는 것은 처음 보았다.

P는 그러한 여자가 정조를 파는 데 무신경한 것도 잘 알고 있으며 따라서 그것이 비도덕이니 어쩌니 하는 것도 아니다.

그의 관점과 해석은 그런 것보다 더 나아간 입장에 있었다.

그러나 '이십 전만 주어도' 소리에는 이것저것 생각하고 헤아릴 나위도 없었다. 더럽고 얄미우면서 그러면서도 눈물이 고였다. 삼 원쯤 되는 전 재산을 털어 내던지고 정신없이 뛰어나온 것이다.

술 취한 P를 혼자 남겨둔 H와 M은 골목에 기다리고 서서 있었다. P가 뛰어나오는 것을 보고 그들은 우선 농을 건넨다.

"한턱하오."

"장가간 턱 하게."

P는 고개를 흔들었다. 그리고 멍하니 서서 생각을 하였다.

다분의 가면 밑에서 꿈틀거리는 인도주의에 몹시 증오를 느끼는 P는 이날 밤 자기의 행동을 어떻게 해석할지 몰라 괴로워하였다.

내일을 굶어야 할 그 돈이지만 돈이 아까운 것이 아니다. 정좃값으로 이십 전을 주어도 좋다는데 왜 정조는 퇴하고 돈만 있는 대로

다 떨어주었는가? 왜 눈에 눈물은 고였는가?

8

P는 머리가 띵 하고 속이 뉘엿거려 정신을 차릴 수가 없었다. 그는 두 친구에게 인사도 변변히 하지 아니하고 코를 베인 듯이 삼청동으로 올라왔다. 어서 바삐 좀 드러눕고만 싶었던 것이다.

아무리 방구들은 차고 지저분하게 늘어놓았어도 제 처소는 반가운 것이다. 더구나 몸이 괴로울 때는!

P는 누더기 양복이나마 벗으려고도 아니하고 그대로 펴두었던 이부자리 속에 몸을 파묻었다. 드러누우니 취기가 새삼스레 더하여 영영 옷 벗을 생각도 잊어버리고 그대로 잠이 들었다.

얼마를 자고 났는지 괴로워 부대끼다 못하여 잠이 깨었을 때는 목이 타는 듯이 말랐다.

물은 없다. 물이 없어 못 먹느니라 생각하니 목은 더 말랐다.

밤은 어느 때나 되었는지 짐작할 수가 없다. 전등은 그대로 켜져 있다. 밖에서는 사람 지나다니는 발소리도 들리지 아니한다. 전차 갈리는 소리도 들리지 아니하고 가끔가다가 자동차의 경적이 딴 세상의 소리같이 감감하게 들려온다.

밤이 깊지 아니했으면 잠긴 안대문을 두드려 주인 노인에게라도 물을 청하겠지만 이 깊은 밤에 그리하기도 미안하다. 그것도 방세나 여일하게 내었을세 말이지 얼굴 대하기를 이편에서 피하는 판에 차마 못 할 일이다.

레디메이드 인생

물지게 장수의 삐득거리는 소리가 들리나 하고 귀를 기울였으나 감감히 소리가 없다.

목은 더욱더욱 말라 들어온다. 입술이 바싹 마르고 입안이 침기가 없고 목구멍이 바삭바삭 소리가 날 듯이 마르고, 그러고는 창자 속까지 말라 내려가는 듯하다.

방금 미칠 듯하다.

눈앞에 용용하게 흘러가는 푸른 한강이 어릿어릿하고 쏴— 쏟아지는 수통 꼭지가 보이는 듯하다.

P는 배고픈 고비는 많이 겪어보았으나 이대도록도 목마른 참은 당하기 처음이다.

배는 고프면 기운이 없이 착 가라앉을 뿐이었지만 목이 극도로 마름에는 금시 미치고 후덕후덕 날뛸 것 같다.

일어나서 삼청동 꼭대기로 올라가면 산골짜기의 물도 있고 또 우물도 있기는 하다. 그러나 이 어두운 밤에 어디가 어디인지 보이지 아니할 테고 또 우물에는 두레박도 없을 것이다.

겨우겨우 참아가며 몇 시간을 뻐대었다. 실상 한 시간도 못 되는 동안이지만 P에게는 여러 시간인 듯만 싶었다.

그런 뒤에 겨우 물지게 소리를 듣고 그는 수통 있는 곳을 찾아 뛰어나갔다.

사정 이야기도 변변히 하지 아니하고 쏟아지는 수통 꼭지에 매어달려 한 동이는 되리시피 냉수를 들이켰다. 물장수가 어이가 없어 멀끔히 쳐다보고만 있다가 P의 꾸벅 하고 돌아서는 등 뒤에다 혀를 끌끌 찬다.

밥보다도 더 다급하게 그립던 물을 실컷 들이켜고 나니 찌뿌듯하게 엉킨 듯 불쾌하던 취기(醉氣)도 적이 걷히고 정신이 말쑥해졌다.

P는 새삼스레 양복을 벗어 던지고 다시 자리에 파묻혔다. 인제는 잠이 십 리나 달아나고 눈이 초랑초랑하여진다. 그러면서 어젯밤 일이 머리에 떠오른다.

그것은 마치 못 먹을 것을 먹은 것처럼 께름칙한 기억이다. 아무렇게나 씻어 넘겨버리재도 그러나 머리 한구석에 박혀가지고 사라지려 하지 아니하는 어룽[班點]과 같다. 어떻게 해서라도 시원스러운 해석을 내리고라야 마음이 놓일 것 같다.

정조 대가(貞操代價)로 일금 이십 전을 부르는 여자…….

방금 세상에는 한번 정조를 빼앗긴 것으로 목숨을 버려 자살하는 여자가 있다. 그러는 한편 '이십 전도 좋소' 하는 여자가 있다.

여자의 정조가 그것을 잃었다고 자살을 하도록 그다지도 고귀한 것이라면 '이십 전에도 팔겠소' 하는 여자가 눈을 멀끔멀끔 뜨고 살아 있는 사실은 무엇으로 설명할 것인가?

또 정조를 '이십 전에도 팔겠소' 하는 여자가 있도록 그것이 아무렇지도 아니한 것이라면 그것을 한번 빼앗긴 때문에 생명을 내버리는 여자가 있는 것은 무엇으로 설명할 것인가?

이 두 여자가 모두 건전한 양심의 소유자라고 볼 수는 없다.

그러나 그 가운데 나무라기로 들면 차라리 정조를 빼앗긴 것으로 자살한 여자를 나무랄 것이지 '이십 전에 팔겠소' 하는 여자는 나무랄 수가 없다.

열여섯 살부터 시작하여 이래 삼 년이나 색주가 집으로 굴러다니는 여자다.

　언제 누구에게 귀떨어진 도덕 관념이나 정당한 인생관을 얻어들은 적이 없을 것이다.

　술잔을 들고 앉아 한 잔이라도 오는 손님에게 더 먹여 한 푼어치라도 주인의 수입을 도와주면 칭찬이 오니 그만이다.

　"고년 어여쁘다. 나하고 ××."

　하고 손님이 말하면 그에 좇아 비록 조발(早發)일지언정 생리적 만족을 얻는 한편 그야말로 단돈 이십 전이라도 벌면 그만이다.

　옆에서 그것을 시키기는 할지언정 그것이 나쁘다고 가르쳐주는 사람이 있을 턱이 없는 것이다. 사실 일반 매춘부가 정조적으로 양심을 가진 듯이 보인다는 것은 그 대부분이 도리어 한 가식(假飾)에 지나지 못하는 것이다.

　그것은 그들에게 있어서 일종의 정당성을 가진 노동인 것이다.

　그러니까 그것을 보고 불쌍하다고 여기고 동정을 하는 것은 위문이 폐문이다.

　지금 세상은 정당한 성도덕(性道德)이 서서 있는 때도 아니다.

　그것은 한 세대에 여러 가지의 시대 사조가 얼크러져 있는 때문이다. 그러니까 여자의 정조에 대하여도 일률적으로 선악과 시비를 가릴 수는 없는 것이다.

　하룻밤 몸값으로다 '이십 전도 좋소' 하는 여자, 그에게는 다른 사람이 갖는 성도덕도 없고 따라서 자신을 타락이라서 슬퍼하지도 아니한다.

　그 여자 자신을 나무랄 필요도 없는 것이요, 동정할 필요도 없는 것이다. 그 여자 자신은 결코 불쌍한 사람이 아니다.

예수의 사랑(?)도 아무리 그 사랑이 크고 넓다 했을지언정 그것은 '불쌍한 사람', '죄지은 사람'에게 미칠 수 있는 것이다.

'불쌍하지 아니한', '죄짓지 아니한' 동관의 색주가 계집애에게는 누구의 동정이나 사랑도 일없는 것이다.

"뭣? 관념적이라고?"

그렇다. 관념적이라도 할 수 없다. 그러나 그것은 그 여자의 주관을 객관화한 것이다. 그러니까 그것은 한 엄연한 현실이다.

…… (원문 일부 탈락) ……

또 그 병적 현실에 메스를 대는 것은 집단의 역사적 문제이지만 룸펜 인텔리의 결벽과 흥분쯤으로는 문제도 되지 아니한다.

다만 취객이 삼 원 각수(角數)를 던져주었음으로 해서 그 여자는 감격 없는 기쁨을 맛보았을 뿐일 것이다.

"이게 웬 떡이냐……. 어제 저녁에 꿈이 갠찮더니 이런 땡을 잡을 양으루 그랬구나……. 웬 얼간망둥이냐."

그 계집애는 응당 그렇게밖에는 더 생각되지 아니하였을 것이다. 그것이 결코 무리가 없는 당연한 일이다.

P는 여기까지 생각하고 입맛 쓴 고소를 띠었다.

"흥! 되지 못하게……. 장님이 눈병 앓는 사람더러 불쌍하다고 한 셈인가."

P는 돌아누우면서 혀를 끌끌 찼다.

9

일천구백삼십사 년의 이 세상에도 기적이 있다.

그것은 P가 굶어 죽지 아니한 것이다. 그는 최근 일주일 동안 돈이 생긴 데가 없다. 잡힐 것도 없었고 어디서 벌이 한 적도 없다.

그렇다고 남의 집 문 앞에 가서 밥 한 술 주시오 하고 구걸한 일도 없고 남의 것을 훔치지도 아니하였다.

그러나 그동안 굶어 죽지 아니하였다. 야위기는 하였지만 그래도 멀쩡하게 살아 있다. P와 같은 인생이 이 세상에 하나도 없이 싹 치운다면 근로하는 사람이 조금은 편해질는지도 모른다.

P가 소부르주아 축에 끼이는 인텔리가 아니요 노동자였더라면 그동안 거지가 되었거나 비상수단을 썼을 것이다. 그러나 그에게는 그러한 용기도 없다. 그러면서도 죽지 아니하고 살아 있다. 그렇지만 죽기보다도 더 귀찮은 일은 그를 잠시도 해방시켜주지 아니한다.

그의 아들 창선이를 올려 보낸다고 어제 편지가 왔고 오늘은 내일 아침에 경성역에 당도한다는 전보까지 왔다.

오정 때 전보를 받은 P는 갑자기 정신이 난 듯이 쩔쩔매고 돌아다니며 돈 마련을 하였다. 최소한도 이십 원은…… 하고 돌아다닌 것이 석양 때 겨우 십오 원이 변통되었다.

종로에서 풍로니 냄비니 양재기니 숟갈이니 무어니 해서 살림 나부랭이를 간단하게 장만하여가지고 올라오는 길에 전에 잡지사에 있을 때 안 ××인쇄소의 문선 과장을 찾아갔다.

월급도 일없고 다만 일만 가르쳐주면 그만이니 어린아이 하나를

써 달라고 졸라대었다.

 A라는 그 문선 과장은 요리조리 칭탈을 하던 끝에 — 그는 P가 누구 친한 사람의 집 어린애를 천거하는 줄 알았던 것이다 — .

"보통학교나 마쳤나요?"

하고 물었다.

"아 — 니요."

P는 솔직하게 대답하였다.

"나이 몇인데?"

"아홉 살."

"아홉 살?"

A는 놀라 반문을 하는 것이다.

"기왕 일을 배울 테면 아주 어려서부터 배워야지요."

"그래도 너무 어려서 원…… 뉘집 애요?"

"내 자식놈이랍니다."

 P는 그래도 약간 얼굴이 붉어짐을 깨달았다. A는 이 말에 가장 놀라운 일을 보겠다는 듯이 입만 벌리고 한참이나 P를 물끄러미 바라다본다.

"왜? 내 자식이라고 공장에 못 보내란 법 있답디까?"

"아 — 니, 정말 그래요?"

"정말 아니고?"

"괜히 실없는 소리!…… 자제라고 해야 들여줄 테니까 그러시지?"

"아니, 그건 그렇잖애요. 내 자식놈야요."

"그럼 왜 공부를 시키잖구?"

"인쇄소 일 배우는 것도 공부지."

"그건 그렇지만 학교에 보내야지."

"학교에 보낼 처지도 못 되고 또 보낸댔자 사람 구실도 못 할 테니까……."

"거참 모를 일이오……. 우리 같은 놈은 이 짓을 해가면서도 자식을 공부시키느라고 애를 쓰는데 되려 공부시킬 줄 아는 양반이 보통학교도 아니 마친 자제를 공장엘 보내요?"

"내가 학교 공부를 해본 나머지 그게 못쓰겠으니까 자식은 딴 공부를 시키겠다는 것이지요."

"글쎄, 정 그러시다면 내가 내 자식 진배없이 잘 데리고 있으면서 일이나 착실히 가르켜드리리다마는…… 원 너무 어린데 애차랍잔해요?"

"애차라운 거야 애비 된 내가 더하지오만 그것이 제게는 약이니까……."

P는 당부와 치하를 하고 인쇄소를 나왔다. 한 짐 벗어놓은 것같이 몸이 거뜬하고 마음이 느긋하였다.

그는 집으로 올라가는 길에 싸전에 쌀 한 말을 부탁하고 호배추도 몇 통 사들였다. 그렁저렁 오 원을 썼다.

십 원 남은 중에 주인 노인에게 육 원을 내어주니 입이 귀밑까지 찢어진다. 그 끝에 P가 사온 호배추를 내어주며 김치를 담가달라고 하니 선선히 응낙한다. 그리고 자식을 데리고 자취를 하겠다니까 깍두기야 간장이야 된장 같은 것을 아까운 줄 모르고 날라다 주곤 한다.

10

이튿날 전에 없이 첫새벽에 일어난 P는 서투른 솜씨로 화로밥을 지어놓고 정거장으로 나갔다.

그의 형에게서 온 편지에 S라는 고향 사람이 서울 올라오는 길에 따라 보낸다고 했으니까 P는 창선이보다도 더 낯이 익은 S를 찾았다.

과연 차가 식식거리고 들어서매 인간을 뱉어 내놓는 찻간에서 S가 창선이를 데리고 두리번거리며 내려왔다.

어디서 생겼는지 새까만 '고구라' 양복을 입고 이화표 붙은 학생 모자를 쓰고 거기다가 보따리를 하나 지고 무엇 꾸린 것을 손에 들고 차에서 내리는 어린아이……. 저게 내 자식이니라 생각하니 P는 어쩐지 속으로 얼굴이 붉어지며 한편 가엾기도 하였다.

S가 두 손에 짐을 가득 들고 두리번거리다가 가까이 온 P를 보고 반겨 소리를 지른다. 창선이가 모자를 벗고 학교식으로 경례를 한다. 얼굴을 자세히 보니 네댓 살 적에 보던 것보다 더한층 저의 외가를 닮았다. P는 그것이 몹시 불만하였다.

"그새 재미나 좋았나?"

S의 하는 첫인사다.

"멀 그저 그렇지……. 괜한 산 짐을 지고 오느라고 애썼네."

P는 이렇게 인사 겸 치하를 하였다.

"원 천만에! ……그 애가 나이는 어려도 어떻게 속이 찼는지……. 너 늬 아버지 알아보겠니?"

S는 창선이를 돌아보며 웃는다. 창선이는 고개를 숙이고 수줍은

지 아무 대답도 아니한다.

P는 S와 창선이를 데리고 구름다리로 올라왔다.

"저의 외할머니가 저 양복이야 떡이야 모다 해가지고 자네 댁에까지 오셨더라네……. 오셔서 어제 떠나는데 정거장까지 나오셨는데 여러 가지 신신당부를 하시데……. 자네에게 전하라고."

S는 P가 그다지 듣고 싶지도 아니한 이야기를 뒤따라오며 늘어놓는다. 그의 가슴에는 옛날의 반감이 솟쳐 올랐다.

"별 걱정 다 하든 게로군……. 내 자식 내가 어련히 할가버 쫓아다니며 그래!"

"그래도 노인들이라 어데 그런가……. 객지에서 혼자 있는데 데리고 있기 정 불편하거든 당신에게로 도루 보내게 하라고 그러시데……."

"그 집에 내 자식이 무슨 상관이 있어서 보내라는 거야? ……보낼 테면 그때 데려왔을라구……."

P는 그것이 모두 그와 갈린 아내의 조종인 줄 알기 때문에 더구나 심정이 났다. 화가 나는 대로 하면 어린아이가 입고 온 양복도 벗겨 내던지고 싶었으나 꿀꺽 참았다.

11

일찍 맛보아보지 못한 새살림을 P는 시작하였다.

창선이가 도착한 날 밤.

창선이는 아랫목에서 삭삭 잠을 자고 있다. 외롭게 꿈을 꾸고 있으려니 생각하매 전에 없던 애정이 솟아오르는 듯하였다.
 이튿날 아침 일찍 창선이를 데리고 ××인쇄소에 가서 A에게 맡기고 안 내키는 발길을 돌이켜 나오는 P는 혼자 중얼거렸다.
 "레디메이드 인생이 비로소 겨우 임자를 만나 팔리었구나."

《신동아》(1934. 5~7)

봄봄

김유정

김유정 1908~1937

춘천 출생. 휘문고등보통학교를 거쳐 연희전문학교 문과 중퇴. '구인회(九人會)'에 가입해 활동. 주요 작품으로 〈동백꽃〉〈봄봄〉〈노다지〉〈금 따는 콩밭〉〈봄과 따라지〉〈만무방〉〈산골나그네〉〈땡볕〉 등이 있다.

"장인님! 인젠 저……."

내가 이렇게 뒤통수를 긁고, 나이가 찼으니 성례를 시켜줘야 하지 않겠느냐고 하면 그 대답이 늘,

"이 자식아! 성례구 뭐구 미처 자라야지!"

하고 만다.

이 자라야 한다는 것은 내가 아니라 장차 내 아내가 될 점순이의 키 말이다.

내가 여기에 와서 돈 한푼 안 받고 일하기를 삼 년 하고 꼬박이 일곱 달 동안을 했다. 그런데도 미처 못 자랐다니까 이 키는 언제야 자라는겐지 짜장 영문 모른다. 일을 좀 더 잘해야 한다든지 혹은 밥을 (많이 먹는다고 노상 걱정이니까) 좀 덜 먹어야 한다든지 하면 나도 얼마든지 할 말이 많다. 하지만 점순이가 아직 어리니까 더 자라야 한

다는 여기에는 어째 볼 수 없이 고만 벙벙하고 만다.

이래서 나는 애초에 계약이 잘못된 걸 알았다. 이태면 이태, 삼 년이면 삼 년, 기한을 딱 작정하고 일을 해야 원 할 것이다. 덮어놓고 딸이 자라는 대로 성례를 시켜주마 했으니 누가 늘 지키고 섰는 것도 아니고 그 키가 언제 자라는지 알 수 있는가. 그리고 난 사람의 키가 무럭무럭 자라는 줄만 알았지 붙배기 키에 모로만 벌어지는 몸도 있는 것을 누가 알았으랴. 때가 되면 장인님이 어련하랴 싶어서 군소리 없이 꾸벅꾸벅 일만 해왔다. 그럼 말이다, 장인님이 제가 다 알아차려서,

"어 참 너 일 많이 했다. 고만 장가들어라."

하고 살림도 내주고 해야 나도 좋을 것이 아니냐. 시치미를 딱 떼고 도리어 그런 소리가 나올까 봐서 지레 펄펄 뛰고 이 야단이다. 명색이 좋아 데릴사위지 일하기에 싱겁기도 할 뿐더러 이건 참 아무것도 아니다.

숙맥이 그걸 모르고 점순이의 키 자라기만 까맣게 기다리지 않았나.

언젠가는 하도 갑갑해서 자를 가지고 덤벼들어서 그 키를 한번 재볼까 했다마는 우리의 장인님이 내외를 해야 한다고 해서 마주서 이야기도 한마디 하는 법 없다. 우물 길에서 어쩌다 마주칠 적이면 겨우 눈어림으로 재보고 하는 것인데 그럴 적마다 나는 저만침 가서,

"제—미 키두!"

하고 논둑에다 침을 퉤, 뱉는다. 아무리 잘 봐야 내 겨드랑(다른 사

람보다 좀 크긴 하지만) 밑에서 넘을락 말락 밤낮 요모양이다. 개 돼지는 푹푹 크는데 왜 이리도 사람은 안 크는지, 한동안 머리가 아프도록 궁리도 해보았다. 아하 물동이를 자꾸 이니까 뼈다귀가 옴츠러드나 부다 하고 내가 넌즛넌즈시 그 물을 대신 길어도 주었다. 그뿐 아니라 나무를 하러 가면 서낭당에 돌을 올려놓고,

"점순이의 키 좀 크게 해줍소사. 그러면 담엔 떡 갖다 놓고 고사드립죠니까."

하고 치성도 한두 번 드린 것이 아니다. 어떻게 돼 먹은 킨지 이래도 막무가내니……. 그래 내 어저께 싸운 것이지 결코 장인님이 밉다든가 해서가 아니다.

모를 붓다가 가만히 생각을 해보니까 또 싱겁다. 이 벼가 자라서 점순이가 먹고 좀 큰다면 모르지만 그렇지도 못할 걸 내 심어서 뭘 하는 거냐. 해마다 앞으로 축 거불지는 장인님의 아랫배(가 너무 먹은 걸 모르고 냉병이라나. 그 배)를 불리기 위하여 심곤 조금도 싶지 않다.

"아이구 배야!"

난 몰 붓다 말고 배를 쓰다듬으면서 그대루 논둑으로 기어 올랐다. 그리고 겨드랑이에 꼈던 벼 담긴 키를 그냥 땅바닥에 털썩 떨어치며 나도 털썩 주저앉았다. 일이 암만 바빠도 나 배 아프면 고만이니까, 아픈 사람이 누가 일을 하느냐, 파릇파릇 돋아 오른 풀 한 숲을 뜯어 들고 다리의 거머리를 쓱쓱 문대며 장인님의 얼굴을 쳐다보았다.

논 가운데서 장인님도 이상한 눈을 해가지고 한참 날 노려보더니,

"너 이 자식, 왜 또 이래 응?"

"배가 좀 아파서유!"

하고 풀 위에 슬며시 쓰러지니까 장인님은 약이 올랐다. 저도 논에서 철벙철벙 둑으로 올라오더니 잡은 참 내 멱살을 움켜잡고 뺨을 치는 것이 아닌가.

"이 자식아, 일 허다 말면 누굴 망해놀 셈속이냐, 이 대가릴 까놀 자식!"

우리 장인님은 약이 오르면 이렇게 손버릇이 아주 못됐다. 또 사위에게 이 자식 저 자식 하는 이놈의 장인님은 어디 있느냐. 오죽해야 우리 동리에서 누굴 물론하고 그에게 욕을 안 먹는 사람은 명이 짧다 한다. 조고만 아이들까지도 그를 돌라세놓고 욕필이(본 이름은 봉필이니까), 욕필이 하고 손가락질을 할 만치 두루 인심을 잃었다. 허나 인심을 정말 잃었다면 욕보다 읍의 배참봉댁 마름으로 더 잃었다. 본디 마름이란 욕 잘하고, 사람 잘 치고 그리고 생김 생기길 호박개 같애야 쓰는 거지만 장인님은 외양이 똑 됐다. 장인이 닭마리나 좀 보내지 않는다든가 애벌논 때 품을 좀 안 준다든가 하면 그해 가을에는 영락없이 땅이 뚝뚝 떨어진다. 그러면 미리부터 돈도 먹이고 술도 먹이고 안달재신으로 돌아치던 놈이 그 땅을 슬쩍 돌라 안는다. 이 바람에 장인님 집 빈 외양간에는 눈깔 커다란 황소 한 놈이 절로 엉금엉금 기어들고, 동리 사람은 그 욕을 다 먹어가면서도 그래도 굽신굽신하는 게 아닌가—.

그러나 내겐 장인님이 감히 큰소리할 계제가 못 된다.

뒷생각은 못 하고 뺨 한 개를 딱 때려놓고는 장인님은 무색해서 덤덤히 쓴 침만 삼킨다. 난 그 속을 퍽 잘 안다. 조곰 있으면 갈도 꺾어야 하고 모도 내야 하고, 한창 바쁜 때인데 나 일 안 하고 우리 집으로 그냥 가면 고만이니까. 작년 이맘 때도 트집을 좀 하니까 늦잠 잔다구 돌멩이를 집어 던져서 자는 놈의 발목을 삐게 해놨다. 사날씩이나 건성 끙, 끙, 앓았더니 종당에는 거반 울상이 되지 않았던가.

"얘 그만 일어나 일 좀 해라. 그래야 올 갈에 벼 잘 되면 너 장가들지 않니."

그래 귀가 번쩍 띄어서 그날로 일어나서 남이 이틀 품 들일 논을 혼자 삶아놓으니까 장인님도 눈깔이 커다랗게 놀랐다. 그럼 정말로 가을에 와서 혼인을 시켜줘야 원 경우가 옳지 않겠나. 볏섬을 척척 들여 쌓아도 다른 소리는 없고 물동이를 이고 들어오는 점순이를 담배통으로 가리키며,

"이 자식아 미처 커야지. 조걸 데리구 무슨 혼인을 한다구 그러니 원!"

하고 남 낯짝만 붉게 해주고 고만이다. 골김에 그저 이놈의 장인님 하고 댓돌에다 메꽂고 우리 고향으로 내뺄까 하다가 꾹꾹 참고 말았다.

참말이지 난 이 꼴 하고는 집으로 차마 못 간다. 장가를 들러갔다가 오죽 못났어야 그대로 쫓겨 왔느냐고 손가락질을 받을 테니까…….

논둑에서 벌떡 일어나 한풀 죽은 장인님 앞으로 다가서며,

"난 갈 테야유, 그동안 사경 쳐 내슈 뭐."

"너 사위로 왔지 어디 머슴 살러 왔니?"

"그러면 얼찐 성례를 해줘야 안 하지유, 밤낮 부려만 먹구 해준

봄봄

다, 해준다…….."

"글쎄 내가 안 하는 거냐? 그년이 안 크니까……."

하고 어름어름 담배만 담으면서 늘 하는 소리를 또 늘어놓는다.

이렇게 따져나가면 언제든지 늘 나만 밑지고 만다. 이번엔 안 된다 하고 대뜸 구장님한테로 단판 가자고 소맷자락을 내끌었다.

"아, 이 자식이 왜 이래 어른을."

안 간다고 뻗디디고 이렇게 호령은 제 맘대로 하지만 장인님 제가 내 기운은 못 당한다. 막 부려먹고 딸은 안 주고 게다 땅땅치는 건 다 뭐야…….

그러나 내 사실 참 장인님이 미워서 그런 것은 아니다.

그 전날 왜 내가 새고개 맞은 봉우리 화전밭을 혼자 갈고 있지 않았느냐. 밭 가생이로 돌 적마다 야릇한 꽃내가 물컥물컥 코를 찌르고 머리 위에서 벌들은 가끔 붕, 붕, 소리를 친다. 바위 틈에서 샘물 소리밖에 안 들리는 산골짜기니까 맑은 하늘의 봄볕은 이불 속같이 따스하고 꼭 꿈꾸는 것 같다. 나는 몸이 나른하고 몸살(을 아직 모르지만 병)이 날랴구 그러는지 가슴이 울렁울렁하고 이랬다.

"어러이! 말이! 맘 마 마."

이렇게 노래를 하며 소를 부리면 여느 때 같으면 어깨가 으쓱으쓱 한다. 웬일인지 밭 반도 갈지 않아서 온몸의 맥이 풀리고 자꾸 짜증만 난다. 공연히 소만 들입다 두들기며,

"안야! 안야! 이 망할 자식의 소(장인님의 소니까) 대리를 꺾어 들라."

그러나 내 속은 정말 안야 때문이 아니라 점심을 이고 온 점순이

의 키를 보고 울화가 났던 것이다.

점순이는 뭐 그리 썩 이쁜 계집애는 못 된다. 그렇다구 또 개떡이냐 하면 그런 것두 아니고 꼭 내 아내가 돼야 할 만치 그저 툽툽하게 생긴 얼굴이다. 나보다 십 년이 아래니까 올해 열여섯인데 몸은 남보다 두 살이나 덜 자랐다. 남은 잘도 휜칠히들 크건만 이건 위아래가 몽툭한 것이 내 눈에는 헐없이 감참외 같다. 참외 중에는 감참외가 젤 맛좋고 이쁘니까 말이다. 둥글고 커단 눈은 서글서글하니 좋고 좀 지쳐 찢어졌지만 입은 밥술이나 톡톡히 먹음직하니 좋다. 아따 밥만 많이 먹게 되면 팔자는 고만 아니냐. 헌데 한 가지 파가 있다면 가끔가다 몸이(장인님은 이걸 채신이 없이 들까분다고 하지만) 너무 빨리빨리 논다. 그래서 밥을 나르다가 때없이 풀밭에다 깨빡을 쳐서 흙투성이 밥을 곧잘 먹인다. 안 먹으면 무안해할까 봐서 이걸 씹고 앉았노라면 으적으적 소리만 나고 돌을 먹는 겐지 밥을 먹는 겐지…….

그러나 이날은 웬일인지 성한 밥 채루 밭머리에 곱게 내려놓았다. 그리고 또 내외를 해야 하니까 저만큼 떨어져 이쪽으로 등을 향하고 옹크리고 앉아서, 그릇 나가기를 기다린다.

내가 다 먹고 물러섰을 때 그릇을 와서 챙기는데, 그런데 난 깜짝 놀라지 않았느냐. 고개를 푹 숙이고 밥함지에 그릇을 포개면서 날더러 들으라는지 혹은 제 소린지

"밤낮 일만 하다 말 텐가!"

하고 혼자서 쫑알거린다. 고대 잘 내외하다가 이게 무슨 소린가 하고 난 정신이 얼떨떨했다. 그러면서도 한편 무슨 좋은 수나 있는

봄봄

가 싶어서 나도 공중을 대고 혼잣말로,

"그럼, 어떡해?"

하니까,

"성례시켜달라지 뭘 어떡해."

하고 되알지게 쏘아붙이고 얼굴이 발개져서 산으로 그저 도망질을 친다.

나는 잠시 동안 어떻게 되는 심판인지 맥을 몰라서 그 뒷모양만 덤덤히 바라보았다.

봄이 되면 온갖 초목이 물이 오르고 싹이 트고 한다. 사람도 아마 그런가 부다 하고 며칠 내에 부쩍(속으로) 자란 듯싶은 점순이가 여간 반가운 것이 아니다.

이런 걸 멀쩡하게 아직 어리다구 하니까…….

우리가 구장님을 찾아갔을 때 그는 싸리문 밖에 있는 돼지 우리에서 죽을 퍼주고 있었다. 서울엘 좀 갔다 오더니 사람은 점잖해야 한다구 윗수염이(얼른 보면 지붕 위에 앉은 제비 꼬랑지 같다) 양쪽으로 뾰죽이 뻗치고 그걸 애햄 하고 늘 쓰다듬는 손버릇이 있다. 우리를 멀뚱히 쳐다보고 미리 알아챘는지,

"왜 일들 허다 말구 그래?"

하더니 손을 올려서 그 애햄을 한 번 후딱 했다.

"구장님! 우리 장인님과 츰에 계약하기를……."

먼저 덤비는 장인님을 뒤로 떼다밀고 내가 허둥지둥 달겨들다가 가만히 생각하고,

"아니 우리 빙장님과 츰에."

하고 첫 번부터 다시 말을 고쳤다. 장인님은 빙장님 해야 좋아하고 밖에 나와서 장인님 하면 괜스레 골을 내려구 든다. 뱀두 뱀이라야 좋냐구, 창피스러우니 남 듣는 데는 제발 빙장님, 빙모님, 하라구 일상 말조짐을 받아오면서 난 그것두 자꾸 잊는다. 당장두 장인님 하다 옆에서 내 발등을 꾹 밟고 곁눈질을 흘기는 바람에야 겨우 알았지만ㅡ.

구장님도 내 이야기를 자세히 듣더니 퍽 딱한 모양이었다. 하기야 구장님뿐 아니라 누구든지 다 그럴 게다. 길게 길러 둔 새끼손톱으로 코를 후벼서 저리 탁 튀기며,

"그럼 봉필 씨! 얼른 성례를 시켜주구려, 그렇게까지 제가 하구 싶다는 걸!"

하고 내 짐작대루 말했다. 그러나 이 말에 장인님이 삿대질로 눈을 부라리고,

"아 성례구 뭐구 기집애년이 미처 자라야 할 게 아닌가?"

하니까 고만 멀쑥룩해서 입맛만 쩍쩍 다실 뿐이 아닌가.

"그것두 그래!"

"그래 거진 사 년 동안에도 안 자랐다니 그 킨 은제 자라지유? 다 그만두구 사경 내슈."

"글쎄, 이 자식아! 내가 크질 말라구 그랬니, 왜 날 보구 떼냐?"

"빙모님은 참새만 한 것이 그럼 어떻게 앨 낳지유?"(사실 장모님은 점순이보다도 귓배기 하나가 적다)

장인님은 이 말을 듣고 껄껄 웃더니(그러나 암만해두 돌 씹은 상이다) 코를 푸는 척하고 날 은근히 골리려고 팔꿈치로 옆 갈비께를 퍽

치는 것이다. 더럽다. 나도 종아리의 파리를 쫓는 척하고 허리를 구부리며 어깨로 그 궁둥이를 꽉 떼밀었다. 장인님은 앞으로 우찔근하고 싸리문께로 쓰러질 듯하다 몸을 바로 고치더니 눈총을 몹시 쏘았다. 이런 쌍년의 자식! 하곤 싶으나 남의 앞이라서 차마 못 하고 섰는 그 꼴이 보기에 퍽 쟁그러웠다.

그러나 이 말에는 별반 신통한 귀정을 얻지 못하고 도로 논으로 돌아와서 모를 부었다. 왜냐하면 장인님이 뭐라구 귓속말로 수군수군하고 간 뒤다. 구장님이 날 위해서 조용히 데리구 아래와 같이 일러주었기 때문이다. (뭉태의 말은 구장님이 장인님에게 땅 두 마지기 얻어 부치니까 그래 꾀었다구 하지만 난 그렇게 생각 않는다.)

"자네 말두 하기야 옳지, 암 나이 찼으니까 아들이 급하다는 게 잘못된 말은 아니야. 허지만 농사가 한창 바쁠 때 일을 안 한다든가 집으로 달아난다든가 하면 손해죄루 그것두 징역을 가거든! (여기에 그만 정신이 번쩍 났다) 왜 요전에 삼포말서 산에 불 좀 놓았다구 징역 간 거 못 봤나? 제 산에 불을 놓아두 징역을 가는 이땐데 남의 농사를 버려주니 죄가 얼마나 중한가. 그리고 자넨 정장을 (사경 받으러 정장가겠다 했다) 간대지만 그러면 괜시리 죄를 들쓰고 들어가는 걸세. 또 결혼두 그렇지. 법률에 성년이란 게 있는데 스물하나가 돼야지 비로소 결혼을 할 수가 있는 걸세. 자넨 물론 아들이 늦을 걸 염려하지만 점순이루 말하면 인제 겨우 열여섯이 아닌가. 그렇지만 아까 빙장님의 말씀이 올 가을에는 열일을 제치고라두 성례를 시켜주겠다 하시니 좀 고마울겐가. 빨리 가서 모 붓던 거나 마저 붓게. 군소리 말구 어서 가."

그래서 오늘 아침까지 끽소리 없이 왔다.

장인님과 내가 싸운 것은 지금 생각하면 전혀 뜻밖의 일이라 안 할 수 없다. 장인님으로 말하면 요즈막 작인들에게 행세를 좀 하고 싶다구 해서 '돈 있으면 양반이지 별게 있느냐!' 하고 일부러 아랫배를 툭 내밀고 걸음도 뒤틀리게 걷고 하는 이판이다. 이까짓 나쯤 뚜들기다 남의 땅을 가지고 모처럼 닦어놓았던 가문을 망친다든지 할 어른이 아니다. 또 나로 논지면 아무쪼록 잘 빼서 점순이에게 얼른 장가를 들어야 하지 않느냐.

이렇게 말하면서 결국 어젯밤 뭉태네 집에 마실 간 것이 썩 나빴다. 낮에 구장님 앞에서 장인님과 내가 싸운 것을 어떻게 알았는지 대고 빈정거리는 것이 아닌가.

"그래 맞구두 그걸 가만둬?"

"그럼 어떡허니?"

"임마 봉필일 모판에다 거꾸루 박아놓지 뭘 어떻게?"

하고 괜히 내 대신 화를 내가지고 주먹질을 하다 등잔까지 쳤다. 놈이 본시 괄괄은 하지만 그래 놓고 날더러 석윳값을 물라구 막 찌다우를 붓는다. 난 어안이 벙벙해서 잠자코 앉았으니까 저만 연방 지껄이는 소리가,

"밤낮 일만 해주구 있을 테냐?"

"영득이는 일 년을 살구두 장갈 들었는데 넌 사 년이나 살구두 더 살아야 해?"

"네가 세 번째 사원 줄이나 아니, 세 번째 사위."

"남의 일이라두 분하다 이 자식아, 우물에 가 빠져 죽어."

봄봄

나중에는 겨우 손톱으로 목을 따라고까지 하고 제 아들같이 함부로 훅닥이었다. 별의별 소리를 다해서 그대로 옮길 수는 없으나 그 줄거리는 이렇다.

　우리 장인님이 딸이 셋이 있는데 만딸은 재작년 가을에 시집을 갔다. 정말은 시집을 간 것이 아니라 그 딸도 데릴사위를 해가지고 있다가 내보냈다. 그런데 딸이 열 살 때부터 열아홉, 즉 십 년 동안에 데릴사위를 갈아들이기를 동리에선 사위 부자라고 이름이 났지마는 열 놈이란 참 너무 많다. 장인님이 아들은 없고 딸만 있는 고로 그담 딸을 데릴사위를 해올 때까지는 부려먹지 않으면 안 된다. 물론 머슴을 두면 좋지만 그건 돈이 드니까, 일 잘하는 놈을 고르느라고 연방 바꿔 들였다. 또 한편 놈들이 욕만 줄창 퍼붓고 심히도 부려먹으니까 밸이 상해서 달아나기도 했겠지. 점순이는 둘째딸인데 내가 일테면 그 세 번째 데릴사위로 들어온 셈이다. 내 담으로 네 번째 놈이 들어올 것을 내가 일도 참 잘하구 그리고 사람이 좀 어수룩하니까 장인님이 잔뜩 붙들고 놓질 않는다. 셋째딸이 인제 여섯 살, 적어두 열 살은 돼야 데릴사위를 할 테므로 그동안은 죽도록 부려먹어야 된다. 그러니 인제는 속 좀 차리고 장가를 들여달라구 떼를 쓰고 나자빠져라 이것이다.

　나는 건성으로 엉, 엉 하며 귓등으로 들었다. 뭉태는 땅을 얻어 부치다가 떨어진 뒤로는 장인님만 보면 공연히 못 먹어서 으릉거린다. 그것두 장인님이 저 달라구 할 적에 제 집에서 위한다는 그 감투(예전에 원님이 쓰던 것이라나. 옆구리에 뽕뽕 좀먹은 걸레)를 선뜻 주었더라면 그럴 리도 없었던 걸……

그러나 나는 뭉태란 놈의 말을 전수히 곧이듣지 않았다. 꼭 곧이 들었다면 간밤에 와서 장인님과 싸웠지 무사히 있었을 리가 없지 않은가. 그러면 딸에게까지 인심을 잃은 장인님이 혼자 나빴다.

실토이지 나는 점순이가 아침상을 가지고 나올 때까지는 오늘은 또 얼마나 밥을 담았나 하고 이것만 생각했다. 상에는 된장찌개하고 간장 한 종지, 조밥 한 그릇 그리고 밥보다 더 수부룩하게 담은 산나물이 한 대접 이렇다. 나물은 점순이가 틈틈이 해오니까 두 대접이고 네 대접이고 멋대로 먹어도 좋으나 밥은 장인님이 한 사발 외엔 더 주지 말라고 해서 안 된다. 그런데 점순이가 그 상을 내 앞에 내려놓으며 제 말로 지껄이는 소리가,

"구장님한테 갔다 그냥 온담그래!"

하고 엊그제 산에서와 같이 되우 종알거린다. 딴은 내가 더 단단히 덤비지 않고 만 것이 좀 어리석었다. 속으로 그랬다. 나도 저쪽 벽을 향하여 외면하면서 내 말로,

"안 된다는 걸 그럼 어떡한담!"

하니까,

"쉼을 잡아채지 그냥 둬, 이 바보야?"

하고 또 얼굴이 빨개지면서 성을 내며 안으로 샐쭉하니 뛰들어가지 않느냐. 이때 아무도 본 사람이 없었게 망정이지 보았다면 내 얼굴이 에미 잃은 황새 새끼처럼 가엾다 했을 것이다.

사실 이때만치 슬펐던 일이 또 있었는지 모른다. 다른 사람은 암만 못생겼다 해두 괜찮지만 내 아내 될 점순이가 병신으로 본다면 참 신세는 따분하다. 밥을 먹은 뒤 지게를 지고 일터로 가려 하다 도

로 벗어던지고 바깥 마당 공석 위에 드러누워서 나는 차라리 죽느니만 같지 못하다 생각했다.

내가 일 안 하면 장인님 저는 나이가 먹어 못 하고 결국 농사 못 짓고 만다. 뒷짐으로 트림을 꿀꺽 하고 대문 밖으로 나오다 날 보고서,

"이 자식아! 너 왜 또 이러니?"

"관격이 났어유, 아이구 배야!"

"기껏 밥 처먹구 나서 무슨 관격이야, 남의 농사 버려주면 이 자식아 징역 간다 봐라!"

"가두 좋아유, 아이구 배야!"

참말 난 일 안 해서 징역 가도 좋다 생각했다. 일후 아들을 낳아도 그 앞에서 바보 바보 이렇게 별명을 들을 테니까 오늘은 열 쪽에 난 대도 결정을 내고 싶었다.

장인님이 일어나라고 해도 내가 안 일어나니까 눈에 독이 올라서 저편으로 힝하게 가더니 지게막대기를 들고 왔다. 그리고 그걸로 내 허리를 마치 돌 떠넘기듯이 쿡 찍어서 넘기고 넘기고 했다. 밥을 잔뜩 먹고 딱딱한 배가 그럴 적마다 퉁겨지면서 뱃창이 꼿꼿한 것이 여간 켕기지 않았다. 그래도 안 일어나니까 이번에는 배를 지게막대기로 위에서 쿡쿡 찌르고 발길로 옆구리를 차고 했다. 장인님은 원체 심정이 궂어서 그러지만 나도 저만 못하지 않게 배를 채였다. 아픈 것을 눈을 꽉 감고 넌 해라 난 재미난 듯이 있었으나 볼기짝을 후려갈길 적에는 나도 모르는 결에 벌떡 일어나서 그 수염을 잡아챘다마는 내 골이 난 것이 아니라 정말은 아까부터 부엌 뒤 울타리 구멍으로 점순이가 우리들의 꼴을 몰래 엿보고 있었기 때문이

다. 가뜩이나 말 한마디 톡톡히 못 한다고 바보라는데 매까지 잠자코 맞는 걸 보면 짜장 바보로 알 게 아닌가. 또 점순이도 미워하는 이까짓 놈의 장인님 하곤 아무것도 안 되니까 막 때려도 좋지만 사정 보아서 수염만 채고(제 원대로 했으니까 이때 점순이는 퍽 기뻤겠지) 저기까지 잘 들리도록,

"이걸 까셀라부다!"

하고 소리를 쳤다.

장인님은 더 약이 바짝 올라서 잡은 참 지게막대기로 내 어깨를 그냥 내리갈겼다. 정신이 다 아찔하다. 다시 고개를 들었을 때 그때엔 나도 온몸에 약이 올랐다. 이 녀석의 장인님을, 하고 눈에서 불이 퍽 나서 그 아래 밭 있는 넝 아래로 그대로 떼밀어 굴려버렸다. 조금 있다가 장인님이 씩, 씩 하고 한번 해보려고 기어 오르는 걸 얼른 또 떼밀어 굴려버렸다.

기어 오르면 굴리고, 굴리면 기어 오르고 이러길 한 너덧 번을 하며 그럴 적마다

"부려만 먹구 왜 성례 안 하지유!"

나는 이렇게 호령했다. 하지만 장인님은 선뜻, 오냐 낼이라두 성례 시켜주마, 했으면 나도 성가신 걸 그만두었을지 모른다. 나야 이러면 때린 건 아니니까 나중에 장인 쳤다는 누명도 안 들을 터이고 얼마든지 해도 좋다.

한번은 장인님이 헐떡헐떡 기어서 올라 오더니 내 바짓가랑이를 요롷게 노리고서 담박 움켜잡고 매달렸다. 악 소리를 치고 나는 그만 세상이 다 팽그르 도는 것이,

봄봄 225

"빙장님! 빙장님! 빙장님!"

"이 자식! 잡어 먹어라 잡어 먹어!"

"아! 아! 할아버지! 살려줍쇼 할아버지!"

하고 두 팔을 허둥지둥 내절 적에는 이마에 진땀이 쭉 내솟고 인 젠 참으로 죽나 부다 했다. 그래도 장인님은 놓질 않더니 내가 기어 이 땅바닥에 쓰러져서 거진 까무러치게 되니까 놓는다. 더럽다 더 럽다. 이게 장인님인가, 나는 한참을 못 일어나고 쩔쩔맸다. 그러다 얼굴을 드니(눈에 참 아무것도 보이지 않았다) 사지가 부르르 떨리면 서 나도 엉금엉금 기어가 장인님의 바짓가랑이를 꽉 움키고 잡아낚 았다.

내가 머리가 터지도록 매를 얻어맞은 것이 이 때문이다. 그러나 여기가 또한 우리 장인님이 유달리 착한 곳이다. 어느 사람이면 사 경을 주어서라도 당장 내쫓았지, 터진 머리를 불솜으로 손수 지져 주고, 호주머니에 희연 한 봉을 넣어주고 그리고,

"올 갈엔 꼭 성례를 시켜주마, 암말 말구 가서 뒷골의 콩밭이나 얼 른 갈아라."

하고 등을 뚜덕여줄 사람이 누구냐.

나는 장인님이 너무나 고마워서 어느덧 눈물까지 났다. 점순이를 남기고 인젠 내쫓기려니 하다 뜻밖의 말을 듣고,

"빙장님! 인제 다시는 안 그러겠어유!"

이렇게 맹서를 하며 부랴사랴 지게를 지고 일터로 갔다.

그러나 이때는 그걸 모르고 장인님을 원수로만 여겨서 잔뜩 잡아 당겼다.

"아! 아! 이놈아! 놔라, 놔 놔!"

장인님은 헛손질을 하며 솔개미에 챈 닭의 소리를 연해 질렀다. 놓긴 왜, 이왕이면 호되게 혼을 내주리라 생각하고 짓궂이 더 당겼다마는 장인님이 땅에 쓰러져서 눈에 눈물이 피잉 도는 것을 알고 좀 겁도 났다.

"할아버지! 놔라, 놔, 놔, 놔, 놔."

그래도 안 되니까,

"애 점순아! 점순아!"

이 악장에 안에 있었던 장모님과 점순이가 헐레벌떡 하고 단숨에 뛰어나왔다.

나의 생각에 장모님은 제 남편이니까 역성을 할는지도 모른다. 그러나 점순이는 내 편을 들어서 속으로 고수해서 하겠지 — 대체 이게 웬 속인지(지금까지도 나는 영문을 모른다) 아버질 혼내주기는 제가 내래놓고 이제 와서는 달겨들며,

"에그머니! 이 망할 게 아버지 죽이네!"

하고 내 귀를 뒤로 잡아당기며 마냥 우는 것이 아니냐. 그만 여기에 기운이 탁 꺾이어 나는 얼빠진 등신이 되고 말았다. 장모님도 덤벼들어 한쪽 귀마저 뒤로 잡아채면서 또 우는 것이다.

이렇게 꼼짝 못하게 해놓고 장인님은 지게막대기를 들어서 사뭇 내려 조졌다. 그러나 나는 구태여 피하려지도 않고 암만해도 그 속을 알 수 없는 점순이의 얼굴만 멀거니 들여다보았다.

"이 자식! 장인 입에서 할아버지 소리가 나오도록 해?"

《조광》(1935. 12)

동백꽃

김유정

오늘도 또 우리 수탉이 막 쪼이었다. 내가 점심을 먹고 나무를 하러 갈 양으로 나올 때이었다. 산으로 올라서려니까 등뒤에서 푸드득, 푸드득, 하고 닭의 횃소리가 야단이다. 깜짝 놀라서 고개를 돌려보니 아니나 다르랴 두 놈이 또 얼리었다.

점순네 수탉(대강이가 크고 똑 오소리같이 실팍하게 생긴 놈)이 덩저리 적은 우리 수탉을 함부로 해내는 것이다. 그것도 그냥 해내는 것이 아니라 푸드득, 하고 면두를 쪼고 물러섰다가 좀 사이를 두고 푸드득, 하고 모가지를 쪼았다. 이렇게 멋을 부려가며 여지없이 닦아 놓는다. 그러면 이 못생긴 것은 쪼일 적마다 주둥이로 땅을 받으며 그 비명이 킥, 킥, 할 뿐이다. 물론 미처 아물지도 않은 면두를 또 쪼여 붉은 선혈은 뚝뚝 떨어진다.

이걸 가만히 내려다보자니 내 대강이가 터져서 피가 흐르는 것같이 두 눈에서 불이 번쩍 난다. 대뜸 지게막대기를 메고 달겨들어 점순네 닭을 후려칠까 하다가 생각을 고쳐먹고 헛매질로 떼어만 놓았다.

이번에도 점순이가 쌈을 붙여놨을 것이다. 바짝바짝 내 기를 올리느라고 그랬음에 틀림없을 것이다. 고놈의 계집애가 요새로 들어서서 왜 나를 못 먹겠다고 고렇게 아르릉거리는지 모른다.

나흘 전 감자쪼간만 하더라도 나는 저에게 조금도 잘못한 것은 없다.

계집애가 나물을 캐러 가면 갔지 남 울타리 엮는데 쌩이질을 하는 것은 다 뭐냐. 그것도 발소리를 죽여가지고 등뒤로 살며시 와서,

"애! 너 혼자만 일하니?" 하고 긴치 않는 수작을 하는 것이다.

어제까지도 저와 나는 이야기도 잘 않고 서로 만나도 본 척 만 척하고 이렇게 점잖게 지내던 터이련만 오늘로 갑작스레 대견해졌음은 웬일인가. 항차 망아지만 한 계집애가 남 일하는 놈 보구—.

"그럼 혼자 하지 떼루 하디?"

내가 이렇게 내배앝는 소리를 하니까,

"너 일하기 좋니?"

또는,

"한여름이나 되거든 하지 벌써 울타리를 하니?"

잔소리를 두루 늘어놓다가 남이 들을까 봐 손으로 입을 틀어막고는 그 속에서 깔깔거린다. 별로 우스울 것도 없는데 날씨가 풀리더니 이놈의 계집애가 미쳤나 하고 의심하였다. 게다가 조금 뒤에는 제 집께를 할금할금 돌아보더니 행주치마의 속으로 꼈던 바른손을

뽑아서 나의 턱밑으로 불쑥 내미는 것이다. 언제 구웠는지 더운 김이 홱 끼치는 굵은 감자 세 개가 손에 뿌듯이 쥐었다.

"느 집엔 이거 없지?" 하고 생색 있는 큰소리를 하고는 제가 준 것을 남이 알면은 큰일 날 테니 여기서 얼른 먹어버리란다. 그리고 또 하는 소리가

"너 봄 감자가 맛있단다."

"난 감자 안 먹는다. 너나 먹어라."

나는 고개도 돌리려고 않고 일하던 손으로 그 감자를 도로 어깨 너머로 쑥 밀어버렸다.

그랬더니 그래도 가는 기색이 없고 그뿐 아니라 쌔근쌔근하고 심상치 않게 숨소리가 점점 거칠어진다. 이건 또 뭐야, 싶어서 그때에야 비로소 돌아다보니 나는 참으로 놀랐다. 우리가 이 동네에 들어온 것은 근 삼 년째 되어오지만 여지껏 가무잡잡한 점순이의 얼굴이 이렇게까지 홍당무처럼 새빨개진 법이 없었다. 게다가 눈에 독을 올리고 한참 나를 요렇게 쏘아보더니 나중에는 눈물까지 어리는 것이 아니냐. 그리고 바구니를 다시 집어들더니 이를 꼭 악물고는 엎어질 듯 자빠질 듯 논둑으로 횡하게 달아나는 것이다.

어쩌다 동리 어른이

"너 얼른 시집을 가야지?" 하고 웃으면

"염려 마서유. 갈 때 되면 어련히 갈라구―."

이렇게 천연덕스레 받는 점순이였다. 본시 부끄럼을 타는 계집애도 아니거니와 또한 분하다고 눈에 눈물을 보일 얼병이도 아니다. 분하면 차라리 나의 등어리를 바구니로 한번 모지게 후려 쌔리고

달아날지언정.

 그런데 고약한 그 꼴을 하고 가더니 그 뒤로는 나를 보면 잡아먹으려고 기를 복복 쓰는 것이다.

 설혹 주는 감자를 안 받아먹는 것이 실례라 하면 주면 그냥 주었지 '느 집엔 이거 없지'는 다 뭐냐. 그렇잖아도 즈이는 마름이고 우리는 그 손에서 배재를 얻어 땅을 부치므로 일상 굽실거린다. 우리가 이 마을에 처음 들어와 집이 없어서 곤란으로 지낼 제 집터를 빌리고 그 위에 집을 또 짓도록 마련해준 것도 점순네의 호의였다. 그리고 우리 어머니 아버지도 농사 때 양식이 딸리면 점순네한테 가서 부지런히 꾸어다 먹으면서 인품 그런 집은 다시없으리라고 침이 마르도록 칭찬하고 하는 것이다. 그러면서도 열일곱씩이나 된 것들이 수군수군하고 붙어다니면 동네의 소문이 사납다고 주의를 시켜준 것도 또 어머니였다. 왜냐하면 내가 점순이 하고 일을 저질렀다가는 점순네가 노할 것이고, 그러면 우리는 땅도 떨어지고 집도 내쫓기고 하지 않으면 안 되는 까닭이었다.

 그런데 이놈의 계집애가 까닭 없이 기를 복복 쓰며 나를 말려 죽이려고 드는 것이다.

 눈물을 흘리고 간 그다음 날 저녁나절이었다. 나무를 한 짐 잔뜩 지고 산을 내려오려니까 어디서 닭이 죽는 소리를 친다. 이거 뉘 집에서 닭을 잡나, 하고 점순네 울 뒤로 돌아오다가 나는 고만 두 눈이 똥그랬다. 점순이가 저희 집 봉당에 홀로 걸터앉았는데 아 이게 치마 앞에다 우리 씨암탉을 꼭 붙들어놓고는

 "이놈의 씨닭! 죽어라 죽어라."

요렇게 암팡스레 패주는 것이 아닌가. 그것도 대가리나 치면 모른다마는 아주 알도 못 낳으라고 그 볼기짝께를 주먹으로 콕콕 쥐어박는 것이다.

나는 눈에 쌍심지가 오르고 사지가 부르르 떨렸으나 사방을 한번 휘둘러보고야 그제서야 점순이 집에 아무도 없음을 알았다. 잡은 참 지게막대기를 들어 울타리의 중턱을 후려치며

"이놈의 계집애! 남의 닭 알 못 낳으라구 그러니?" 하고 소리를 빽 질렀다.

그러나 점순이는 조금도 놀라는 기색이 없고 그대로 의젓이 앉아서 제 닭 가지고 하듯이 또 죽어라, 죽어라, 하고 패는 것이다. 이걸 보면 내가 산에서 내려올 때를 겨냥해가지고 미리부터 닭을 잡아가지고 있다가 내 보라는 듯이 내 앞에서 줴지르고 있음이 확실하다.

그러나 나는 그렇다고 남의 집에 뛰어들어가 계집애하고 싸울 수도 없는 노릇이고 형편이 썩 불리함을 알았다. 그래 닭이 맞을 적마다 지게막대기로 울타리를 후려칠 수밖에 별 도리가 없다. 왜냐하면 울타리를 치면 칠수록 울섶이 물러앉으며 뼈대만 남기 때문이다. 허나 아무리 생각하여도 나만 밑지는 노릇이다.

"아, 이년아! 남의 닭 아주 죽일 터이야?"

내가 도끼눈을 뜨고 다시 꽥 호령을 하니까 그제서야 울타리께로 쪼르르 오더니 울 밖에 섰는 나의 머리를 겨누고 닭을 내팽개친다.

"에이 더럽다! 더럽다!"

"더러운 걸 널더러 입때 끼고 있으랬니? 망할 계집애년 같으니" 하고 나도 더럽단 듯이 울타리께를 횡허케 돌아내리며 약이 오를

동백꽃

대로 다 올랐다, 라고 하는 것은 암탉이 풍기는 서슬에 나의 이마빼기에다 물찍똥을 찍 갈겼는데 그걸 본다면 알집만 터졌을 뿐 아니라 골병은 단단히 든 듯싶다.

그리고 나의 등뒤를 향하여 나에게만 들릴 듯 말 듯한 음성으로
"이 바보 녀석아!"
"얘! 너 배냇병신이지?"
그만도 좋으련만
"얘! 너 느 아버지가 고자라지?"
"뭐? 울아버지가 그래 고자야?" 할 양으로 열벙거지가 나서 고개를 홱 돌리어 바라봤더니 그때까지 울타리 위로 나와 있어야 할 점순이의 대가리가 어디 갔는지 보이지를 않는다. 그러다 돌아서서 오자면 아까에 한 욕을 울 밖으로 또 퍼붓는 것이다. 욕을 이토록 먹어가면서도 대거리 한마디 못 하는 걸 생각하니 돌부리에 채키어 발톱 밑이 터지는 것도 모를 만큼 분하고 급기에는 두 눈에 눈물까지 불끈 내솟는다.

그러나 점순이의 침해는 이것뿐이 아니다.

사람들이 없으면 틈틈이 제 집 수탉을 몰고 와서 우리 수탉과 쌈을 붙여놓는다. 제 집 수탉은 썩 험상궂게 생기고 쌈이라면 홰를 치는 고로 으레 이길 것을 알기 때문이다. 그래서 툭하면 우리 수탉이 면두며 눈깔이 피로 흐드르하게 되도록 해놓는다. 어떤 때에는 우리 수탉이 나오지를 않으니까 요놈의 계집애가 모이를 쥐고 와서 꼬여내다가 쌈을 붙인다.

이렇게 되면 나도 다른 배채를 차리지 않을 수 없었다. 하루는 우

리 수탉을 붙들어가지고 넌지시 장독께로 갔다. 쌈닭에게 고추장을 먹이면 병든 황소가 살모사를 먹고 용을 쓰는 것처럼 기운이 뻗친다 한다. 장독에서 고추장 한 접시를 떠서 닭의 주둥아리께로 들여밀고 먹여보았다. 닭도 고추장에 맛을 들였는지 거스르지 않고 거진 반 접시턱이나 곧잘 먹는다.

그리고 먹고 금시는 용을 못 쓸 터이므로 얼마쯤 기운이 돌도록 횃속에다 가두어두었다.

밭에 두엄을 두어 짐 져내고 나서 쉴 참에 그 닭을 안고 밖으로 나왔다. 마침 밖에는 아무도 없고 점순이만 저희 울 안에서 헌 옷을 뜯는지 혹은 솜을 터는지 웅크리고 앉아서 일을 할 뿐이다.

나는 점순네 수탉이 노는 밭으로 가서 닭을 내려놓고 가만히 맥을 보았다. 두 닭은 여전히 얼리어 쌈을 하는데 처음에는 아무 보람이 없었다. 멋지게 쪼는 바람에 우리 닭은 또 피를 흘리고 그러면서도 날갯죽지만 푸드득, 푸드득, 하고 올라뛰고 뛰고 할 뿐으로 제법 한번 쪼아보지도 못한다.

그러나 한번엔 어쩐 일인지 용을 쓰고 펄쩍 뛰더니 발톱으로 눈을 하비고 내려오며 면두를 쪼았다. 큰 닭도 여기에는 놀랐는지 뒤로 멈씰 하며 물러난다. 이 기회를 타서 작은 우리 수탉이 또 날쌔게 덤벼들어 다시 면두를 쪼니 그제서는 감때사나운 그 대강이에서도 피가 흐르지 않을 수 없다.

옳다 알았다 고추장만 먹이면은 되는구나, 하고 나는 속으로 아주 쟁그러워 죽겠다. 그때에는 뜻밖에 내가 닭쌈을 붙여놓는 데 놀라서 울 밖으로 내다보고 섰던 점순이도 입맛이 쓴지 눈살을 찌푸렸다.

나는 두 손으로 볼기짝을 두드리며 연방
"잘한다! 잘한다!" 하고, 신이 머리끝까지 뻗치었다.

그러나 얼마 되지 않아서 나는 넋이 풀리어 기둥같이 묵묵히 서 있게 되었다. 왜냐하면 큰 닭이 한번 쪼인 앙갚음으로 호들갑스레 연거푸 쪼는 서슬에 우리 수탉은 찔끔 못 하고 막 곯는다. 이걸 보고서 이번에는 점순이가 깔깔거리고 되도록 이쪽에서 많이 들으라고 웃는 것이다.

나는 보다 못하여 덤벼들어서 우리 수탉을 붙들어가지고 도로 집으로 들어왔다. 고추장을 좀 더 먹였더라면 좋았을 걸 너무 급하게 쌈을 붙인 것이 퍽 후회가 난다. 장독께로 돌아와서 다시 턱밑에 고추장을 들이댔다. 흥분으로 말미암아 그런지 당최 먹질 않는다. 나는 하릴없이 닭을 반듯이 눕히고 그 입에다 궐련 물부리를 물리었다. 그리고 고추장물을 타서 그 구멍으로 조금씩 들여 부었다. 닭은 좀 괴로운지 킥킥 하고 재채기를 하는 모양이나 그러나 당장의 괴로움은 매일같이 피를 흘리는 데 댈 게 아니라 생각하였다.

그러나 한 두어 종지가량 고추장물 먹이고 나서는 나는 고만 풀이 죽었다. 싱싱하던 닭이 왜 그런지 고개를 살며시 뒤틀고는 손아귀에서 뻐들어지는 것이 아닌가. 아버지가 볼까 봐서 얼른 홰에다 감추어두었더니 오늘 아침에서야 겨우 정신이 든 모양 같다.

그랬던 걸 이렇게 오다 보니까 또 쌈을 붙여놓으니 이 망할 계집애가 필연 우리 집에 아무도 없는 틈을 타서 제가 들어와 홰에서 꺼내가지고 나간 것이 분명하다.

나는 다시 닭을 잡아다 가두고 염려는 스러우나 그렇다고 산으로 나무를 하러 가지 않을 수도 없는 형편이었다.

  소나무 삭정이를 따며 가만히 생각해보니 암만해도 고년의 목쟁이를 돌려놓고 싶다. 이번에 내려가면 망할 년 등줄기를 한번 되게 후려치겠다, 하고 씅둥겅둥 나무를 지고는 부리나케 내려왔다.

  거지반 집에 다 내려와서 나는 호드기 소리를 듣고 발이 딱 멈추었다. 산기슭에 널려 있는 굵은 바윗돌 틈에 노란 동백꽃이 소보록하니 깔리었다. 그 틈에 끼어 앉아서 점순이가 청승맞게스리 호드기를 불고 있는 것이다. 그보다도 더 놀란 것은 고 앞에서 또 푸드득, 푸드득, 하고 들리는 닭의 횃소리다. 필연코 요년이 나의 약을 올리느라고 또 닭을 집어내다가 내가 내려올 길목에다 쌈을 시켜놓고 저는 그 앞에 앉아서 천연스레 호드기를 불고 있음에 틀림없으리라.

  나는 약이 오를 대로 올라서 두 눈에서 불과 함께 눈물이 퍽 쏟아졌다. 나뭇지게도 벗어놓을 새 없이 그대로 내동댕이치고는 지게막대기를 뻗치고 허둥허둥 달려들었다.

  가까이 와 보니 과연 나의 짐작대로 우리 수탉이 피를 흘리고 거의 빈사지경에 이르렀다. 닭도 닭이려니와 그러함에도 불구하고 눈 하나 깜짝 없이 고대로 앉아서 호드기만 부는 그 꼴에 더욱 치가 떨린다. 동네에서도 소문이 났거니와 나도 한때는 걱실걱실히 일 잘하고 얼굴 예쁜 계집애인 줄 알았더니 시방 보니까 그 눈깔이 꼭 여우 새끼 같다.

  나는 대뜸 달려들어서 나도 모르는 사이에 큰 수탉을 단매로 때려 엎었다. 닭은 푹 엎어진 채 다리 하나 꼼짝 못하고 그대로 죽어버렸다. 그리고 나는 멍하니 섰다가 점순이가 매섭게 눈을 흡뜨고 닥치는 바람에 뒤로 벌렁 나자빠졌다.

"이놈아! 너 왜 남의 닭을 때려죽이니?"

"그럼 어때?" 하고 일어나다가

"뭐 이 자식아! 누 집 닭인데?" 하고 복장을 떼미는 바람에 다시 벌렁 자빠졌다. 그러고 나서 가만히 생각을 하니 분하기도 하고 무안도 스럽고 또 한편 일을 저질렀으니 인젠 땅이 떨어지고 집도 내쫓기고 해야 되는지 모른다.

나는 비슬비슬 일어나며 소맷자락으로 눈을 가리고는 얼김에 엉, 하고 울음을 놓았다. 그러나 점순이가 앞으로 다가와서

"그럼 너 이담부텀 안 그럴 테냐?" 하고 물을 때에야 비로소 살길을 찾은 듯싶었다. 나는 눈물을 우선 씻고 뭘 안 그러는지 명색도 모르건만

"그래!"

하고 무턱대고 대답하였다.

"요담부터 또 그래봐라, 내 자꾸 못살게 굴 테니."

"그래그래 인젠 안 그럴 테야!"

"닭 죽은 건 염려 마라, 내 안 이를 테니."

그리고 뭣에 떠다밀렸는지 나의 어깨를 짚은 채 그대로 퍽 쓰러진다. 그 바람에 나의 몸뚱이도 겹쳐서 쓰러지며, 한창 피어 퍼드러진 노란 동백꽃 속으로 폭 파묻혀버렸다.

알싸한 그리고 향긋한 그 내음새에 나는 땅이 꺼지는 듯이 온 정신이 고만 아찔하였다.

"너 말 마라!"

"그래!"

조금 있더니 요 아래서

"점순아! 점순아! 이년이 바느질을 하다 말구 어딜 갔어?" 하고 어딜 갔다 온 듯싶은 그 어머니가 역정이 대단히 났다.

점순이가 겁을 잔뜩 집어먹고 꽃 밑을 살금살금 기어서 산 아래로 내려간 다음 나는 바위를 끼고 엉금엉금 기어서 산 위로 치빼지 않을 수 없었다.

《조광》(1936.5)

메밀꽃 필 무렵

이효석

이효석 1907~1942

호는 가산(可山). 강원 평창 출생. 경성제국대학 영문학과 졸업. '구인회(九人會)'에서 활동. 주요 작품으로 〈성수부(聖樹賦)〉〈인간산문(人間散文)〉〈석류〉〈개살구〉〈장미 병들다〉〈메밀꽃 필 무렵〉 등의 단편과 《화분》 등의 장편이 있다.

여름 장이란 애시당초에 글러서 해는 아직 중천에 있건만, 장판은 벌써 쓸쓸하고 더운 햇발이 벌여놓은 전 휘장 밑으로 등줄기를 훅훅 볶는다. 마을 사람들은 거지반 돌아간 뒤요, 팔리지 못한 나무꾼패가 길거리에 궁싯거리고들 있으나 석윳병이나 받고 고깃마리나 사면 족할 이 축들을 바라고 언제까지든지 버티고 있을 법은 없다. 춥춥스럽게 날아드는 파리 떼도 장난꾼 각다귀들도 귀찮다. 얼금뱅이요 왼손잡이인 드팀전의 허 생원은 기어코 동업의 조 선달을 낚아보았다.

"그만 걷을까?"

"잘 생각했네. 봉평 장에서 한번이나 흐붓하게 사본 일 있었을까. 내일 대화 장에서나 한몫 벌어야겠네."

"오늘 밤은 밤을 패서 걸어야 될걸."

"달이 뜨렸다."

절렁절렁 소리를 내며 조 선달이 그날 산 돈을 따지는 것을 보고, 허 생원은 말뚝에서 넓은 휘장을 걷고 벌여놓았던 물건을 거두기 시작하였다. 무명 필과 주단 바리가 두 고리짝에 꼭 찼다. 멍석 위에는 천 조각이 어수선하게 남았다.

다른 축들도 벌써 거진 전들을 걷고 있었다. 약빠르게 떠나는 패도 있었다. 어물장수도 땜장이도 엿장수도 생강장수도 꼴들이 보이지 않았다. 내일은 진부와 대화에 장이 선다. 축들은 그 어느 쪽으로든지 밤을 새며 육칠십 리 밤길을 타박거리지 않으면 안 된다. 장판은 잔치 뒷마당같이 어수선하게 벌어지고 술집에서는 싸움이 터져 있었다. 주정꾼 욕지거리에 섞여 계집의 앙칼진 목소리가 찢어졌다. 장날 저녁은 정해놓고 계집의 고함 소리로 시작되는 것이다.

"생원, 시침을 떼두 다 아네.—충줏집 말야."

계집 목소리로 문득 생각난 듯이 조 선달은 비죽이 웃는다.

"화중지병이지. 면소패들을 적수로 하구야 대거리가 돼야 말이지."

"그렇지두 않을걸. 축들이 사족을 못 쓰는 것두 사실은 사실이나, 아무리 그렇다곤 해두 왜 그 동이 말일세. 깜쩍같이 충줏집을 후린 눈치거든."

"무어 그 애숭이가? 물건 가지로 낚었나 부지. 착실한 녀석인 줄 알었드니."

"그 길만은 알 수 있나……. 궁리 말구 가보세나그려. 내 한턱 씀세."

그다지 마음이 당기지 않는 것을 쫓아갔다. 허 생원은 계집과는 연분이 멀었다. 얼금뱅이 상판을 쳐들고 대어설 숫기도 없었으나, 계집 편에서 정을 보낸 적도 없었고, 쓸쓸하고 뒤틀린 반생이었다. 충줏집을 생각만 하여도 철없이 얼굴이 붉어지고 발밑이 떨리고 그 자리에 소스라쳐버린다. 충줏집 문을 들어서 술좌석에서 짜장 동이를 만났을 때에는 어찌된 서슬엔지 발끈 화가 나버렸다. 상 위에 붉은 얼굴을 쳐들고 제법 계집과 농탕치는 것을 보고서야 견딜 수 없었던 것이다. 녀석이 제법 난질꾼인데 꼴사납다. 머리에 피도 안 마른 녀석이 낮부터 술 처먹고 계집과 농탕이야. 장돌뱅이 망신만 시키고 돌아다니누나. 그 꼴에 우리들과 한몫 보자는 셈이지. 동이 앞에 막아서면서부터 책망이었다. 걱정두 팔자요 하는 듯이 빤히 쳐다보는 상기된 눈망울에 부딪칠 때 결김에 따귀를 하나 갈겨주지 않고는 배길 수 없었다. 동이도 화를 쓰고 팩 하게 일어서기는 하였으나, 허 생원은 조금도 동색하는 법 없이 마음먹은 대로는 다 지껄였다— 어디서 주서먹은 선머슴인지는 모르겠으나, 네게도 애비 에미 있겠지. 그 사나운 꼴 보문 맘 좋겠다. 장사란 탐탁하게 해야 되지. 계집이 다 무어야. 나가거라 냉큼 꼴 치워.

그러나 한마디도 대거리하지 않고 하염없이 나가는 꼴을 보려니 도리어 측은히 여겨졌다. 아직도 서름서름한 사인데 너무 과하지 않았을까 하고 마음이 섯짓해졌다. 주제도 넘지, 같은 술 손님이면서두 아무리 젊다고 자식 낳게 되는 것을 붙들고 치고 닦아세울 것은 무어야 원. 충줏집은 입술을 쫑긋하고 술 붓는 솜씨도 거칠었으나, 젊은애들한테는 그것이 약이 된다나 하고 그 자리는 조 선달이 얼버무려 넘겼다. 너 녀석한테 반했지? 애숭이를 빨문 죄된다. 한참 법석을 친 후이다. 맘도 생긴 데다가 웬일인지 흠뻑 취해보고 싶은 생각도 있어서 허 생원은 주는 술잔이면 거의 다 들이켰다. 거나해짐을 따라 계집 생각보다도 동이의 뒷일이 한결같이 궁금해졌다. 내 꼴에 계집을 가로채서는 어떡헐 작정이었누 하고 어리석은 꼬락서니를 모질게 책망하는 마음도 한편에 있었다. 그렇기 때문에, 얼마나 지난 뒤인지 동이가 헐레벌떡거리며 황급히 부르러 왔을 때에는, 마시던 잔을 그 자리에 던지고 정신없이 허덕이며 충줏집을 뛰어나간 것이었다.

"생원 당나귀가 바를 끊구 야단이에요."

"각다귀들 장난이지 필연코."

짐승도 짐승이려니와 동이의 마음씨가 가슴을 울렸다. 뒤를 따라 장판을 달음질하려니 게슴츠레한 눈이 뜨거워질 것 같다.

"부락스런 녀석들이라 어쩌는 수 있어야죠."

"나귀를 몹시 구는 녀석들은 그냥 두지는 않는걸."

반평생을 같이 지내온 짐승이었다. 같은 주막에서 잠자고 같은 달빛에 젖으면서 장에서 장으로 걸어다니는 동안에 이십 년의 세월이 사람과 짐승을 함께 늙게 하였다. 가스러진 목 뒤 털은 주인의 머리털과도 같이 바스러지고, 개진개진 젖은 눈은 주인의 눈과 같이 눈곱을 흘렸다. 몽당비처럼 짧게 슬리운 꼬리는 파리를 쫓으려고 기껏 휘저어보아야 벌써 다리까지는 닿지 않았다. 닳아 없어진 굽을 몇 번이나 도려내고 새철을 신겼는지 모른다. 굽은 벌써 더 자라나기는 틀렸고 닳아버린 철 사이로는 피가 빼짓이 흘렀다. 냄새만

맡고도 주인을 분간하였다. 호소하는 목소리로 야단스럽게 울며 반겨한다.

어린아이를 달래듯이 목덜미를 어루만져주니 나귀는 코를 벌름거리고 입을 투르르거렸다. 콧물이 튀었다. 허 생원은 짐승 때문에 속도 무던히는 썩였다. 아이들의 장난이 심한 눈치여서, 땀 배인 몸뚱이가 부들부들 떨리고 좀체 흥분이 식지 않는 모양이었다. 굴레가 벗어지고 안장도 떨어졌다. 요 몹쓸 자식들 하고 허 생원은 호령을 하였으나 패들은 벌써 줄행랑을 논 뒤요, 몇 남지 않은 아이들이 호령에 놀라 비슬비슬 멀어졌다.

"우리들 장난이 아니우. 암놈을 보고 저 혼자 발광이지."

코흘리개 한 녀석이 멀리서 소리를 쳤다.

"고 녀석 말투가."

"김 첨지 당나귀가 가버리니까 왼통 흙을 차고 거품을 흘리면서 미친 소같이 날뛰는걸. 꼴이 우수워 우리는 보고만 있었다우. 배를 좀 보지."

아이는 앙돌아진 투로 소리를 치며 깔깔 웃었다. 허 생원은 모르는 결에 낯이 뜨거워졌다. 뭇 시선을 막으려고 그는 짐승의 배 앞을 가리워 서지 않으면 안 되었다.

"늙은 주제에 암새를 내는 셈야, 저놈의 짐승이."

아이의 웃음 소리에 허 생원은 주춤하면서 기어코 견딜 수 없어 채찍을 들더니 아이를 쫓았다.

"쫓으려거든 쫓아보지. 왼손잡이가 사람을 때려."

줄달음에 달아나는 각다귀에는 당하는 재주가 없었다. 왼손잡이는 아이 하나도 후릴 수 없다. 그만 채찍을 던졌다. 술기도 돌아 몸이 유난스럽게 화끈거렸다.

"그만 떠나세. 녀석들과 어울리다가는 한이 없어. 장판의 각다귀들이란 어른보다도 더 무서운 것들인걸."

조 선달과 동이는 각각 제 나귀에 안장을 얹고 짐을 싣기 시작하였다. 해가 꽤 많이 기울어진 모양이었다.

드팀전 장돌이를 시작한 지 이십 년이나 되어도 허 생원은 봉평장을 빼논 적은 드물었다. 충주, 제천 등의 이웃 군에도 가고, 멀리 영남 지방도 헤매이기는 하였으나, 강릉쯤에 물건하러 가는 외에는 처음부터 끝까지 군내를 돌아다녔다. 닷새 만큼씩의 장날에는 달보다도 확실하게 면에서 면으로 건너간다. 고향이 청주라고 자랑삼아 말하였으나 고향에 돌보러 간 일도 있는 것 같지는 않았다. 장에서 장으로 가는 길의 아름다운 강산이 그대로 그에게는 그리운 고향이었다. 반날 동안이나 뚜벅뚜벅 걷고 장터 있는 마을에 거지반 가까웠을 때, 거친 나귀가 한바탕 우렁차게 울면— 더구나 그것이 저녁녘이어서 등불들이 어둠 속에 깜박거릴 무렵이면, 늘 당하는 것이건만, 허 생원은 변치 않고 언제든지 가슴이 뛰놀았다.

젊은 시절에는 알뜰하게 벌어 돈푼이나 모아본 적도 있기는 있었으나, 읍내에 백중이 열린 해 호탕스럽게 놀고 투전을 하고 하여 사흘 동안에 다 털어버렸다. 나귀까지 팔게 된 판이었으나, 애끓는 정분에 그것만은 이를 물고 단념하였다. 결국 도로아미타불로 장돌이를 다시 시작할 수밖에는 없었다. 짐승을 데리고 읍내를 도망해 나왔을 때에는 너를 팔지 않기 다행이었다고 길가에서 울면서 짐승의 등을 어루만졌던 것이었다. 빚을 지기 시작하니 재산을 모을 염은 당초에 틀리고 간신히 입에 풀칠을 하러 장에서 장으로 돌아다니게 되었다.

호탕스럽게 놀았다고는 하여도 계집 하나 후려보지는 못하였다. 계집이란 좀 쌀쌀하고 매정한 것이었다. 평생 인연이 없는 것이라고 신세가 서글퍼졌다. 일신에 가까운 것이라고는 언제나 변함없는 한 필의 당나귀였다.

그렇다고는 하여도 꼭 한 번의 첫 일을 잊을 수는 없었다. 뒤에도 처음에도 없는 단 한 번의 괴이한 인연! 봉평에 다니기 시작한 젊은 시절의 일이었으나, 그것을 생각할 적만은 그도 산 보람을 느꼈다.

달밤이었으나 어떻게 해서 그렇게 됐는지 지금 생각해도 도무지 알 수는 없었다. 허 생원은 오늘 밤도 또 그 이야기를 끄집어내려는 것이다. 조 선달은 친구가 된 이래 귀에 못이 박히도록 들어왔다. 그렇다고 싫증을 낼 수도 없었으나, 허 생원은 시침을 떼고 되풀이할 대로는 되풀이하고야 말았다.

"달밤에는 그런 이야기가 격에 맞거든."

조 선달 편을 바라는 보았으나 물론 미안해서가 아니라 달빛에 감동하여서였다. 이지러는 졌으나 보름 갓 지난 달은 부드러운 빛을 흐뭇이 흘리고 있다.

대화까지는 칠십 리의 밤길, 고개를 둘이나 넘고 개울을 하나 건너고 벌판과 산길을 걸어야 된다. 길은 지금 긴 산허리에 걸려 있다. 밤중을 지난 무렵인지 죽은 듯이 고요한 속에서 짐승 같은 달의 숨소리가 손에 잡힐 듯이 들리며, 콩포기와 옥수수 잎새가 한층 달에 푸르게 젖었다. 산허리는 온통 메밀밭이어서 피기 시작한 꽃이 소금을 뿌린 듯이 흐뭇한 달빛에 숨이 막혀 하였다. 붉은 대궁이 향기같이 애잔하고 나귀들의 걸음도 시원하다. 길이 좁은 까닭에 세 사람은 나귀를 타고 외줄로 늘어섰다. 방울 소리가 시원스럽게 딸랑딸랑 메밀밭께로 흘러간다. 앞장선 허 생원의 이야기 소리는 꽁무니에 선 동이에게는 확적히는 안 들렸으나, 그는 그대로 개운한 제 멋에 적적하지는 않았다.

"장 선 꼭 이런 날 밤이었네. 객줏집 토방이란 무더워서 잠이 들어야지. 밤중은 돼서 혼자 일어나 개울가에 목욕하러 나갔지. 봉평은 지금이나 그제나 마찬가지나 보이는 곳마다 메밀밭이어서 개울가가 어디 없이 하얀 꽃이야. 돌밭에 벗어도 좋을 것을 달이 너무도 밝은 까닭에 옷을 벗으러 물방앗간으로 들어가지 않았나. 이상한 일도 많지. 거기서 난데없는 성 서방네 처녀와 마주쳤단 말이네. 봉평서야 제일가는 일색이었지."

"팔자에 있었나 부지."

아무렴 하고 응답하면서 말머리를 아끼는 듯이 한참이나 담배를 빨 뿐이었다. 구수한 자줏빛 연기가 밤 기운 속에 흘러서는 녹았다.

"날 기다린 것은 아니었으나, 그렇다고 달리 기다리는 놈팽이가 있는 것두 아니었네. 처녀는 울고 있단 말야. 짐작은 대고 있었으나, 성 서방네는 한창 어려워서 들고 날 판인 때였지. 한 집안 일이니 딸에겐들 걱정이 없을 리 있겠나? 좋은 데만 있으면 시집도 보내련만 시집은 죽어도 싫다지 — 그러나 처녀란 울 때같이 정을 끄는 때가 있을까. 처음에는 놀라기도 한 눈치였으나, 걱정 있을 때는 누그러지기도 쉬운 듯해서 이럭저럭 이야기가 되었네— 생각하면 무섭고도 기막힌 밤이었어."

"제천 연지로 줄행랑을 놓은 건 그다음 날이었나?"

"다음 장도막에는 벌써 왼 집안이 사라진 뒤였네. 장판은 소문에 발끈 뒤집혀, 고작해야 술집에 팔려가기가 생수라고 처녀의 뒷공론이 자자들 하단 말이야. 제천 장판을 몇 번이나 뒤졌겠나. 하나 처녀의 꼴은 꿩 귀먹은 자리야. 첫날밤이 마지막 밤이었지. 그때부터 봉평이 마음에 든 것이 반평생을 두고 다니게 되었네. 평생인들 잊을 수 있겠나."

"수 좋았지. 그렇게 신통한 일이란 쉽지 않어. 항용 못난 것 얻어 새끼 낳고 걱정 늘고 생각만 해두 진저리 나지……. 그러나 늘그막 바지까지 장돌뱅이로 지내기도 힘드는 노릇 아닌가. 난 가을까지만 하구 이 생애와두 하직하려네. 대화쯤에 조그만 전방이나 하나 벌이구 식구들을 부르겠어. 사시장천 뚜벅뚜벅 걷기란 여간이래야지."

"옛 처녀나 만나면 같이나 살까……. 난 거꾸러질 때까지 이 길 걷고 저 달 볼 테야."

산길을 벗어나니 큰길로 틔어졌다. 꽁무니의 동이도 앞으로 나서 나귀들은 가로 늘어섰다.

"총각두 젊겠다, 지금이 한창 시절이렷다. 충줏집에서는 그만 실수를 해서 그 꼴이 되었으나 설게 생각 말게."

"처, 천만에요. 되려 부끄러워요. 계집이란 지금 웬 제격인가요.

자나 깨나 어머니 생각뿐인데요."

허 생원의 이야기로 실심해한 끝이라 동이의 어조는 한풀 수그러진 것이었다.

"애비 에미란 말에 가슴이 터지는 것도 같았으나 제겐 아버지가 없어요. 피붙이라고는 어머니 하나뿐인걸요."

"돌아가셨나?"

"당초부터 없어요."

"그런 법이 세상에."

생원과 선달이 야단스럽게 껄껄들 웃으니, 동이는 정색하고 우길 수밖에는 없었다.

"부끄러워서 말하지 않으랴 했으나 정말예요. 제천 촌에서 달도 차지 않은 아이를 낳고 어머니는 집을 쫓겨났죠. 우수운 이야기나, 그러기 때문에 지금까지 아버지 얼굴도 본 적 없고, 있는 고장도 모르고 지내와요."

고개가 앞에 놓인 까닭에 세 사람은 나귀를 내렸다. 둔덕은 험하고 입을 벌리기도 대견하여 이야기는 한동안 끊겼다. 나귀는 건듯하면 미끄러졌다. 허 생원은 숨이 차 몇 번이고 다리를 쉬지 않으면 안 되었다. 고개를 넘을 때마다 나이가 알렸다. 동이 같은 젊은 축이 그지없이 부러웠다. 땀이 등을 한바탕 쪽 씻어내렸다.

고개 너머는 바로 개울이었다. 장마에 흘러버린 널다리가 아직도 걸리지 않은 채로 있는 까닭에 벗고 건너야 되었다. 고의를 벗어 띠로 등에 얽어매고 반벌거숭이의 우스꽝스런 꼴로 물속에 뛰어들었다. 금방 땀을 흘린 뒤는 뒤였으나 밤 물은 뼈를 찔렀다.

"그래, 대체 기르긴 누가 기르구?"

"어머니는 하는 수 없이 의부를 얻어가서 술장사를 시작했소. 술이 고주래서 의부라고 전 망나니예요. 철들어서부터 맞기 시작한 것이 하룬들 편한 날 있었을까. 어머니는 말리다가 채이고 맞고 칼부림을 당하곤 하니 집 꼴이 무어겠소. 열여덟 살 때 집을 뛰여나서부터 이 짓이죠."

"총각 낫세론 섬이 무던하다고 생각했드니 듣고 보니 딱한 신세로군."

물은 깊어 허리까지 찼다. 속 물살도 어지간히 센 데다가 발에 채이는 돌멩이도 미끄러워 금시에 홀칠 듯하였다. 나귀와 조 선달은 재빨리 거의 건넜으나, 동이는 허 생원을 붙드느라고 두 사람은 훨씬 떨어졌다.

"모친의 친정은 원래부터 제천이었든가?"

"웬걸요. 시원스리 말은 안 해주나 봉평이라는 것만은 들었죠."

"봉평? 그래 그 애비 성은 무엇인구?"

"알 수 있나요. 도모지 듣지를 못했으니까."

"그 그렇겠지."

하고 중얼거리며 흐려지는 눈을 까물까물하다가, 허 생원은 경망하게도 발을 빗디뎠다. 앞으로 고꾸라지기가 바쁘게 몸째 풍덩 빠져버렸다. 허부적거릴수록 몸을 걷잡을 수 없어 동이가 소리를 치며 가까이 왔을 때에는 벌써 꽤 흘렀었다. 옷째 줄짝 젖으니 물에 젖은 개보다도 참혹한 꼴이었다. 동이는 물속에서 어른을 해깝게 업을 수 있었다. 젖었다고는 하여도 여윈 몸이라 장정 등에는 오히려 가벼웠다.

"이렇게까지 해서 안됐네. 내 오늘은 정신이 빠진 모양이야."

"염려하실 것 없어요."

"그래 모친은 애비를 찾지는 않는 눈치지?"

"늘 한번 만나고 싶다고는 하는데요."

"지금 어디 계신가?"

"의부와도 갈라져 제천에 있죠. 가을에는 봉평에 모셔 오랴고 생각 중인데요. 이를 물고 벌면 이럭저럭 살아갈 수 있겠죠."

"아무럼 기특한 생각이야. 가을이댔다?"

동이의 탐탁한 등어리가 뼈에 사무쳐 따뜻하다. 물을 다 건넜을 때에는 도리어 서글픈 생각에 좀 더 업혔으면도 하였다.

"진종일 실수만 하니 웬일이오, 생원?"

조 선달은 바라보며 기어코 웃음이 터졌다.

"나귀야. 나귀 생각하다 실족을 했어. 말 안 했든가. 저 꼴에 제법 새끼를 얻었단 말이지, 읍내 강릉집 피마에게 말일세. 귀를 쫑긋 세우고 달랑달랑 뛰는 것이 나귀 새끼같이 귀여운 것이 있을까. 그것 보러 나는 일부러 읍내를 도는 때가 있다네."

"사람을 물에 빠치울 젠 딴은 대단한 나귀 새끼군."

허 생원은 젖은 옷을 웬만큼 짜서 입었다. 이가 덜덜 갈리고 가슴이 떨리며 몹시도 추웠으나, 마음은 알 수 없이 둥실둥실 가벼웠다.

"주막까지 부즈런히들 가세나. 뜰에 불을 피우고 훗훗이 쉬어. 나귀에겐 더운 물을 끓여주고. 내일 대화 장 보고는 제천이다."

"생원도 제천으로……."

"오래간만에 가보고 싶어. 동행하려나, 동이?"

나귀가 걷기 시작하였을 때, 동이의 채찍은 왼손에 있었다. 오랫동안 아둑시니같이 눈이 어둡던 허 생원도 요번만은 동이의 왼손잡이가 눈에 띄지 않을 수 없었다.

걸음도 해깝고 방울 소리가 밤 벌판에 한층 청청하게 울렸다.

달이 어지간히 기울어졌다.

《조광》 12 (1936. 10)

백치 아다다

계용묵

계용묵 1904~1961

본명은 하태용(河泰鏞). 평북 선천 출생. 1921년 중동학교를 거쳐 1922년 휘문고등보통학교 중퇴. 일본 도요대학 동양학과에서 수학. 1925년 《조선문단》을 통해 등단. 주요 작품으로 〈인두지주(人頭蜘蛛)〉〈백치 아다다〉〈별을 헨다〉〈캥가루의 조상이〉 등이 있다.

질그릇이 땅에 부딪히는 소리가 났다고 들렸는데 마당에는 아무도 없다.

부엌에 쥐가 들었나? 샛문을 열어보려니까,

"아 아아 아이 아아 아야—."

하는 소리가 뒤란 곁으로 들려온다. 샛문을 열려던 박씨는 뒷문을 밀었다.

장독대 밑 비스듬한 켠 아래 아다다가 입을 헤 벌리고 납작하니 엎드려 두 다리만을 힘없이 버지럭거리고 있다. 마치 삼복허리의 개구리가 물위에 둥둥 떠서 서푀나 하듯. 그리고 머리 편으로 한 발쯤 나가선 깨어진 동이 조각이 질서 없이 너저분하게 된장 속에 묻혀 있다.

"아이구메나! 무슨 소린가 했드니! 이년이 동이를 또 잡았구나!

이년아 너더러 된장 푸래든! 푸래?"

어머니는 딸이 어딘가 다쳤는지 일어나지도 못하고 아파하는 데가는 동정심보다 깨어진 동이만이 아깝게 눈에 보이는 것이다.

"어어마! 아다아다 아다 아다⋯⋯."

모닥불을 뒤집어쓰는 듯한 끔찍한 어머니의 음성을 또다시 듣게 되는 아다다는 겁에 질려 얼굴에 시퍼런 물이 돌며 넘어진 연유를 말하여 용서를 빌려는 기색이나 말이 되지를 않아 안타까워한다.

아다다는 벙어리였던 것이다. 말을 하럴 때는 한다는 것이 아다다 소리만이 연거푸 나왔다. 어찌어찌 가다가 말이 한마디씩 제법 되어 나오는 적도 있었으나 그것은 쉬운 말에 그치고 만다.

그래서 이것을 조롱삼아 확실이라는 뚜렷한 이름이 있음에도 불구하고 누구나 그를 부르는 이름은 아다다였다. 그러므로 이것이 자연히 이름으로 굳어져 그 부모네까지도 그렇게 부르게 되었거니와 그 자신조차도 '아다다' 하고 부르면 마땅히 들을 이름인 듯이 대답을 했다.

"이년까타나 끝이 세누나! 시집을 못 가겠으면 오늘은 어디든지 나가서 뒈지고 말어라. 이년아! 이년아!"

어머니는 눈알을 가로세워 날카롭게도 흰자위만으로 흘기며 성큼 문을 넘어선다.

아다다는 어머니의 손길이 또 자기의 끌채를 감아쥘 것을 연상하고 몸을 겨우 뒤쳐 비꼬아 일어서서 절룩절룩 굴뚝 모퉁이로 피해 가며 어쩔 줄을 모르고 일변 고개를 좌우로 둘러 살피며 아연하게도

"아다 어 어마! 아다 어마! 아다다다다ー."

하고 부르짖는다. 다시는 일을 아니 저지르겠다는 듯, 그리고 한 번만 용서를 하여달라는 듯싶게.

그러나 사정 모르는 체 기어코 쫓아간 어머니는,

"이년! 어서 뒈더라. 뒈디기 싫건 시집으로 당장 가거라. 못 갈텐……?"

그리고 주먹을 귀 뒤에 넌지시 얼메고 마주 선다.

순간, 주먹이 떨어지면? 하는 두려운 생각에 오싹하고 끼치는 소름이 튀해논 닭같이 전신에 돋아나는 것을 느끼는 찰나 '턱!' 하고 마침내 떨어지는 주먹은 어느새 끌채를 감아쥐고 갈짓자로 흔들어댄다.

"아다 어어 어마! 아 아고 어 어마!"

아다다는 떨며 빌며 손을 모은다.

그러나 소용이 없다. 한번 손을 댄 어머니는 그저 죽어 싸다는 듯이 자꾸만 흔들어댄다.

하니, 그렇지 않아도 가꾸지 못한 텁수룩한 머리는 물결처럼 흔들리며 구름같이 피어나선 얼크러진다.

그러나 아다다는 그저 빌 뿐이요, 조금도 반항하려고는 않는다. 한 대야, 그것은 도리어 매까지 사는 것이 됨을 아는 것이다. 그는 거의 날마다 이런 일을 당해보는 것이기 때문에.

집의 일이 아무리 꼬여 돌아가더라도 나 모르는 체 손 싸매고 들어앉았으면 오히려 이런 봉변은 아니 당할 것이, 가만히 앉았지는 못했다.

선천적으로 타고난 천치에 가까운 그의 성격은 무엇엔지 힘에 맞는 노력이 있어야 만족을 얻는 듯했다. 시키건 안 시키건, 헐하나 힘차나 가리는 법이 없이 하여야 될 일로 눈에 띄기만 하면 몸을 아끼는 일이 없이 하는 것이 그였다. 그래서 집안의 모든 고된 일은 아다다가 실로 혼자서 치워놓게 된다.

그러나 어머니는 그것이 반갑지 않았다. 둔한 지혜로 미련스레 뼈가 부러지도록 몸을 돌보지 않고 일종 모험에 가까운 짓을 하게 되므로 그 반면에 따르는 실수가 되려 일을 저질러놓게 되어 그릇 같은 것을 부수어먹는 일은 거의 날마다 있다 하여도 옳을 정도로 있었다.

그래도 아다다의 힘을 빌리지 않고는 집안일을 못 치겠다면 모르지만 그는 참여를 하지 않아도 행랑에서 차근차근히 다 해줄 일을 쓸데없이 가로맡아선 일을 저질러놓고 마는 데 그 어머니는 속이 상하는 것이다.

본시 시집을 보내기 전에도 그 버릇은 지금이나 다름이 없어 벙어리인 데다 행동까지 그러하였으므로 내용 아는 인근에서는 그를 얻어가려는 사람이 없어 열아홉 고개를 넘기도록 채묻어두고 속을 태우다 못 해 깃부(지참금)로 논 한 섬지기를 처녀의 똥 치듯 치워버렸던 것이, 그만 오 년 만에 다시 쫓겨와, 시집에는 아예 갈 생각도 아니하고 하루같이 심화를 올렸다. 그래서 어머니는 역겨운 마음에 아다다가 실수를 할 때마다 주릿대를 내리고 참여를 말라건만 그는 참는다는 것이 그 당시뿐이요, 남이 일을 하는 것을 보면 속이 쏘는 듯이 슬그머니 나와서 곁을 슬슬 돌다가는 손을 대고 마는 것이다.

바로 사흘 전엔가도 무명넘을 할 때 활짝 단 솥뚜껑을 미련스레 맨손으로 열다가 뜨거움을 참지 못해 되는 대로 집어 엎는 바람에 자배기가 하나 깨어져, 욕과 매를 한 모태 겪고 났지만 어제 저녁 행랑 색시더러 오늘은 묵은 된장을 옮겨 담아야 되겠다고 이르는 말을 어느 겨를에 들었던지 아다다는 아침 밥이 끝나자 어느새 또다시 나가서 혼자 된장을 퍼 나르다가 그만 또 실수를 한 것이었다.

"못 가겐 시집이? 못 가겐 이년! 못 갈뗌 죽어라—."

붙잡았던 머리를 힘차게 휙 두르며 밀치는 바람에 손에 감겼던 머리카락이 끊어지는지 빠지는지 무뜩 묻어나며 아다다는 비칠비칠 서너 걸음 물러난다.

순간 어찔해진 아다다는 넘어지지 않으려고 애써 버지럭거리며 뻗치는 다리에 겨우 진정을 얻어 세우자,

"아다 어마! 아다 어마! 아다! 아다—."

하고, 다시 달려들 듯이 눈을 흘기고 섰는 어머니를 향하여 눈물 글썽한 눈을 끔뻑 한 번 감아 보이고, 그리고 북쪽을 손가락질하여 어머니의 말대로 시집으로 가든지 그렇지 않으면 죽어라도 버리겠다는 뜻으로 고개를 주억이며 겁에 질려 어쩔 줄을 모르고 허청허청 대문 밖으로 몸을 이끌어냈다.

나오긴 나왔으나, 갈 곳이 없는 아다다는 마당귀를 돌아서선 발길을 더 내놓지 못하고 우뚝 섰다.

시집으로 간다고는 하였으나, 아무리 생각해도 남편의 매는 어머니의 그것보다 무섭다. 그러면 다시 집으로 들어가나? 이번에는 외상 없는 매가 떨어질 것 같다. 그러면 어디로 가나? 갈 곳 없는 갈 곳을 짜보니 눈물 주는 위로밖에 쓸데없는 오 년 전 그 시집이 참을 수

백치 아다다　265

없이 그립다.

―추울세라, 더울세라, 힘이 들까, 고단할까, 알뜰살뜰이 어루만져주는 시부모, 밤이면 품속에 꼭 껴안아 피로를 풀어주던 남편. 아, 얼마나 시집에서는 자기를 위하여 정성을 다하던 것인가?

참으로 아다다가 처음 시집을 가서의 오 년 동안은 온 집안의 사랑을 한 몸에 받아왔던 것이 사실이다.

벙어리라는 조건이 귀에 들어맞는 것은 아니었으나, 백 원 이상의 돈으로 아내를 사지 아니하고는 얻어볼 수 없는 처지에서 스물여덟 살에 아직 장가를 못 들고 있는 신세로, 목구멍조차 치기 어려운 형세였는지라 아내를 얻게 되기에 여유를 기다리기까지에는 너무도 막연한 앞날이었으매 벙어리나마 일생을 먹여줄 것까지 가지고 온다는데 귀가 번쩍 띄어 그 자리를 아시울까 두렵게 혼사를 지었던 것이니, 그로 인해서 먹고살게 되는 시집에서는 아다다를 아니 위할 수 없었던 것이다. 그러한 가운데 또한 아다다는 못 하는 일이 없이 일 잘하고, 고분고분 말 잘 듣고, 조금도 말썽을 부리는 법이 없었다. 하니 생활고가 주던 역겨움이 쓸데없이 서로 눈독을 짓게 하여 불쾌한 말만으로 큰 소리가 끊일 새 없이 오고 가던 가족은 일시에 봄비를 맞는 동산같이 화락한 웃음의 꽃이 피었다.

원래 바른 사람이 못 되는 아다다에게는 실수가 없는 것이 아니었으나, 그로 인해서 밥을 먹게 되는 시집에서는 조금도 역겹게 안 여겼고, 되려 위로를 하고 허물을 감추기에 서로 애를 썼다.

여기에 아다다는 비로소 인생의 행복을 느끼며 시집가기 전 지난날의 어머니, 아버지가 쓸데없는 자식이라는 구실 밑에, 아니, 되려

가문을 더럽히는 앙화(殃禍) 자식이라는 데서 사람으로서의 푼수에도 넣어주지 않고 박대하던 일을 생각하여 어머니, 아버지를 원망하는 나머지 명절 목이나 제향 때이면 시집에서는 그렇게 가보라는 친정이었건만 이를 악물고 가지 않고 행복 속에 묻혀 살던 지나간 그날이 아니 그리울 수가 없을 게다.

그러나 그날은 안타깝게도 다시 못 올 영원한 꿈나라에 흘러가고 말았다.

해를 거듭하며 생활의 밑바닥에 깔아놓았던 한 섬지기라는 저금이 차츰 그들을 여유한 생활에로 이끌어 몇백 원의 돈이 눈앞에 굴게 되니 까닭 없이 남편되는 사람은 벙어리로서의 아내가 미워졌다.

조그만 실수가 있어도 눈을 흘겼다. 그리고 매를 때렸다. 이 사실을 아는 아버지는 그것은 들어오는 복을 차버리는 짓이라고 타이르나 듣지 않았다. 그리하여 부자간에 충돌이 때때로 일어났다. 이럴 때마다 아버지에게는 감히 하고 싶은 행동을 못 하는 아들은 그 분을 아내에게로 돌려 풀었다.

"이년, 보기 싫다! 네 집으로 가거라!"

그리고 다음에 따르는 것은 매였다. 그러나 아다다는 참아가며 아내로서의, 그리고 며느리로서의 임무를 다했다.

이것이 시부모로 하여금 더욱 아다다를 귀엽게 만드는 것이어서, 아버지에게서는 움직일 수 없는 며느리인 것을 깨닫게 된 아들은 가정적으로 불만을 느끼어 한 해의 농사를 지은 추수를 몽땅 팔아가지고 집을 떠나 마음의 위안을 찾아 주색에 그 돈을 다 탕진하고 물거품같이 밀려돌다가 동무들과 짝지어 안동현(安東縣)으로 건너갔다.

그리하여 이 투기적 도시에 뒹굴며 노동의 힘으로 본전을 얻어선 '양화'와 '온떼루'에 투기하여 황금을 꿈꾸어오던 것이 기적적으로 맞아나기 시작하여 이태 만에는 이만 원에 가까운 돈을 손에 쥐고 완전한 아내로서의 알뜰한 사랑에 주렸던 그는 돈에 따르는 무수한 여자 가운데서 마음대로 흡족히 골라가지고 집으로 돌아왔다.

그러고는 새로운 살림을 꿈꾸는 일변, 새로이 가옥을 건축함과 동시에 아다다를 학대함이 전에 비할 정도가 아니었다. 이에는 그 아버지도 명민하고 인자한 남부끄럽지 않은 버젓한 새며느리에게 마음이 쏠리는 나머지 이미 생활은 걱정이 없이 되었으니 아다다의 깃부로서가 아니라도 유족할 앞날의 생활을 내다볼 때 아들로서의 아다다에게 대하는 태도에 조금도 마음에 걸리는 점이 없었다. 그리하여 시부모의 눈에서까지 벗어난 아다다는 호소할 곳조차 없는 사정에 눈 감은 남편의 매를 견디다 못 해 쫓겨 오게 되었던 것이니, 생각만 하여도 옛 매 자리가 아픈 그 시집은 죽으면 죽었지 다시는 찾아갈 생각이 없었던 것이다.

그래서 집에 있게 되니 그것보다는 좀 헐할 망정, 어머니의 매도 결코 견디기에 족한 것이 아니다. 아니, 그것도 차차 심해만 오는 것이 아닌가. 오늘도 조금만 반항만 있었던들, 어김없이 매는 맞고야 말았을 것이다.

그러니, 어디로 가나? 아무리 생각을 해보아야 그저 이 세상에서는 수롱이네 집밖에 또 찾아갈 곳은 없었다.

수롱은 부모 동생조차 없는 삼십이 넘은 총각으로 누구보다도 자기를 사랑하여준다고 믿는 단 한 사람으로 쫓기어 날 때마다 그를 찾아가선 마음의 위안을 얻어오던 것이다.

아다다는 문득 발걸음을 떼어 아지랑이 어른거리는 마을 끝 산턱 아래 떨어져 박힌 한 채의 오막살이를 향하여 마당귀를 꺾어 돌았다.

수롱은 벌써 일 년 전부터 아다다를 꾀어온다. 시집에서까지 쫓겨난 벙어리나, 김 초시의 딸이라 스스로도 낮춰 보여지는 자신으로서는 자연히 염을 내지 못하고 뜻 있는 마음을 속으로 고여가며 눈치를 보여오던 것이, 눈치에서보다는 베풀어진 동정이 마침내 아다다의 마음을 사게 된 것이었다.

아이들은 아다다를 보기만 하면 따라다니며 놀렸다. 아니, 어른들까지라도 '아다다, 아다다' 하고 골을 올려서 분하나 말을 못 하고 이상한 시늉을 하며 투덜거리는 것을 봄으로 행복을 느끼는 듯이 손뼉을 치며 웃고는 했다.

그래서 아다다는 사람을 싫어하였다. 집에 있으면 어머니의 욕과 매, 밖에 나오면 뭇 사람들의 놀림, 그러나 수롱이만은 자기를 사랑하는 것이었다. 아이들이 따라다닐 때에도 남 아니 말려주는 것을 그는 말려주고, 그리고 에여 터질 듯한 심정을 풀어주는 것이었다.

그리하여 아다다는 마음이 불편할 때마다 수롱을 생각해오던 것이, 얼마 전부터는 찾아다니게까지 되어 동네의 눈치에도 어느덧 오른 지가 오래였다.

그러나 아다다의 집에서도 그 아버지만이 지처를 가지기 위하여 깔맵게 아다다의 행동을 경계하는 듯하고, 그 어머니는 도리어 수롱이와 배가 맞아서 자기의 눈앞에 보이지 아니하고 어디로든지 달아났으면 하는 눈치를 알게 된 수룡이는 지금에 와서는 어느 정도까지 내어놓다시피 그를 사귀어온다.

지금도 아다다가 자기를 찾아오는 것을 본 수룡이는 반갑게 나가서 그를 맞아들였다.

그러고는 쫓겨난 이유를 낱낱이 묻고 한바탕 위로를 하고 나서

"이제는 아야, 집으로 가지 말고 나하고 둘이 있어, 응?"

그리고 의미 있는 웃음을 벙긋벙긋 웃으며, 등을 척척 뚜드려 달랬다. 오늘은 어떻게 해서든지 자기의 것으로 영원히 만들어보고 싶은 생각이 불탔던 것이다.

그러나 아다다는,

"아다 무 무서! 아바 무서! 아다 아다다다―."

하고, 그렇게 한다면 큰일 난다는 듯이 눈을 동그랗게 뜬다.

집에서 학대를 받고 있느니보다는 수룡의 사랑 밑에서 살았으면 오죽이나 행복되랴! 다시 집으로는 아니 들어가리라는 생각이 없었던 바도 아니었으나, 정작 이런 말을 듣고 보니, 무엇엔지 차마 허하지 못할 것이 있는 것 같고, 그렇지 않아도 눈을 부릅뜨고 수룡이한테 다니지 말라는 아버지 말이 연상될 때 어떻게도 그 말은 엄한 것이었다.

그러나 방금 쫓겨난 몸이 아닌가. 갈 곳은 어딘고? 다시 생각을 더듬어보니 먼저 한 말이 후회스럽기도 했다. 생각할수록 어머니의 매는 견딜 수 없이 아파 아버지의 그 눈총보다도 몇 배나 더 한층 두려움으로 나타났던 것이다.

"응, 아다 이 이 이서이서 아다아다."

아다다는 급하게도 갑자기 태도를 고치어 있겠다는 뜻으로 옷을 툭툭 뚜드려보인다.

"그래 정 있어야 돼, 응?"

"응 이서 이서 아다 아다—."

"정말이야?"

"으, 응 저 정 아다 아다—."

단단히 강문을 받고 난 수롱이는 은근히 솟아나는 미소를 금할 길이 없었다.

벙어리인 아다다가 흡족할 리는 없었지만 돈으로 사지 아니하고는 아내라는 것을 얻어볼 수 없는 처지라 그저 생기는 아내는 벙어리였어도 족했다. 그저 일이나 도와주고 아들 딸이나 낳아주었으면 자기는 게서 더 바랄 것이 없었던 것이다. 아내를 얻으려고 십여 년 동안을 불피풍우 품을 팔아 궤속에 꽁꽁 묻어둔 일백오십 원이란 돈이 지금에 와서는 아내 하나를 얻기에는 부족한 것은 아니나, 장가를 들지 아니하고 아다다를 꾀여 온 이유는 아다다를 꾐으로 돈을 남겨서, 그 돈으로 가정의 마루를 얹자는 데서였던 것이니 이제 그 계획이 은근히 성공에 가까워옴에 자기도 남과 같이 가정을 이루어보누나 하니 바라지도 못하였던 인생의 행복이 (그는 이것을 무상의 행복이라 앎) 자기에게도 찾아오는 것 같았던 것이다.

그날 밤을 수롱의 품안에서 자고 난 아다다는 이미 수롱의 아내 되기에 수줍음조차 잊었다. 아니, 집에서 자기를 받들어 들인다 하더라도 수롱을 떠나서는 살 수 없으리만큼 마음은 굳어졌다. 수롱이가 주는 사랑은 자기로서는 더 찾을 수 없는 행복이라 느끼었던 것이다.

그러나 영원한 행복을 위하여 이 자리에 그대로 박혀서는 누릴 수 없을 것이 다음에 남은 근심이었다. 수롱이와 살자면, 첫째 아버지가 허하지 않을 것이요, 동네 사람도 부끄럽지 않은 노릇이 아니다. 이것은 수롱이도 아니 근심할 수 없는 것으로 밤새도록 의논을 하여오던 것이나 동네를 피하여 낯 모르는 곳으로 감쪽같이 달아나는 수밖에는 없었다.

그들은 예식 없는 기약을 서로 맹세하고 그날 밤으로 그 마을을 떠나, S라는 섬으로 흘러가서, 그곳에 안주를 정하였다. 그러나 생소한 곳이므로, 직업을 찾을 길이 없었다. 고기를 잡아먹고 사는 섬이라, 뱃놀음을 하는 것이 제 길이었으나, 이것은 아다다가 한사코 말렸다. 몇 해 전에 자기네 동네에서도 농토를 잃은 몇 사람이 이 섬으로 들어와 첫 배를 타다가 그만 풍랑에 몰살을 당하고 만 일이 있던 것을 잊지 못하는 때문이었다.

그것을 아는지라, 수롱이조차도 배에는 마음이 없었다. 섬으로 왔다고는 하지만 땅을 파서 먹는 것이 조마구 뺄 때부터 길러온 습관이요, 손 익은 일이었기 때문에 그저 그 노릇만이 그리웠다.

그리하여, 있는 돈으로 어떻게 밭날갈이나 사서 조 같은 것이나 심어가지고 겨울의 불목이와 양식을 대게 하고 짬짬이 조개나 굴, 낙지같은 것들을 캐서 그날그날을 살아갔으면 그것이 더할 수 없는 행복일 것만 같았다.

그러지 않아도 삼십 반생에 자기의 소유라고는 손바닥만 한 것조차 없어, 어떻게도 몽매에 그리던 땅인가. 완전한 아내를 사지 아니하고 아다다를 꼬여온 것도 이 소유욕에서였던 것이나 아내가 얻어진 이제 비록 많지는 않은 땅이나마 가져보고 싶은 마음도 간절하였거니와, 또는 그만한 소유를 가지는 것이 자기에게 향한 아다다의 마음을 더욱 굳게 하는 데도 보다 더한 수단일 것 같았기 때문이다.

그런데다, 본시 뱃놀음판인 섬인데, 작년에 놀구지가 잘 되었다 하여 금년에 와서 더욱 시세를 잃은 땅은 비록 때가 기경시(起耕時)라 하더라도 용이히 살 수까지 있는 형편이었으므로, 그렇게 하리라 일단 마음을 정하니, 자기도 땅을 마침내 가져보누나 하는 생각에 더할 수 없는 행복을 느끼어 아다다에게도 이 계획을 말하였다.

"우리 밭을 한 뙈기 사자. 그래두, 농사를 해야 사람 사는 것 같지. 내가 전답을 살라고 묶어둔 돈이 있거든!"

하고 수롱이는 봐라 하는 듯이 시렁 위에 얹힌 석유통 궤 속에서 지전 뭉치를 뒤져내더니 손끝에다 침을 발라가며 펄떡펄떡 뒤져 보인다.

그러나 그 돈을 본 아다다는 갑자기 화기가 줄어든다.

수롱이는 이상했다. 기꺼워할 줄 알았던 아다다가 도리어 화기를 잃은 것이다. 돈이 있다니 많은 줄 알았다가 기대에 틀림으로서인가?

"이봐! 그래 뵈두 일천오백 냥이야. 지금 시세에 이천 평은 한참 놀다가도 떡 먹두룩 살건데―."

그러나 아다다는 아무 대답도 없다. 무엇 때문엔지 수심의 빛까지 보이는 것이 아닌가.

"아니, 밭이 이천 평이문 조를 심는다 하고 잘만 가꿔봐, 조가 열 섬에 조짚이 백여 목 날 테야. 그래 이걸 가지구 겨울 한동안이야 못 살아? 그리구 둘이 맞붙어 몇 해만 벌어봐. 그적엔 논이 또 나오는 거야. 이건 괜히 생⋯⋯."

아다다는 말없이 머리를 흔든다.

"아니, 내레 이게, 거즈뿌렁이야? 아 열 섬이 못 나?"

아다다는 그래도 머리를 흔든다.

"아니, 고롬 밭은 싫단 말인가?"

비로소 아다다는 그렇다는 듯이 머리를 주억거린다.

아다다는 돈이 있다 해도 실로 그렇게 많은 줄은 몰랐다. 그래서 그 많은 돈으로 밭을 산다는 소리에 지금까지 꿈꾸어오던 모든 행복이 여지없이 일시에 깨어지는 것만 같았던 것이다. 돈으로 인해서 그렇게 행복할 수 있던 자기의 신세는 남편(전남편)의 마음을 악하게 만들었으므로, 그리고 시부모의 눈까지 가리는 것이 되어, 필야엔 쫓겨나지 아니치 못하게 되었던 일을 생각하면 돈 소리만 들어도 마음이 좋지 않던 것인데, 이제 한 푼 없는 알몸인 줄 알았던 수롱이에게도 그렇게 많은 돈이 있어 그것으로 밭을 산다고 기꺼워하는 것을 볼 때, 그 돈의 밑천은 장래 자기에게 행복을 가져다주기보다는 몽둥이를 가져다주는 데 지나지 못하는 것 같았고, 밭에다 조를 심는다는 것은 불행의 씨를 심는다는 것만 같았기 때문이다.

아다다는 그저 섬으로 왔거니 조개나 굴 같은 것을 캐서 그날 그날을 살아가야 할 것만이 수롱의 사랑을 받는 데 더할 수 없는 살림인 줄만 안다. 그래서 이러한 살림이 얼마나 즐거우랴! 혼자 속으로 축복을 하며 수룡을 위하여 일층 벌기에 힘을 써야 할 것을 생각해 오던 것이다.

"고롬 논을 사자나? 밭이 싫으문—."

수룡은 아다다의 의견을 알고 싶어 이렇게 또 물었다.

아다다는 그냥 고개를 주억여버렸다. 논을 산대도 그것은 꼭 같은 불행을 사는 데 있을 것이다. 돈이 있는 이상, 어느 것이든지 간에 사기는 사고야 말 남편의 심사이었음에 머리를 흔들어댔자 소용이 없을 것이므로 그 근본 불행은 돈에 있는 것이니 돈을 어찌할 수 없는 이상엔 잠시라도 남편의 마음을 거스름으로 불쾌하게 할 필요는 없다고 아는 때문이었다.

"흥! 논이 좋은 줄은 너도 아누나! 그러나 어려운 놈에겐 밭이 논보다 나았지 나아—."

하고 수룡이는 기어코 밭을 사기로, 그 달음에 거간을 내놓았다.

그날 밤—.

아다다는 자리에 누웠으나 잠이 오지 않았다. 남편은 아무런 근심도 없는 듯이 세상 모르고 씩씩 초저녁부터 자내건만, 아다다는 그저 그 돈 생각을 하면 장차 닥쳐올 불길한 예감에 잠을 이룰 수가 없었다. 이불을 붙안고 밤새도록 쥐어틀며 아무리 생각을 해야 그 돈을 그대로 두고는 수룡의 사랑 밑에서 영원한 행복을 누릴 수 있으리라고는 믿기지 않았다.

짧은 봄 밤은 어느새 새어, "꼬기요, 꼬기요" 하고 새벽을 알리는 닭의 울음소리가 사방에서 처량히 들려온다.

아다다는 밤이 벌써 새누나 하니, 마음은 더욱 조급하게 탔다. 이

밤으로 그 돈에 대한 처리를 하지 못하는 한, 내일은 기어이 거간이 흥정을 하여가지고 올 것이다. 그러면 그 밭에서 나는 곡식은 해마다 돈을 불려줄 것이다. 그때면 남편은 늘어가는 돈에 따라 차차 눈이 어둡게 되어 점점 정은 멀어만 가게 될 것이다. 그다음에는?

그다음에는 더 생각하기조차 무서웠다.

닭의 울음소리에 따라 날은 자꾸만 밝아온다. 바라보니 어느덧 창은 희끄스름하게 비친다. 아다다는 더 누워 있을 수가 없었다. 옆에 누운 남편을 지긋이 팔로 밀어보았다. 그러나 움직이지도 않는다. 그래도 못 믿기는 무엇이 있는 듯이 남편의 코에다 가만히 귀를 곁에다 대고 숨소리를 엿들었다. 씨근씨근 아직도 잠은 분명히 깨지 않고 있다. 아다다는 살그니 이불 속을 새어 나왔다. 그리고 시렁 위의 석유통을 휩쓸어 그 속에다 손을 넣었다. 그리하여 마침내 지전 뭉치를 더듬어서 손에 쥐고는 조심조심 발소리를 죽여가며 살그머니 문을 열고 부엌으로 내려갔다.

그러고는 일찍이 아침을 지어 먹고 나무새기를 뽑으러 간다고 바구니를 끼고 바닷가로 나섰다. 아무도 보지 못하게 깊은 물속에다 그 돈을 던져버리자는 것이다.

솟아오르는 아침 햇살을 받아 붉게 물들며 잔뜩 밀린 조수는 거품을 부걱부걱 토하며 바람결조차 철썩철썩 해안에 부딪친다.

아다다는 바구니를 내려놓고 허리춤 속에서 지전 뭉치를 쥐어들었다. 그러고는 몇 겹이나 쌌는지 알 수 없는 헌겁 조각을 둘둘 풀었다. 헤집으니 일 원짜리, 오 원짜리, 십 원짜리 무수한 관 쓴 영감들이 '나를 박대해서는 아니 된다' 하는 듯이 모두를 바라본다. 그러나 아다다는 너 같은 것을 버리는 데는 아무런 미련도 없다는 듯이, 넘노는 물결 위에다 획 내어뿌렸다. 그러나 바람은 지전을 채여가지고 공중으로 올라가 팔랑팔랑 허공에서 재주를 넘어가며 산산히 헤쳐서, 멀리 그리고, 가깝게 하나씩 하나씩 물위에 떨어져서는 물결 쫓아 잠겼다 떴다 숨바꼭질을 한다.

어서 물속으로 가라앉든지, 그렇지 않으면 흘러내려 가든지 했으면 하고 아다다는 멀거니 서서 기다리나 너저분하게 물위를 덮은 지전들은 차마 주인의 품을 떠나기가 싫은 듯이 잠겨버렸는가 하면, 다시 기웃거리며 솟아올라서는 빙글빙글 돈다.

하더니, 썰물이 잡히자부터야 할 수 없는 듯 슬금슬금 밑이 떨어져 흐르기 시작한다.

아다다는 상쾌하기 그지없었다. 밀려 내려가는 무수한 그 지전들은 자기의 온갖 불행을 모두 거두어가지고 다시 돌아올 길이 없는 끝없는 한바다로 내려갈 것을 생각할 때 아다다는 춤이라도 출 듯이 기꺼웠다.

그러나 그 돈이 완전히 눈앞에 보이지 않게 흘러내려 가기까지에는 아직도 몇 분 동안을 요하여야 할 것인데, 뒤에서 허덕거리는 발소리가 들리기에 돌아다보니 수롱이가 헐떡이며 달려오는 것이 아닌가.

"야! 야! 아다다야! 너, 돈 안 건새핸? 돈, 돈 말이야 돈……?"

청천의 벽력 같은 소리였다.

아다다는 어쩔 줄을 모르고 남편이 이까지 이르기 전에 어서어서 물결은 휩쓸려 돈을 모두 가져가 흘러버렸으면 하나, 물결은 안타깝게도 그닐그닐 한가히 돈을 이끌고 흐를 뿐, 아다다는 그 돈이 어서 자기의 눈앞에서 자취를 감추어버리는 것을 보기 위하여 그닐거리고 있는 돈 위에 쏘아박은 눈을 떼지 못하고 쩔쩔매는 사이, 마침내 달려오게 된 남편의 눈에도 그 돈은 눈에 띄고야 말았다.

뜻밖에도 바다 가운데는 무수하게 지전이 널려서 앞서거니 뒷서거니 둥둥 떠내려가는 것을 본 수롱이는 아다다에게 그 연유를 물을 겨를도 없이 미친 듯이 옷을 훨훨 벗고 첨버덩 물속으로 뛰어들었다.

그러나 헤엄을 칠 줄 모르는 수롱이는 돈이 엉기어 도는 한복판으로는 들어갈 수가 없었다. 겨우 가슴패기까지 잠기는 깊이에서 더 들어가지 못하고 흘러내려가는 돈더미를 안타깝게도 바라보며 허우적허우적 달려갔다. 차츰 물결에 휩쓸려 떠내려가는 속력이 빨라진다. 돈들은 수롱이더러 어디 달려와보라는 듯이 획획 숨바꼭질을 하며 흐른다. 그러나 물결이 세어질수록 더욱 걸음발은 자유로 놀릴 수가 없게 된다. 더퍽더퍽 물과 싸움이나 하듯 엎어졌다가는 일어서고 일어섰다가는 다시 엎어지며 달려가나 따를 길이 없다. 그대로 덤비다가는 몸조차 물속으로 휩쓸려 들어갈 것 같아, 멀거니 서서 바라보니 벌써 지전 조각들은 가물가물하고 물거품인지 지전인지도 분간할 수 없으리만큼 먼 거리에서 흐르고 있다. 그러나 그것도 순간이다. 눈앞에는 아무것도 보여지는 것이 없다. 획획하고 밀려내려가는 거푸진 물결뿐이다.

수롱이는 마지막으로 돈을 잃고 말았다고 아는 정도의 물결 위에 쏘아진 눈을 돌릴 길이 없이 정신빠진 사람처럼 그냥그냥 바라보고 섰더니, 쏜살같이 언덕켠으로 달려오자 아무런 말도 없이 벌벌 떨고 섰는 아다다의 중동을 사정없이 발길로 제겼다.

"흥앗!"

소리가 났다고 아는 순간, 철썩 하고 감탕이 사방으로 튀자 보니, 벌써 아다다는 해안의 감탕판에 등을 지고 쓰러져 있다.

"이— 이— 이……."

수롱이는 무슨 말을 하려고 하나 너무도 기에 차서 말이 되지를 않는 듯 입만 너불거리다 아다다가 움찔하는 것을 보더니, 아직도 살았느냐는 듯이 번개같이 쫓아 내려가 다시 한번 제기니,

"푹!"

하는 소리와 같이 아다다는 가꿉선 언덕을 떨어져 덜덜덜 굴러서 물속에 잠긴다.

한참 만에 보니 아다다는 한복판으로 밀려가서 솟구쳐 오르며 두 팔을 물 밖으로 허우적거린다. 그러나 그 물속을 어떻게 헤어나랴! 아다다는 그저 물위를 둘레둘레 돌며 요동을 칠 뿐, 그러나 그것도 일순간이었다. 어느덧 그 자취는 물속에 사라지고 만다.

주먹은 움켜쥔 채 우상같이 서서 굼실거리는 물결만 쏘아보는 수롱이는, 그 물속에 영원히 잠들려는 아다다를 못 잊어함인가? 그렇지 않으면 흘러버린 그 돈이 차마 아까워서인가?

짝을 찾아 도는 갈매기 떼들은 사랑을 위해서 눈물겨운 처참한 인생 비극이 여기에 일어난 줄도 모르고 '끼약끼약' 하며 흥겨운 춤에 훨훨 날아다니는 깃〔羽〕치는 소리와 같이 해안의 풍경만 돕고 있다.

《조선문단》23 (1935. 6)

날개

이상

이상 1910~1937

본명은 김해경(金海卿). 서울 출생. 보성고등보통학교를 거쳐 1929년 경성고등공업학교 건축학과를 졸업, 조선총독부 건축과 기원(技員)이 됨. 조선총독부의 표지 도안 현상 공모에 1등과 3등으로 당선되는 등 그림과 도안에 재능을 보임. 1934년 '구인회(九人會)'에 가입. 주요 작품으로 〈거울〉〈오감도〉 등의 시와 〈날개〉〈종생기〉〈동해(童骸)〉 등의 소설이 있다.

'박제가 되어버린 천재'를 아시오? 나는 유쾌하오. 이런 때 연애까지가 유쾌하오.

 육신이 흐느적흐느적하도록 피로했을 때만 정신이 은화처럼 맑소. 니코틴이 내 횟배 앓는 뱃속으로 스미면 머릿속에 으레 백지가 준비되는 법이오. 그 위에다 나는 위트와 패러독스를 바둑 포석처럼 늘어놓소. 가증할 상식의 병(病)이오.
 나는 또 여인과 생활을 설계하오. 연애 기법에마저 서먹서먹해진, 지성의 극치를 흘깃 좀 들여다본 일이 있는 말하자면 일종의 정신분열자 말이오. 이런 여인의 반— 그것은 온갖 것의 반이오— 만을 영수하는 생활을 설계한다는 말이오. 그런 생활 속에 한 발만 들여놓고 흡사 두 개의 태양처럼 마주 쳐다보면서 낄낄거리는 것이

오. 나는 아마 어지간히 인생의 제행(諸行)이 싱거워서 견딜 수가 없
게끔 되고 그만둔 모양이오. 굿바이.

굿바이. 그대는 이따금 그대가 제일 싫어하는 음식을 탐식하는
아이러니를 실천해보는 것도 좋을 것 같소. 위트와 패러독스와…….

그대 자신을 위조하는 것도 할 만한 일이오. 그대의 작품은 한 번
도 본 일이 없는 기성품에 의하여 차라리 경편(輕便)하고 고매하
리다.

19세기는 될 수 있거든 봉쇄하여버리오. 도스토옙스키 정신이란
자칫하면 낭비인 것 같소. 위고를 불란서의 빵 한 조각이라고는 누
가 그랬는지 지언(至言)인 듯싶소. 그러나, 인생 혹은 그 모형에 있
어서 디테일 때문에 속는다거나 해서야 되겠소? 화(禍)를 보지 마
오. 부디 그대께 고하는 것이니…….

(테이프가 끊어지면 피가 나오. 생채기도 머지않아 완치될 줄 믿소. 굿
바이.)

감정은 어떤 포즈. (그 포즈의 원소(元素)만을 지적하는 것이 아닌지나
모르겠소.) 그 포즈가 부동 자세에까지 고도화할 때 감정은 딱 공급
을 정지합네다.

나는 내 비범한 발육을 회고하여 세상을 보는 안목을 규정하였소.
여왕봉과 미망인 — 세상의 하고많은 여인이 본질적으로 이미 미

망인 아닌 이가 있으리까? 아니! 여인의 전부가 그 일상에 있어서 개개 '미망인'이라는 내 윤리가 뜻밖에도 여성에 대한 모독이 되오? 굿바이.

그 33번지라는 것이 구조가 흡사 유곽이라는 느낌이 없지 않다. 한 번지에 18가구가 죽— 어깨를 맞대고 늘어서서 창호가 똑같고 아궁지 모양이 똑같다. 게다가 각 가구에 사는 사람들이 송이송이 꽃과 같이 젊다. 해가 들지 않는다. 해가 드는 것을 그들이 모른 체하는 까닭이다. 턱살 밑에다 철줄을 매고 얼룩진 이부자리를 널어 말린다는 핑계로 미닫이에 해가 드는 것을 막아버린다. 침침한 방안에선 낮잠들을 잔다. 그들은 밤에는 잠을 자지 않나? 알 수 없다. 나는 밤이나 낮이나 잠만 자느라고 그런 것은 알 길이 없다. 33번지 18가구의 낮은 참 조용하다.

조용한 것은 낮뿐이다. 어둑어둑하면 그들은 이부자리를 걷어들인다. 전등불이 켜진 뒤의 18가구는 낮보다 훨씬 화려하다. 저물도록 미닫이 여닫는 소리가 잦다. 바빠진다. 여러 가지 내음새가 나기 시작한다. 비웃 굽는 내, 탕고도— 란내, 뜨물내, 비눗내…….

그러나, 이런 것들보다도 그들의 문패가 제일로 고개를 끄덕이게 하는 것이다. 이 18가구를 대표하는 대문이라는 것이 일각이 져서 외따로 떨어지기는 했으나 있다. 그러나, 그것은 한 번도 닫힌 일이 없는 한길이나 마찬가지 대문인 것이다. 온갖 장사아치들은 하루 가운데 어느 시간에라도 이 대문을 통하여 드나들 수가 있는 것이다. 이네들은 문간에서 두부를 사는 것이 아니라 미닫이만 열고 방에서 두부를 사는 것이다. 이렇게 생긴 33번지 대문에 그들 18가구의 문패를 몰아다 붙이는 것은 의미가 없다. 그들은 어느 사이엔가 각 미닫이 위 백인당(百忍堂)이니 길상당(吉祥堂)이니 써붙인 한결에다 문패를 붙이는 풍속을 가져버렸다.

내 방 미닫이 위 한결에 칼표 딱지를 넷에다 낸 것만 한 내 — 아니! 내 아내의 명함이 붙어 있는 것도 이 풍속을 좇는 것이 아닐 수 없다.

나는 그러나 그들의 아무와도 놀지 않는다. 놀지 않을 뿐 아니라 인사도 않는다. 나는 내 아내와 인사하는 외에 누구와도 인사하고 싶지 않았다.

내 아내 외의 다른 사람과 인사를 하거나 놀거나 하는 것은 내 아내 낯을 보아 좋지 않은 일인 것만 같이 생각이 들었기 때문이다. 나는 이만큼까지 내 아내를 소중히 생각한 것이다.

내가 이렇게까지 내 아내를 소중히 생각한 까닭은 이 33번지 18가구 가운데서 내 아내가 내 아내의 명함처럼 제일 작고 제일 아름다운 것을 안 까닭이다. 18가구에 각기 벌러 들은 송이송이 꽃들 가운데서도 내 아내는 특히 아름다운 한 떨기의 꽃으로 이 함석 지붕 밑 볕 안 드는 지역에서 어디까지든지 찬란하였다. 따라서 그런 한 떨기 꽃을 지키고 — 아니 그 꽃에 매어달려 사는 나라는 존재가 도무지 형언할 수 없는 거북살스러운 존재가 아닐 수 없었던 것은 물론이다.

나는 어디까지든지 내 방이 — 집이 아니다. 집은 없다 — 마음에 들었다. 방 안의 기온은 내 체온을 위하여 쾌적하였고 방 안의 침침한 정도가 또한 내 안력을 위하여 쾌적하였다. 나는 내 방 이상의 서늘한 방도 또 따뜻한 방도 희망하지는 않았다. 이 이상으로 밝거나 이 이상으로 아늑한 방을 원하지 않았다. 내 방은 나 하나를 위하여 요만한 정도를 꾸준히 지키는 것 같아 늘 내 방에 감사하였고 나는 또 이런 방을 위하여 이 세상에 태어난 것만 같아서 즐거웠다.

그러나 이것은 행복이라든가 불행이라든가 하는 것을 계산하는 것은 아니었다. 말하자면 나는 내가 행복되다고도 생각할 필요가 없었고, 그렇다고 불행하다고도 생각할 필요가 없었다. 그냥 그날그날을 그저 까닭 없이 펀둥펀둥 게으르고만 있으면 만사는 그만이었던 것이다.

내 몸과 마음에 옷처럼 잘 맞는 방 속에서 뒹굴면서 축 처져 있는 것은 행복이니 불행이니 하는 그런 세속적인 계산을 떠난 가장 편리하고 안일한, 말하자면 절대적인 상태인 것이다. 나는 이런 상태가 좋았다.

이 절대적인 내 방은 대문간에서 세어서 똑— 일곱째 칸이다. 럭키 세븐의 뜻이 없지 않다. 나는 이 일곱이라는 숫자를 훈장처럼 사랑하였다. 이런 이 방이 가운데 장지로 말미암아 두 칸으로 나뉘어 있었다는 그것이 내 운명의 상징이었던 것을 누가 알랴?

아랫방은 그래도 해가 든다. 아침결에 책보만 한 해가 들었다가 오후에 손수건만 해지면서 나가버린다. 해가 영영 들지 않는 윗방이 즉 내 방인 것은 말할 것도 없다. 이렇게 볕 드는 방이 아내 방이요, 볕 안 드는 방이 내 방이오 하고 아내와 나 둘 중에 누가 정했는지 나는 기억하지 못한다. 그러나 나에게는 불평이 없다.

  아내가 외출만 하면 나는 얼른 아랫방으로 와서 그 동쪽으로 난 들창을 열어놓고 열어놓으면 들여 비치는 볕살이 아내의 화장대를 비쳐 가지각색 병들이 아롱이지면서 찬란하게 빛나고 이렇게 빛나는 것을 보는 것은 다시 없는 내 오락이다. 나는 조그만 '돋보기'를 꺼내가지고 아내만이 사용하는 지리가미(휴지)를 끄실려가면서 불장난을 하고 논다. 평행 광선을 굴절시켜서 한 초점에 모아가지고 그 초점이 따끈따끈해지다가 마지막에는 종이를 끄실리기 시작하고 가느다란 연기를 내면서 드디어 구멍을 뚫어놓는 데까지에 이르는 고 얼마 안 되는 동안의 초조한 맛이 죽고 싶을 만치 내게는 재미있었다.

  이 장난이 싫증이 나면 나는 또 아내의 손잡이 거울을 가지고 여러 가지로 논다. 거울이란 제 얼굴을 비칠 때만 실용품이다. 그 외의 경우에는 도무지 장난감인 것이다.

  이 장난도 곧 싫증이 난다. 나의 유희심은 육체적인 데서 정신적인 데로 비약한다. 나는 거울을 내던지고 아내의 화장대 앞으로 가까이 가서 나란히 늘어놓인 고 가지각색의 화장품 병들을 들여다본다. 고것들은 세상의 무엇보다도 매력적이다. 나는 그중의 하나만을 골라서 가만히 마개를 빼고 병 구멍을 내 코에 가져다대고 숨 죽이듯이 가벼운 호흡을 하여본다. 이국적인 센슈얼한 향기가 폐로 스며들면 나는 저절로 스르르 감기는 내 눈을 느낀다. 확실히 아내의 체취의 파편이다. 나는 도로 병마개를 막고 생각해본다. 아내의 어느 부분에서 요 내음새가 났던가를……. 그러나 그것은 분명치 않다. 왜? 아내의 체취는 요기 늘어섰는 가지각색 향기의 합계일 것이니까.

아내의 방은 늘 화려하였다. 내 방이 벽에 못 한 개 꽂히지 않은 소박한 것인 반대로 아내 방에는 천장 밑으로 쫙 돌려 못이 박히고 못마다 화려한 아내의 치마와 저고리가 걸렸다. 여러 가지 무늬가 보기 좋다. 나는 그 여러 조각의 치마에서 늘 아내의 동체와 그 동체가 될 수 있는 여러 가지 포즈를 연상하고 연상하면서 내 마음은 늘 점잖지 못하다.

그렇건만 나에게는 옷이 없었다. 아내는 내게는 옷을 주지 않았다. 입고 있는 콜덴 양복 한 벌이 내 자리옷이었고 통상복과 나들이옷을 겸한 것이었다. 그리고, 하이넥의 스웨터가 한 조각 사철을 통한 내 내의다. 그것들은 하나같이 다 빛이 검다. 그것은 내 짐작 같아서는 즉 빨래를 될 수 있는 데까지 하지 않아도 보기 싫지 않도록 하기 위한 것이 아닌가 한다. 나는 허리와 두 가랑이 세 군데 다 — 고무밴드가 끼여 있는 부드러운 사루마다를 입고, 그리고 아무 소리 없이 잘 놀았다.

어느덧 손수건만 해졌던 별이 나갔는데 아내는 외출에서 돌아오지 않는다. 나는 요만 일에도 좀 피곤하였고 또 아내가 돌아오기 전에 내 방으로 가 있어야 될 것을 생각하고 그만 내 방으로 건너간다. 내 방은 침침하다. 나는 이불을 뒤집어쓰고 낮잠을 잔다. 한 번도 걷은 일이 없는 내 이부자리는 내 몸뚱이의 일부분처럼 내게는 참 반갑다. 잠은 잘 오는 적도 있다. 그러나 또 전신이 까칫까칫하면서 영 잠이 오지 않는 적도 있다. 그런 때는 아무 제목으로나 제목을 하나 골라서 연구하였다. 나는 내 좀 축축한 이불 속에서 참 여러 가지 발명도 하였고 논문도 많이 썼다. 시도 많이 지었다. 그러나 그것들은 내가 잠이 드는 것과 동시에 내 방에 담겨서 철철 넘치는 그 흐늑흐늑한 공기에 다— 비누처럼 풀어져서 온데간데가 없고 한잠 자고 깨인 나는 속이 무명 헝겊이나 메밀껍질로 땡땡 찬 한 덩어리 베개와도 같은 한 벌 신경이었을 뿐이고 뿐이고 하였다.

그러기에 나는 빈대가 무엇보다도 싫었다. 그러나 내 방에서는 겨울에도 몇 마리씩의 빈대가 끊이지 않고 나왔다. 내게 근심이 있었다면 오직 이 빈대를 미워하는 근심일 것이다. 나는 빈대에게 물려서 가려운 자리를 피가 나도록 긁었다. 쓰라리다. 그것은 그윽한 쾌감에 틀림없었다. 나는 혼곤히 잠이 든다.

나는 그러나 그런 이불 속의 사색 생활에서도 적극적인 것을 궁리하는 법이 없다. 내게는 그럴 필요가 대체 없었다. 만일 내가 그런 좀 적극적인 것을 궁리해내었을 경우에 나는 반드시 내 아내와 의논하여야 할 것이고, 그러면 반드시 나는 아내에게 꾸지람을 들을 것이고— 나는 꾸지람이 무서웠다느니보다도 성가셨다. 내가 제법 한 사람의 사회인의 자격으로 일을 해보는 것도 아내에게 사설 듣는 것도. 나는 가장 게으른 동물처럼 게으른 것이 좋았다. 될 수만 있으면 이 무의미한 인간의 탈을 벗어버리고도 싶었다.

나에게는 인간 사회가 스스러웠다. 생활이 스스러웠다. 모두가

서먹서먹할 뿐이었다.

아내는 하루에 두 번 세수를 한다. 나는 하루 한 번도 세수를 하지 않는다. 나는 밤중 세 시나 네 시 해서 변소에 갔다. 달이 밝은 밤에는 한참씩 마당에 우두커니 섰다가 들어오곤 한다. 그러니까 나는 이 18가구의 아무와도 얼굴이 마주치는 일이 거의 없다. 그러면서도 나는 이 18가구의 젊은 여인네 얼굴들을 거반 다 기억하고 있었다. 그들은 하나같이 내 아내만 못하였다.

열한 시쯤 해서 하는 아내의 첫 번 세수는 좀 간단하다. 그러나, 저녁 일곱 시쯤 해서 하는 두 번째 세수는 손이 많이 간다. 아내는 낮에보다도 밤에 더 좋고 깨끗한 옷을 입는다. 그리고 낮에도 외출하고 밤에도 외출하였다.

아내에게 직업이 있었던가? 나는 아내의 직업이 무엇인지 알 수 없다. 만일 아내에게 직업이 없었다면, 같이 직업이 없는 나처럼 외출할 필요가 생기지 않을 것인데—아내는 외출한다. 외출할 뿐 아니라 내객이 많다. 아내에게 내객이 많은 날은 나는 온종일 내 방에서 이불을 쓰고 누워 있어야만 된다. 불장난도 못 한다. 화장품 내음새도 못 맡는다. 그런 날은 나는 의식적으로 우울해하였다. 그러면 아내는 나에게 돈을 준다. 오십 전짜리 은화다. 나는 그것이 좋았다. 그러나 그것을 무엇에 써야 옳을지 몰라서 늘 머리맡에 던져두고 두고 한 것이 어느 결에 모여서 꽤 많아졌다. 어느 날 이것을 본 아내는 금고처럼 생긴 벙어리를 사다준다. 나는 한 푼씩 한 푼씩 그 속에 넣고 열쇠는 아내가 가져갔다. 그 후에도 나는 더러 은화를 그 벙어리에 넣은 것을 기억한다. 그리고, 나는 게을렀다. 얼마 후 아내의 머리 쪽에 보지 못하던 누깔잠이 하나 여드름처럼 돋았던 것은 바로 그 금고형 벙어리의 무게가 가벼워졌다는 증거일까. 그러나 나는 드디어 머리맡에 놓였던 그 벙어리에 손을 대지 않고 말았다. 내게으름은 그런 것에 내 주의를 환기시키기도 싫었다.

아내에게 내객이 있는 날은 이불 속으로 암만 깊이 들어가도 비 오는 날만큼 잠이 잘 오지는 않았다. 나는 그런 때 아내에게는 왜 늘 돈이 있나 왜 돈이 많은가를 연구했다.

내객들은 장지 저쪽에 내가 있는 것은 모르나 보다. 내 아내와 나도 좀 하기 어려운 농을 아주 서슴지 않고 쉽게 해 내던지는 것이다. 그러나 내 아내를 찾은 서너 사람의 내객들은 늘 비교적 점잖았다고 볼 수 있는 것이 자정이 좀 지나면 으레 돌아들 갔다. 그들 가운데는 퍽 교양이 옅은 자도 있는 듯 싶었는데 그런 자는 보통 음식을 사다 먹고 논다. 그래서 보충을 하고 대체로 무사하였다.

나는 우선 내 아내의 직업이 무엇인가를 연구하기에 착수하였으나 좁은 시야와 부족한 지식으로는 이것을 알아내기 힘이 든다. 나는 끝끝내 내 아내의 직업이 무엇인가를 모르고 말려나 보다.

아내는 늘 진솔 버선만 신었다. 아내는 밥도 지었다. 아내가 밥 짓는 것을 나는 한 번도 구경한 일은 없으나 언제든지 끼니때면 내 방으로 내 조석밥을 날라다주는 것이다. 우리 집에는 나와 내 아내 외의 다른 사람은 아무도 없다. 이 밥은 분명히 아내가 손수 지었음에 틀림없다.

그러나, 아내는 한 번도 나를 자기 방으로 부른 일이 없다. 나는 늘 윗방에서 나 혼자서 밥을 먹고 잠을 잤다. 밥은 너무 맛이 없었다. 반찬이 너무 엉성하였다. 나는 닭이나 강아지처럼 말없이 주는 모이를 넙죽넙죽 받아먹기는 했으나 내심 야속하게 생각한 적도 더러 없지 않다. 나는 안색이 여지없이 창백해가면서 말라 들어갔다. 나날이 눈에 보이듯이 기운이 줄어들었다. 영양 부족으로 하여 몸뚱이 곳곳이 뼈가 불쑥불쑥 내어밀었다. 하룻밤 사이에도 수십 차례를 돌쳐눕지 않고는 여기저기가 배겨서 나는 배겨낼 수가 없었다.

그렇기 때문에 나는 내 이불 속에서 아내가 늘 흔히 쓸 수 있는 저 돈의 출처를 탐색해보는 일변 장지 틈으로 새어 나오는 아랫방의 음식은 무엇일까를 간단히 연구하였다. 나는 잠이 잘 안 왔다.

깨달았다. 아내가 쓰는 돈은 그 내게는 다만 실없는 사람들로밖에 보이지 않는 까닭 모를 내객들이 놓고 가는 것에 틀림없으리라는 것을 나는 깨달았다. 그러나, 왜 그들 내객은 돈을 놓고 가나, 왜 내 아내는 그 돈을 받아야 되나 하는 예의 관념이 내게는 도무지 알 수 없는 것이었다.

그것은 그저 예의에 지나지 않는 것일까. 그렇지 않으면 혹 무슨 대가일까 보수일까. 내 아내가 그들의 눈에는 동정을 받아야만 할 한 가엾은 인물로 보였던가.

이런 것들을 생각하노라면 으레 내 머리는 그냥 혼란하여버리고 버리고 하였다. 잠들기 전에 획득했다는 결론이 오직 불쾌하다는 것뿐이었으면서도 나는 그런 것을 아내에게 물어보거나 한 일이 참 한 번도 없다. 그것은 대체 귀찮기도 하려니와 한잠 자고 일어나는 나는 사뭇 딴사람처럼 이것도 저것도 다 깨끗이 잊어버리고 그만두는 까닭이다.

　내객들이 돌아가고, 혹 밤 외출에서 돌아오고 하면 아내는 경편한 것으로 옷을 바꾸어 입고 내 방으로 나를 찾아온다. 그리고 이불을 들치고 내 귀에는 영 생동생동한 몇 마디 말로 나를 위로하려 든다. 나는 조소도 고소도 홍소도 아닌 웃음을 얼굴에 띠우고 아내의 아름다운 얼굴을 쳐다본다. 아내는 방그레 웃는다. 그러나, 그 얼굴에 떠도는 일말의 애수를 나는 놓치지 않는다.

　아내는 능히 내가 배고파하는 것을 눈치채일 것이다. 그러나 아랫방에서 먹고 남은 음식을 나에게 주려들지는 않는다. 그것은 어디까지든지 나를 존경하는 마음일 것임에 틀림없다. 나는 배가 고프면서도 적이 마음이 든든한 것을 좋아했다. 아내가 무엇이라고 지껄이고 갔는지 귀에 남아 있을 리가 없다. 다만 내 머리맡에 아내가 놓고 간 은화가 전등불에 흐릿하게 빛나고 있을 뿐이다.

　고 금고형 벙어리 속에 고 은화가 얼만큼이나 모였을까. 나는 그러나 그것을 쳐들어보지 않았다. 그저 아무런 의욕도 기원도 없이 그 단춧구멍처럼 생긴 틈바구니로 은화를 들여뜨려 둘 뿐이었다.

　왜 아내의 내객들이 아내에게 돈을 놓고 가나 하는 것이 풀 수 없는 의문인 것같이 왜 아내는 나에게 돈을 놓고 가나 하는 것도 역시 나에게는 똑같이 풀 수 없는 의문이었다. 내 비록 아내가 내게 돈을 놓고 가는 것이 싫지 않았다 하더라도 그것은 다만 고것이 내 손가락에 닿는 순간에서부터 고 벙어리 주둥이에서 자취를 감추기까지의 하잘것없는 짧은 촉각이 좋았달 뿐이지 그 이상 아무 기쁨도 없다.

어느 날 나는 고 벙어리를 변소에 갖다 넣어버렸다. 그때 벙어리 속에는 몇 푼이나 되는지는 모르겠으나 고 은화들이 꽤 들어 있었다.

나는 내가 지구 위에 살며 내가 이렇게 살고 있는 지구가 질풍신뢰의 속력으로 광대무변의 공간을 달리고 있다는 것을 생각했을 때 참 허망하였다. 나는 이렇게 부지런한 지구 위에서는 현기증도 날 것 같고 해서 한시바삐 내려버리고 싶었다.

이불 속에서 이런 생각을 하고 난 뒤에는 나는 고 은화를 고 벙어리에 넣고 넣고 하는 것조차가 귀찮아졌다. 나는 아내가 손수 벙어리를 사용하였으면 하고 희망하였다. 벙어리도 돈도 사실에는 아내에게만 필요한 것이지 내게는 애초부터 의미가 전연 없는 것이었으니까 될 수만 있으면 그 벙어리를 아내는 아내 방으로 가져갔으면 하고 기다렸다. 그러나 아내는 가져가지 않는다. 나는 내가 아내 방으로 가져다둘까 하고 생각하여보았으나 그즈음에는 아내의 내객이 원체 많아서 내가 아내 방에 가볼 기회가 도무지 없었다. 그래서 나는 하는 수 없이 변소에 갖다 집어넣어버리고 만 것이다.

나는 서글픈 마음으로 아내의 꾸지람을 기다렸다. 그러나 아내는 끝내 아무 말도 나에게 묻지도 하지도 않았다. 않았을 뿐 아니라 여전히 돈은 돈대로 내 머리맡에 놓고 가지 않나? 내 머리맡에는 어느덧 은화가 꽤 많이 모였다.

내객이 아내에게 돈을 놓고 가는 것이나 아내가 내게 돈을 놓고 가는 것이나 일종의 쾌감— 그 외의 다른 아무런 이유도 없는 것이 아닐까 하는 것을 나는 또 이불 속에서 연구하기 시작하였다. 쾌감이라면 어떤 종류의 쾌감일까를 계속하여 연구하였다. 그러나 그것은 이불 속의 연구로는 알 길이 없었다. 쾌감 쾌감, 하고 나는 뜻밖에도 이 문제에 대해서만 흥미를 느꼈다.

아내는 물론 나를 늘 감금하여두다시피 하여왔다. 내게 불평이 있을 리 없다. 그런 중에도 나는 그 쾌감이라는 것의 유무를 체험하고 싶었다.

나는 아내의 밤 외출 틈을 타서 밖으로 나왔다. 나는 거리에서 잊어버리지 않고 가지고 나온 은화를 지폐로 바꾼다. 5원이나 된다. 그것을 주머니에 넣고 나는 목적을 잃어버리기 위하여 얼마든지 거리를 쏘다녔다. 오래간만에 보는 거리는 거의 경이에 가까울 만치 내 신경을 흥분시키지 않고는 마지않았다. 나는 금시에 피곤하여버렸다. 그러나 나는 참았다. 그리고, 밤이 이슥하도록 까닭을 잊어버린 채 이 거리 저 거리로 지향 없이 헤매었다. 돈은 물론 한 푼도 쓰지 않았다. 돈을 쓸 아무 엄두도 나서지 않았다. 나는 벌써 돈을 쓰는 기능을 완전히 상실한 것 같았다.

나는 과연 피로를 이 이상 견디기가 어려웠다. 나는 가까스로 내 집을 찾았다. 나는 내 방으로 가려면 아내 방을 통과하지 아니하면 안 될 것을 알고 아내에게 내객이 있나 없나를 걱정하면서 미닫이 앞에서 좀 거북살스럽게 기침을 한번 했더니 이것은 참 또 너무 암상스럽게 미닫이가 열리면서 아내의 얼굴과 그 등뒤에 낯선 남자의 얼굴이 이쪽을 내다보는 것이다. 나는 별안간 내어쏟아지는 불빛에 눈이 부셔서 좀 머뭇머뭇했다.

나는 아내의 눈초리를 못 본 것은 아니다. 그러나, 나는 모른 체하는 수밖에 없었다. 왜? 나는 어쨌든 아내의 방을 통과하지 아니하면 안 되니까…….

나는 이불을 뒤집어썼다. 무엇보다도 다리가 아파서 견딜 수가 없었다. 이불 속에서는 가슴이 울렁거리면서 암만해도 까무러칠 것만 같았다. 걸을 때는 몰랐더니 숨이 차다. 등에 식은땀이 쭉 내배인다. 나는 외출한 것을 후회하였다. 이런 피로를 잊고 어서 잠이 들었으면 좋았다. 한잠 잘— 자고 싶었다.

얼마 동안이나 비스듬히 엎드려 있었더니 차츰차츰 뚝딱거리는 가슴 동기가 가라앉는다. 그만해도 우선 살 것 같았다. 나는 몸을 돌쳐 반듯이 천장을 향하여 눕고 쭉— 다리를 뻗었다.

그러나, 나는 또다시 가슴의 동기를 피할 수 없게 되었다. 아랫방에서 아내와 그 남자의 내 귀에도 들리지 않을 만치 옅은 목소리로 소곤거리는 기척이 장지 틈으로 전하여 왔던 것이다. 청각을 더 예민하게 하기 위하여 나는 눈을 떴다. 그리고 숨을 죽였다. 그러나, 그때는 벌써 아내와 남자는 앉았던 자리를 툭툭 털며 일어섰고 일어서면서 옷과 모자 쓰는 기척이 나는 듯하더니 이어 미닫이가 열리고 구두 뒤축 소리가 나고 그리고 뜰에 내려서는 소리가 쿵 하고 나면서 뒤를 따르는 아내의 고무신 소리가 두어 발자국 찍찍 나고 사뿐사뿐 나나 하는 사이에 두 사람의 발소리가 대문간 쪽으로 사라졌다.

나는 아내의 이런 태도를 본 일이 없다. 아내는 어떤 사람과도 결코 소곤거리는 법이 없다. 나는 윗방에서 이불을 쓰고 누웠는 동안에도 혹 술이 취해서 혀가 잘 돌아가지 않는 내객들의 담화는 더러 놓치는 수가 있어도 아내의 높지도 얕지도 않는 말소리는 일찍이 한마디도 놓쳐본 일이 없다. 더러 내 귀에 거슬리는 소리가 있어도 나는 그것이 태연한 목소리로 내 귀에 들렸다는 이유로 충분히 안심이 되었다.

 그렇던 아내의 이런 태도는 필시 그 속에 여간하지 않은 사정이 있는 듯싶이 생각이 되고 내 마음은 좀 서운했으나 그러나 그보다도 나는 좀 너무 피곤해서 오늘만은 이불 속에서 아무것도 연구치 않기로 굳게 결심하고 잠을 기다렸다. 잠은 좀처럼 오지 않았다. 대문간에 나간 아내도 좀처럼 들어오지 않았다. 그러는 동안에 흐지부지 나는 잠이 들어버렸다. 꿈이 얼쑹덜쑹 종을 잡을 수 없는 거리의 풍경을 여전히 헤맸다.

 나는 몹시 흔들렸다. 내객을 보내고 들어온 아내가 잠든 나를 잡아 흔드는 것이다. 나는 눈을 번쩍 뜨고 아내의 얼굴을 쳐다보았다. 아내의 얼굴에는 웃음이 없다. 나는 좀 눈을 부비고 아내의 얼굴을 자세히 보았다. 노기가 눈초리에 떠서 얇은 입술이 바르르 떨린다. 좀처럼 이 노기가 풀리기는 어려울 것 같았다. 나는 그대로 눈을 감아버렸다. 벼락이 내리기를 기다린 것이다. 그러나, 쌔근하는 숨소리가 나면서 푸스스 아내의 치맛자락 소리가 나고 장지가 여닫히며 아내는 아내 방으로 돌아갔다. 나는 다시 몸을 돌쳐 이불을 뒤집어쓰고는 개구리처럼 엎드리고, 엎드려서 배가 고픈 가운데에도 오늘 밤의 외출을 또 한번 후회하였다.

나는 이불 속에서 아내에게 사죄하였다. 그것은 네 오해라고…….

나는 사실 밤이 퍽이나 이슥한 줄만 알았던 것이다. 그것이 네 말마따나 자정 전인 줄은 나는 정말이지 꿈에도 몰랐다. 나는 너무 피곤하였다. 오래간만에 나는 너무 많이 걸은 것이 잘못이다. 내 잘못이라면 잘못은 그것밖에는 없다. 외출은 왜 하였더냐고?

나는 그 머리맡에 저절로 모인 5원 돈을 아무에게라도 좋으니 주어보고 싶었던 것이다. 그뿐이다. 그러나 그것도 내 잘못이라면 나는 그렇게 알겠다. 나는 후회하고 있지 않나?

내가 그 5원 돈을 써버릴 수가 있었던들 나는 자정 안에 집에 돌아올 수 없었을 것이다. 그러나, 거리는 너무 복잡하였고 사람은 너무도 들끓었다. 나는 어느 사람을 붙들고 그 5원 돈을 내주어야 할지 갈피를 잡을 수가 없었다. 그러는 동안에 나는 여지없이 피곤해버리고 말았던 것이다.

나는 무엇보다도 좀 쉬고 싶었다. 눕고 싶었다. 그래서 나는 하는 수 없이 집으로 돌아온 것이다. 내 짐작 같아서는 밤이 어지간히 늦은 줄만 알았는데 그것이 불행히도 자정 전이었다는 것은 참 안된 일이다. 미안한 일이다. 나는 얼마든지 사죄하여도 좋다. 그러나 종시 아내의 오해를 풀지 못하였다 하면 내가 이렇게까지 사죄하는 보람은 그럼 어디 있나? 한심하였다.

한 시간 동안을 나는 이렇게 초조하게 굴지 않으면 안 되었다. 나는 이불을 홱 젖혀버리고 일어나서 장지를 열고 아내 방으로 비칠비칠 달려갔던 것이다. 내게는 거의 의식이라는 것이 없었다. 나는 아내 이불 위에 엎드러지면서 바지 포켓 속에서 그 돈 5원을 꺼내 아내 손에 쥐어준 것을 간신히 기억할 뿐이다.

이튿날 잠이 깨었을 때 나는 내 아내 방 아내 이불 속에 있었다. 이것이 이 33번지에서 살기 시작한 이래 내가 아내 방에서 잔 맨 처음이었다.

해가 들창에 훨씬 높았는데 아내는 이미 외출하고 벌써 내 곁에 있지는 않다. 아니! 아내는 엊저녁 내가 의식을 잃은 동안에 외출한 것인지도 모른다. 그러나 나는 그런 것을 조사하고 싶지 않았다. 다만 전신이 찌뿌드드한 것이 손가락 하나 꼼짝할 힘조차 없었다. 책보보다 좀 작은 면적의 볕이 눈이 부시다. 그 속에서 수없는 먼지가 흡사 미생물처럼 난무한다. 코가 칵 막히는 것 같다. 나는 다시 눈을 감고 이불을 푹 뒤집어쓰고 낮잠을 자기에 착수하였다. 그러나, 코를 스치는 아내의 체취는 꽤 도발적이었다. 나는 몸을 여러 번 여러 번 비비 꼬면서 아내의 화장대에 늘어선 고 가지각색 화장품 병들과 고 병들의 마개를 뽑았을 때 풍기던 내음새를 더듬느라고 좀처럼 잠은 들지 않는 것을 나는 어찌하는 수도 없었다.

견디다 못하여 나는 그만 이불을 걷어차고 벌떡 일어나서 내 방으로 갔다. 내 방에는 다 식어빠진 내 끼니가 가지런히 놓여 있는 것이다. 아내는 내 모이를 여기다 주고 나간 것이다. 나는 우선 배가 고팠다. 한 숟갈을 입에 떠넣었을 때 그 촉감은 참 너무도 냉회와 같이 써늘하였다. 나는 숟갈을 놓고 내 이불 속으로 들어갔다. 하룻밤을 비어때린 내 이부자리는 여전히 반갑게 나를 맞아준다. 나는 내 이불을 뒤집어쓰고 이번에는 참 늘어지게 한잠 잤다. 잘―.

내가 잠을 깨인 것은 전등이 켜진 뒤다. 그러나 아내는 아직도 돌아오지 않았나 보다. 아니! 들어왔다 또 나갔는지도 알 수 없다. 그러나 그런 것을 삼고(三苦)하여 무엇하나?

정신이 한결 난다. 나는 지난밤 일을 생각해보았다. 그 돈 5원을 아내 손에 쥐어주고 넘어졌을 때에 느낄 수 있었던 쾌감을 나는 무엇이라고 설명할 수가 없었다. 그러나 내객들이 내 아내에게 돈 놓고 가는 심리며 내 아내가 내게 돈 놓고 가는 심리의 비밀을 나는 알아낸 것 같아서 여간 즐거운 것이 아니다. 나는 속으로 빙그레 웃어보았다. 이런 것을 모르고 오늘까지 지내온 내 자신이 어떻게 우스꽝스러워 보이는지 몰랐다. 나는 어깨 춤이 났다.

따라서 나는 또 오늘 밤에도 외출하고 싶었다. 그러나 돈이 없다. 나는 엊저녁에 그 돈 5원을 한꺼번에 아내에게 주어버린 것을 후회하였다. 또, 고 벙어리를 변소에 갖다 처넣어버린 것도 후회하였다. 나는 실없이 실망하면서 습관처럼 그 돈 5원이 들어 있던 내 바지 포켓에 손을 넣어 한번 휘둘러보았다. 뜻밖에도 내 손에 쥐어지는 것이 있었다. 2원밖에 없다. 그러나 많아야 맛은 아니다. 얼마간이고 있으면 된다. 나는 그만한 것이 여간 고마운 것이 아니었다.

나는 기운을 얻었다. 나는 그 단벌 다 떨어진 콜덴 양복을 걸치고 배고픈 것도 주제 사나운 것도 다 잊어버리고 활갯짓을 하면서 또 거리로 나섰다. 나서면서 나는 제발 시간이 화살 단 듯해서 자정이어서 홱 지나버렸으면 하고 조바심을 태웠다. 아내에게 돈을 주고 아내 방에서 자보는 것은 어디까지든지 좋았지만 만일 잘못해서 자정 전에 집에 들어갔다가 아내의 눈총을 맞는 것은 그것은 여간 무서운 일이 아니었다. 나는 저물도록 길가 시계를 들여다보고 들여다 보고 하면서 또 지향 없이 거리를 방황하였다. 그러나 이날은 좀처럼 피곤하지는 않았다. 다만 시간이 좀 너무 더디게 가는 것만 같아서 안타까웠다.

경성역 시계가 확실히 자정이 지난 것을 본 뒤에 나는 집을 향하였다. 그날은 그 일각대문에서 아내와 아내의 남자가 이야기하고 섰는 것을 만났다. 나는 모른 체하고 두 사람 곁을 지나서 내 방으로 들어갔다. 뒤이어 아내도 들어왔다. 와서는 이 밤중에 평생 안 하던 쓰레질을 하는 것이다. 조금 있다가 아내가 눕는 기척을 엿듣자마자 나는 또 장지를 열고 아내 방으로 가서 그 돈 2원을 아내 손에 덥석 쥐어주고 그리고 — 하여간 그 2원을 오늘 밤에도 쓰지 않고 도로 가져온 것이 참 이상하다는 듯이 아내는 내 얼굴을 몇 번이고 엿보고 — 아내는 드디어 아무 말도 없이 나를 자기 방에 재워주었다. 나는 이 기쁨을 세상의 무엇과도 바꾸고 싶지는 않았다. 나는 편히 잘 잤다.

이튿날도 내가 잠이 깨었을 때는 아내는 보이지 않았다. 나는 또 내 방으로 가서 피곤한 몸이 낮잠을 잤다.

내가 아내에게 흔들려 깨었을 때는 역시 불이 들어온 뒤였다. 아내는 자기 방으로 나를 오라는 것이다. 이런 일은 또 처음이다. 아내는 끊임없이 얼굴에 미소를 띠우고 내 팔을 이끄는 것이다. 나는 이런 아내의 태도 이면에 엔간치 않은 음모가 숨어 있지나 않은가 하고 적이 불안을 느끼지 않을 수 없었다.

나는 아내의 하자는 대로 아내 방으로 끌려갔다. 아내 방에는 저녁 밥상이 조촐하게 차려져 있는 것이다. 생각하여보면 나는 이틀을 굶었다. 나는 지금 배고픈 것까지도 긴가민가 잊어버리고 어름어름하던 차다.

나는 생각하였다. 이 최후의 만찬을 먹고 나자마자 벼락이 내려도 나는 차라리 후회하지 않을 것을. 사실 나는 인간 세상이 너무나 심심해서 못 견디겠던 차다. 모든 일이 성가시고 귀찮았으나 그러나 불의의 재난이라는 것은 즐거웁다.

나는 마음을 턱 놓고 조용히 아내와 마주 해괴한 저녁밥을 먹었다. 우리 부부는 이야기하는 법이 없었다. 밥을 먹은 뒤에도 나는 말이 없이 그냥 부스스 일어나서 내 방으로 건너가버렸다. 아내는 나를 붙잡지 않았다. 나는 벽에 기대어 앉아서 담배를 한 대 피워 물고, 그리고 벼락이 떨어질 테거든 어서 떨어져라 하고 기다렸다.

오 분! 십 분!

그러나 벼락은 내리지 않았다. 긴장이 차츰 늘어지기 시작한다. 나는 어느덧 오늘 밤에도 외출할 것을 생각하고 있었다. 돈이 있었으면 하고 생각하고 있었다.

그러나 돈은 확실히 없다. 오늘은 외출하여도 나중에 올 무슨 기쁨이 있나. 나는 앞이 그냥 아득하였다. 나는 화가 나서 이불을 뒤집어쓰고 이리 뒹굴 저리 뒹굴 굴렀다. 금시 먹은 밥이 목으로 자꾸 치밀어 올라온다. 메스꺼웠다.

하늘에서 얼마라도 좋으니 왜 지폐가 소낙비처럼 퍼붓지 않나, 그것이 그저 한없이 야속하고 슬펐다. 나는 이렇게밖에 돈을 구하는 아무런 방법도 알지는 못했다. 나는 이불 속에서 좀 울었나 보다. 돈이 왜 없냐면서…….

그랬더니 아내가 또 내 방에를 왔다. 나는 깜짝 놀라 아마 인제서야 벼락이 내리려나 보다 하고 숨을 죽이고 두꺼비 모양으로 엎디어 있었다. 그러나 떨어진 입을 새어 나오는 아내의 말소리는 참 부드러웠다. 정다웠다. 아내는 내가 왜 우는지를 안다는 것이다. 돈이 없어서 그러는 게 아니냔다. 나는 실없이 깜짝 놀랐다. 어떻게 저렇게 사람의 속을 환하게 들여다보는구 해서 나는 한편으로 슬그머니 겁도 안 나는 것은 아니었으나 저렇게 말하는 것을 보면 아마 내게 돈을 줄 생각이 있나 보다. 만일 그렇다면 오죽이나 좋은 일일까. 나는 이불 속에 뚤뚤 말린 채 고개도 들지 않고 아내의 다음 거동을 기다리고 있으니까, 엣소 하고 내 머리맡에 내려뜨리는 것은 그 가뿐한 음향으로 보아 지폐에 틀림없었다. 그리고, 내 귀에다 대고 오늘 일랑 어제보다도 좀 더 늦게 들어와도 좋다고 속삭이는 것이다. 그것은 어렵지 않다. 우선 그 돈이 무엇보다도 고맙고 반가웠다.

어쨌든 나섰다. 나는 좀 야맹증이다. 그래서 될 수 있는 대로 밝은 거리로 골라서 돌아다니기로 했다. 그러고는 경성역 일이등 대합실 한결 티룸에를 들렀다. 그것은 내게는 큰 발견이었다. 거기는 우선 아무도 아는 사람이 안 온다. 설사 왔다가도 곧들 가니까 좋다. 나는 날마다 여기 와서 시간을 보내리라 속으로 생각하여두었다.

제일 여기 시계가 어느 시계보다도 정확하리라는 것이 좋았다. 섣불리 서투른 시계를 보고 그것을 믿고 시간 전에 집에 돌아갔다가 큰 코를 다쳐서는 안 된다.

 나는 한 복스에 아무것도 없는 것과 마주 앉아서 잘 끓은 커피를 마셨다. 총총한 가운데 여객들은 그래도 한 잔 커피가 즐거운가 보다. 얼른 얼른 마시고 무얼 좀 생각하는 것같이 담벼락도 좀 쳐다보고 하다가 곧 나가버린다. 서글프다. 그러나 내게는 이 서글픈 분위기가 거리의 티룸들의 그 거추장스러운 분위기보다는 절실하고 마음에 들었다. 이따금 들리는 날카로운 혹은 우렁찬 기적 소리가 모차르트보다도 더 가깝다. 나는 메뉴에 적힌 몇 가지 안 되는 음식 이름을 치읽고 내리읽고 여러 번 읽었다. 그것들은 아물아물한 것이 어딘가 내 어렸을 때 동무들 이름과 비슷한 데가 있었다.

 거기서 얼마나 내가 오래 앉았는지 정신이 오락가락하는 중에 객이 슬며시 뜸해지면서 이 구석 저 구석 걷어치우기 시작하는 것을 보면 아마 닫을 시간이 된 모양이다. 열한 시가 좀 지났구나. 여기도 결코 내 안주의 곳은 아니구나, 어디 가서 자정을 넘길까. 두루 걱정을 하면서 나는 밖으로 나섰다. 비가 온다. 빗발이 제법 굵은 것이 우비도 우산도 없는 나 고생을 시킬 작정이다. 그렇다고 이런 괴이한 풍모를 차리고 이 홀에서 어물어물하는 수는 없고 에이 비를 맞으면 맞았지 하고 나는 그냥 나서버렸다.

 대단히 선선해서 견딜 수가 없다. 콜덴 옷이 젖기 시작하더니 나중에는 속속들이 스며들면서 처근거린다. 비를 맞아가면서라도 견딜 수 있는 데까지 거리를 돌아다녀서 시간을 보내려 하였으나 인제는 선선해서 이 이상은 더 견딜 수가 없다. 오한이 자꾸 일어나면서 이가 딱딱 맞부딪는다.

나는 걸음을 재치면서 생각하였다. 오늘같은 궂은 날도 아내에게 내객이 있을라구, 없겠지 하는 생각이 드는 것이다. 집으로 가야겠다. 아내에게 불행히 내객이 있거든 내 사정을 하리라. 사정을 하면 이렇게 비가 오는 것을 눈으로 보고 알아주겠지.

부리나케 와보니까 그러나 아내에게는 내객이 있었다. 나는 그만 너무 춥고 척척해서 얼떨김에 노크하는 것을 잊었다. 그래서 나는 보면 아내가 좀 덜 좋아할 것을 그만 보았다. 나는 갑발자국 같은 발자국을 내면서 덤벙덤벙 아내 방을 디디고, 그리고 내 방으로 가서 쭉 빠진 옷을 활활 벗어버리고 이불을 뒤썼다. 덜덜덜덜 떨린다. 오한이 점점 더 심해 들어온다. 여전 땅이 꺼져들어가는 것만 같았다. 나는 그만 의식을 잃어버리고 말았다.

이튿날 내가 눈을 떴을 때 아내는 내 머리맡에 앉아서 제법 근심스러운 얼굴이다. 나는 감기가 들었다. 여전히 으스스 춥고, 또 골치가 아프고 입에 군침이 도는 것이 쓸쓸하면서 다리 팔이 척 늘어져서 노곤하다.

아내는 내 머리를 쓱 짚어보더니 약을 먹어야지 한다. 아내 손이 이마에 선뜩한 것을 보면 신열이 어지간한 모양인데 약을 먹는다면 해열제를 먹어야지 하고 속 생각을 하자니까 아내는 따뜻한 물에 하얀 정제약 네 개를 준다. 이것 먹고 한잠 푹— 자고 나면 괜찮다는 것이다. 나는 널름 받아먹었다. 쌉싸름한 것이 짐작 같아서는 아마 아스피린인가 싶다. 나는 다시 이불을 쓰고 단번에 그냥 죽은 것처럼 잠이 들어버렸다.

나는 콧물을 홀쩍홀쩍하면서 여러 날을 앓았다. 앓는 동안에 끊이지 않고 그 정제약을 먹었다. 그러는 동안에 감기도 나았다. 그러나 입맛은 여전히 소태처럼 썼다.

나는 차츰 또 외출하고 싶은 생각이 났다. 그러나 아내는 나더러 외출하지 말라고 이르는 것이다. 이 약을 날마다 먹고 그리고 가만히 누워 있으라는 것이다. 공연히 외출을 하다가 이렇게 감기가 들어서 저를 고생을 시키는 게 아니냔다. 그도 그렇다. 그럼 외출을 하지 않겠다고 맹서하고 그 약을 연복하여 몸을 좀 보해보리라고 나는 생각하였다.

나는 날마다 이불을 뒤집어쓰고 밤이나 낮이나 잤다. 유난스럽게 밤이나 낮이나 졸려서 견딜 수가 없는 것이다. 나는 이렇게 잠이 자꾸만 오는 것은 내가 훨씬 몸이 튼튼해진 증거라고 굳게 믿었다.

나는 아마 한 달이나 이렇게 지냈나 보다. 내 머리와 수염이 좀 너무 자라서 훗훗해서 견딜 수가 없어서 내 거울을 좀 보리라고 아내가 외출한 틈을 타서 나는 아내 방으로 가서 아내의 화장대 앞에 앉아보았다. 상당하다. 수염과 머리가 참 산란하였다. 오늘은 이발을 좀 하리라 생각하고 겸사겸사 고 화장품 병들 마개를 뽑고 이것저것 맡아보았다. 한동안 잊어버렸던 향기 가운데서는 몸이 배배꼬일 것 같은 체취가 전해 나왔다. 나는 아내의 이름을 속으로만 한번 불러보았다. '연심이 ㅡ' 하고…….

오래간만에 돋보기 장난도 하였다. 거울 장난도 하였다. 창에 든 볕이 여간 따뜻한 것이 아니었다. 생각하면 5월이 아니냐.

나는 커다랗게 기지개를 한번 펴보고 아내 베개를 내려 베고 벌떡 자빠져서는 이렇게도 편안하고 즐거운 세월을 하느님께 흠씬 자랑하여주고 싶었다. 나는 참 세상의 아무것과도 교섭을 가지지 않는다. 하느님도 아마 나를 칭찬할 수도 처벌할 수도 없는 것 같다.

그러나, 다음 순간 실로 세상에도 이상스러운 것이 눈에 띄었다. 그것은 최면약 아달린 갑이었다. 나는 그것을 아내의 화장대 밑에서 발견하고 그것이 흡사 아스피린처럼 생겼다고 느꼈다. 나는 그것을 열어보았다. 똑 네 개가 비었다.

나는 오늘 아침에 네 개의 아스피린을 먹은 것을 기억하고 있었다. 나는 잤다. 어제도 그제도 그끄제도— 나는 졸려서 견딜 수가 없었다. 나는 감기가 다 나았는데도 아내는 내게 아스피린을 주었다. 내가 잠이 든 동안에 이웃에 불이 난 일이 있다. 그때에도 나는 자느라고 몰랐다. 이렇게 나는 잤다. 나는 아스피린으로 알고 그럼 한 달 동안을 두고 아달린을 먹어온 것이다. 이것은 좀 너무 심하다.

별안간 아뜩하더니 하마터면 나는 까무러칠 뻔하였다. 나는 그 아달린을 주머니에 넣고 집을 나섰다. 그리고 산을 찾아 올라갔다. 인간 세상의 아무것도 보기가 싫었던 것이다. 걸으면서 나는 아무쪼록 아내에 관계되는 일은 일체 생각하지 않도록 노력하였다. 길에서 까무러치기 쉬우니까다. 나는 어디라도 양지가 바른 자리를 하나 골라서 자리를 잡아가지고 서서히 아내에 관하여서 연구할 작정이었다. 나는 길가에 돌창, 핀 구경도 못 한 진개나리꽃, 종달새, 돌멩이도 새끼를 까는 이야기, 이런 것만 생각하였다. 다행히 길가에서 나는 졸도하지 않았다.

거기는 벤치가 있었다. 나는 거기 정좌하고 그리고 그 아스피린과 아달린에 관하여 연구하였다. 그러나 머리가 도무지 혼란하여 생각이 체계를 이루지 않는다. 단 오 분이 못 가서 나는 그만 귀찮은 생각이 번쩍 들면서 심술이 났다. 나는 주머니에서 가지고 온 아달린을 꺼내 남은 여섯 개를 한꺼번에 질경질경 씹어 먹어버렸다. 맛이 익살맞다. 그리고 나서 나는 그 벤치 위에 가로 기다랗게 누웠다. 무슨 생각으로 내가 그따위 짓을 했나? 알 수가 없다. 그저 그러고 싶었다. 나는 게서 그냥 깊이 잠이 들었다. 잠결에도 바위 틈을 흐르는 물소리가 졸졸 하고 귀에 언제까지나 어렴풋이 들려왔다.

내가 잠을 깨었을 때는 날이 환히 밝은 뒤다. 나는 거기서 일 주야를 잔 것이다. 풍경이 그냥 노오랗게 보인다. 그 속에서도 나는 번개처럼 아스피린과 아달린이 생각났다.

아스피린, 아달린, 아스피린, 아달린, 마르크스, 말사스, 마도로스, 아스피린, 아달린······.

아내는 한 달 동안 아달린을 아스피린이라고 속이고 내게 먹였다. 그것은 아내 방에서 이 아달린 갑이 발견된 것으로 미루어 증거가 너무나 확실하다.

무슨 목적으로 아내는 나를 밤이나 낮이나 재웠어야 됐나? 나를 밤이나 낮이나 재워놓고 그리고 아내는 내가 자는 동안에 무슨 짓을 했나?

나를 조금씩 조금씩 죽이려던 것일까?

그러나 또 생각하여보면 내가 한 달을 두고 먹어온 것은 아스피린이었는지도 모른다. 아내는 무슨 근심되는 일이 있어서 밤이면 잠이 잘 오지 않아서 정작 아내가 아달린을 사용한 것이나 아닌지, 그렇다면 나는 참 미안하다. 나는 아내에게 이렇게 큰 의혹을 가졌었다는 것이 참 안됐다.

  나는 그래서 부리나케 거기서 내려왔다. 아랫도리가 홰홰 내어저이면서 어찔어찔한 것을 나는 겨우 집을 향하여 걸었다. 여덟 시가까이였다.

  나는 내 잘못든 생각을 죄다 일러바치고 아내에게 사죄하려는 것이다. 나는 너무 급해서 그만 또 말을 잊어버렸다.

  그랬더니 이건 참 너무 큰일 났다. 나는 내 눈으로는 절대로 보아서 안 될 것을 그만 딱 보아버리고 만 것이다. 나는 얼떨결에 그만 냉큼 미닫이를 닫고 그리고 현기증이 나는 것을 진정시키느라고 잠깐 고개를 숙이고 눈을 감고 기둥을 짚고 섰자니까 일 초 여유도 없이 홱 미닫이가 다시 열리더니 매무새를 풀어헤친 아내가 불쑥 내밀면서 내 멱살을 잡는 것이다. 나는 그만 어지러워서 게가 그냥 나둥그러졌다. 그랬더니 아내는 넘어진 내 위에 덮치면서 내 살을 함부로 물어뜯는 것이다. 아파 죽겠다. 나는 사실 반항할 의사도 힘도 없어서 그냥 넙죽 엎디어 있으면서 어떻게 되나 보고 있자니까 뒤이어 남자가 나오는 것 같더니 아내를 한아름에 덥썩 안아가지고 방 안으로 들어가는 것이다. 아내는 아무 말없이 다소곳이 그렇게 안겨 들어가는 것이 내 눈에 여간 미운 것이 아니다. 밉다.

  아내는 너 밤 새워가면서 도적질하러 다니느냐, 계집질하러 다니느냐고 발악이다. 이것은 참 너무 억울하다. 나는 어안이 벙벙하여 도무지 입이 떨어지지를 않았다.

  너는 그야말로 나를 살해하려던 것이 아니냐고 소리를 한번 꽥 질러 보고도 싶었으나 그런 긴가민가한 소리를 섣불리 입 밖에 내었다가는 무슨 화를 볼는지 알 수 있나. 차라리 억울하지만 잠자코 있는 것이 우선 상책인 듯싶이 생각이 들길래 나는 이것은 또 무슨 생각으로 그랬는지 모르지만 툭툭 털고 일어나서 내 바지 포켓 속에 남은 돈 몇 원 몇십 전을 가만히 꺼내서는 몰래 미닫이를 열고 살며시 문지방 밑에다 놓고 나서는 나는 그냥 줄달음박질을 쳐서 나와버렸다.

여러 번 자동차에 치일 뻔하면서 나는 그래도 경성역을 찾아갔다. 빈자리와 마주 앉아서 이 쓰디쓴 입맛을 거두기 위하여 무엇으로나 입가심을 하고 싶었다.

커피— 좋다. 그러나 경성역 홀에 한 걸음을 들여놓았을 때 나는 내 주머니에는 돈이 한 푼도 없는 것을 그것을 깜빡 잊었던 것을 깨달았다. 또 아뜩하였다. 나는 어디선가 그저 맥없이 머뭇머뭇하면서 어쩔 줄을 모를 뿐이었다. 얼빠진 사람처럼 그저 이리 갔다 저리 갔다 하면서…….

나는 어디로 어디로 들입다 쏘다녔는지 하나도 모른다. 다만 몇 시간 후에 내가 미쓰꼬시 옥상에 있는 것을 깨달았을 때는 거의 대낮이었다.

나는 거기 아무 데나 주저앉아서 내 자라온 스물여섯 해를 회고하여보았다. 몽롱한 기억 속에서는 이렇다는 아무 제목도 불거져 나오지 않았다.

나는 또 내 자신에게 물어보았다. 너는 인생에 무슨 욕심이 있느냐고. 그러나 있다고도 없다고도, 그런 대답은 하기가 싫었다. 나는 거의 나 자신의 존재를 인식하기조차도 어려웠다.

허리를 굽혀서 나는 그저 금붕어나 들여다보고 있었다. 금붕어는 참 잘들 생겼다. 작은 놈은 작은 놈대로 큰 놈은 큰 놈대로 다— 싱싱하니 보기 좋았다. 내리비치는 5월 햇살에 금붕어들은 그릇 바탕에 그림자를 내려뜨렸다. 지느러미는 하늘하늘 손수건을 흔드는 흉내를 낸다. 나는 이 지느러미 수효를 헤어보기도 하면서 굽힌 허리를 좀처럼 펴지 않았다. 등어리가 따뜻하다.

나는 또 회탁의 거리를 내려다보았다. 거기서는 피곤한 생활이 똑 금붕어 지느러미처럼 흐늑흐늑 허비적거렸다. 눈에 보이지 않는 끈적끈적한 줄에 엉켜서 헤어나지들을 못한다. 나는 피로와 공복 때문에 무너져 들어가는 몸뚱이를 끌고 그 회탁의 거리 속으로 섞여 들어가지 않는 수도 없다 생각하였다.

나서서 나는 또 문득 생각하여보았다. 이 발길이 지금 어디로 향하여 가는 것인가를…….

그때 내 눈앞에는 아내의 모가지가 벼락처럼 내려 떨어졌다. 아스피린과 아달린.

우리들은 서로 오해하고 있느니라. 설마 아내가 아스피린 대신에 아달린의 정량을 나에게 먹여왔을까? 나는 그것을 믿을 수는 없다. 아내가 대체 그럴 까닭이 없을 것이니. 그러면 나는 날밤을 새면서 도적질을 계집질을 하였나? 정말이지 아니다.

우리 부부는 숙명적으로 발이 맞지 않는 절름발이인 것이다. 내나 아내나 제 거동에 로직(Logic)을 붙일 필요는 없다. 변해할 필요도 없다. 사실은 사실대로 오해는 오해대로 그저 끝없이 발을 절뚝거리면서 세상을 걸어가면 되는 것이다. 그렇지 않을까?

그러나 나는 이 발길이 아내에게로 돌아가야 옳은가 이것만은 분간하기가 좀 어려웠다. 가야 하나? 그럼 어디로 가나?

이때 뚜우 하고 정오 사이렌이 울었다. 사람들은 모두 네 활개를 펴고 닭처럼 푸드덕거리는 것 같고 온갖 유리와 강철과 대리석과 지폐와 잉크가 부글부글 끓고 수선을 떨고 하는 것 같은 찰나, 그야말로 현란을 극한 정오다.

나는 불현듯이 겨드랑이 가렵다. 아하, 그것은 내 인공의 날개가 돋았던 자국이다. 오늘은 없는 이 날개, 머릿속에서는 희망과 야심의 말소된 페이지가 딕셔너리 넘어가듯 번뜩였다.

나는 걷던 걸음을 멈추고 그리고 어디 한번 이렇게 외쳐보고 싶었다.

날개야 다시 돋아라.

날자. 날자. 날자. 한 번만 더 날자꾸나.

한 번만 더 날아보자꾸나.

《조광》(1936. 9)

장삼이사

최명익

최명익 1903~1972

호는 유방(柳坊). 평양 출생. 1916년 평양고등보통학교에 입학, 3·1운동 무렵 항일 시위와 관련해 학업을 중단. 순문예 동인지 《백치》를 발간. 8·15 직후 자유주의 계열 단체였던 평양문화예술협회 회장, 북조선문학예술총동맹 중앙상임위원 등을 지냄. 주요 작품으로 〈비 오는 길〉 〈심문〉 〈장삼이사〉 〈무성격자〉 〈역설〉 〈봄과 신작로〉 등이 있다.

그렇게 붐비고 법석하는 정거장 홈의 혼잡을 옮겨 싣고 차는 떠났다. 그런 정거장의 거리와 기억이 멀어감을 따라 이삼등 찻간에 가득 실린 무질서와 흥분도 차차 가라앉기 시작하였다.
 앉을 수 있는 사람은 앉고 섰을밖에 없는 사람은 선 채로나마 자리가 잡힌 셈이다.
 이 찻간 한끝 바로 출입구 안짝에 자리 잡은 나 역시 담배를 피워 물고 주위를 돌아볼 여유가 생겼던 것이다.
 "웬 사람들이 무슨 일로 어디를 가노라 이 야단들인가."
 혼잡한 정거장이나 부두에 서게 될 때마다 이렇게 중얼거려보는 것이 나의 버릇이지만 그러나,
 "이 중에는 남모를 설움과 근심 걱정을 가지고 아득한 길을 떠나는 이도 있으려니."

이런 감상적인 심정으로보다도, 지금은 단지 인산인해라는 사람 틈에 부대끼는 괴로운 역정일는지 모를 것이다. 그렇다고 지금도 그런 역정으로 주위를 흘겨보는 것은 아니다. 물론 또 아득한 길을 떠나는 사람의 서러운 표정을 찾아 구경하려는 호기심도 없었다. 만일 그런 것이 있다면 방심 상태인 내 눈의 요깃거리는 되겠지만.

방심 상태라면 나만도 아닌 모양이었다. 긴장에서 방심 상태로, 그래서 사람들은 각지 제 본색으로 돌아가 각각 제 버릇을 회복하게 되는 것이었다.

그런 우리들 중에 모자 대신 편물 목테를 머리에다 감은 농촌 젊은이가 금방 회복한 제 버릇으로 그만 적잖은 실수를 저지르고 말았다. 실수라는 것은, 통로에 섰던 그 젊은이가 늘 하던 제 버릇대로 뱉은 가래침이 공교롭게도 나와 마주 앉은 중년 신사의 구두 콧등에 떨어진 것이었다. 물론 그것만도 적잖은 실수겠지만 그렇게까지 여러 사람의 눈이 둥그래서 보게끔 큰 실수로 만든 것은 그 구두의 발작적 행동이었다.

아닌 게 아니라 그 구두는 발작적으로 통로 바닥이 빠져라고 쾅쾅 뛰놀았다. 그러나 그리 매끄럽지가 못한 구두코라 용이히 떨어질 리가 없었다. 그래 더욱 화가 난 구두는 이번에는 호되게 허공을 걷어차기 시작했다. 그래 뛰어 나는 비말의 피해를 나도 받았지만, 그 서슬에 어쩔 줄을 모르고 서 있던 그 젊은이는 정면으로 뛰어 나는 비말을 피하여 그저 뒤로 물러서기만 했다. 그러나 그 젊은이의 동행인 듯한 노인이 제 보꾸러미에서 낡은 신문지를 한 줌 찢어 젊은이를 주었다. 젊은이는, 당장 걷어차거나 쫓아나와 물려는 맹수나 어르듯이 그 구두 콧등 앞으로 조심히 신문지 쥔 손을 내밀어보았다. 그러나 구두는 물지도 차지도 않고 도리어 그 손을 피하듯이 움츠러들었다. 그러자 희고 부드러운 종이가 그 구두코를 닦기 시작하였다. 그런 종이는 많기도 하고 아깝지도 않은 모양이었다.

주위의 사람들은 그 구두가 그렇게 야단할 때보다도 더 의외라는 듯이 수북이 쌓이고 또 쌓이는 종이 무더기를 일삼아 보게끔 되었다. 그렇게 씻고 또 씻고 필요 이상으로 씻는 것은 구두보다도 께름한 기억을 씻으려는 듯도 한 것이었다. 아직도 씻는 것은 그 젊은이가 기껏 미안해하라고 일부러 그러는 짓 같기도 하였다. 혹은 그것이 더러워서만 그런다기보다도 더러운 사람의 것이므로 더욱 그런다는 듯도 한 것이었다.

그래서 일삼아 보고 있던 사람들은 모두 입을 비죽이고 외면을 하고 말았다. 물론 그 젊은이는, 미안 이상의 모욕감으로 얼굴이 빨개져서 천장만을 쳐다보며 이따금 한숨을 지었다. 그 중년 신사와 통로를 격하여 나란히 앉은 당꼬바지는 다소의 의분을 느꼈음인지 그 우뚝한 코를 벌름거리며 흰자 많은 눈으로 연방 그 신사를 곁눈질하였다. 그러나 그 신사의 눈과 마주치기만 하면 슬쩍 시선을 거두고 딩딩한 코를 천장으로 제끼고 마는 것이었다. 그렇게 그 신사의 눈과 마주치기를 꺼려하는 것은 비단 당꼬바지만이 아니었다. 오히려 코가 꽤 딩딩한 당꼬바지도 그럴 적에야 할 정도로 그 신사의 눈은 보기에 좀 불안스럽도록 뒤룩거리는 눈방울이었다. 일부러 점잔을 빼느라 혹은 노상 호령기를 뽐내느라 그런지, 그렇지 않으면 혹시 약간 피해 망상광의 증상이 있어 저도 어쩔 수 없이 뒤룩거리게 되는 눈인지도 모를 것이다. 어쨌든 척 마주 보기가 거북스러운 눈이라 아까 신문지를 주던 곰방대 영감은 담배를 붙이며 도적해보던 곁눈질을 들키자, 채 불이 댕기기도 전에 성냥을 불어 끄리만큼 낭패한 것이었다.

이렇게 되고 보니, 그렇지 않아도 본시부터 이렇다 할 이야깃거리가 없이 덤덤하던 우리 자리는 더욱 멋쩍게 되고 말았다. 그렇다고 누가 솔선해서 그런 침묵을 깨트려야 할 책임자가 있을 리도 없는 자리였다.

그러나 그때 당꼬바지 옆에 앉은 가죽 재킷 입은 젊은이가 맞은편에 캡 쓴 젊은이에게 "자네, 지리가미 가나" 하여, "응 있어" 하고, 일부러 꺼내까지 주는 것을 "이 사람 지리가민 나두 있네" 하고 한 뭉치 꺼내 보이며 코를 풀기 시작하였다. 그래서 캡 쓴 젊은이는 킬킬 웃으면서 맞은 코를 풀어서는 그런 종이가 수북한 통로 바닥으로 던졌다.

그러나 그 옆의 당꼬바지가 빙그레 웃었을 뿐 아무런 반응도 없고 말았다. 내 앞의 신사는 그저 여전히 눈을 뒤룩거리며 두세 번 큰 하품을 하였을 뿐이다. 좀 실례의 말이지만 마주 앉은 내가 느끼는 그 신사의 하품은 옛말에나 괴담에, 사람을 취하게 하는 무슨 김이나 악취를 뿜는다는 두꺼비의 하품 같은 것이었다.

이런 실례의 말을 해놓고 보면 정말 그 신사는 어딘가 두꺼비 같은 인상을 주는 것이었다. 심심한 판이라, 좀 따져본다면, 앞서도 늘 해온 말이지만, 언제나 먼저 눈에 띄는 그 뒤룩거리는 눈, 그 담에는 떡 다물었달밖에 없이 너부죽한 입, 그리고 언제나 굳은 침을 삼키

듯이 불룩거리는 군턱, 이렇게 두드러진 특징만을 그리는 만화라면 통 안 그려도 무방일 듯한 극히 존재가 모호한 코. 아무리 두꺼비라도 코가 없을 리 없고, 있다면 으레 상판에 있게 마련이겠지만 나는 아직 두꺼비의 상판에서 코를 구경한 적은 없었다. 그렇더라도 두꺼비의 상판은 제법 상판이듯이 그 신사의 얼굴에도 그 코만은 있어 무방 없어 무방으로 극히 빈약하다기보다 제 존재를 영 주장치 않고 그저 겸손히 엎드린 코였다. 혹시 그런 것이 숨을 쉬기 위해서만 마련된 정말 코다운 코일는지도 모를 것이다. 소위 융준(隆準)이라고, 현재 당꼬바지의 코같이 우뚝한 코는 공연히 남에게 건방지다는 인상을 주거나 좀만 추워도 이내 빨개지기만 하는 부질없는 것일는지도 모를 것이다.

이같이 부질없는 용모 파기를 해가면서까지 그를 흘금흘금 바라보게 되는 것은 아까의 그 실수 사건으로만 그런 것도 아니었다. 물론 그의 지나친 결벽성(?)이 우리의 주의를 끌었을 뿐 아니라 반감을 샀던 것도 사실이지만, 그렇지 않더라도 본시가 그는 우리들 중에서는 가장 두드러진 존재였던 것이다. 마치 소학생들이 저희 반 애들을 그린 그림에 제일 크게 그려놓은 급장 모양으로 우리네 중에서는— 우리라야 서로 바라볼 수 있는 통로 좌우의 앞뒤, 네 자리의 오월동주(吳越同舟) 격으로 모여 앉은 사람들이지만— 가장 큰 몸뚱이에다 가장 잘 차렸을 뿐 아니라 그 가장 뚱뚱한 배를 흐물거리는 숨소리도 가장 높았던 까닭이었다.

그같이 우리네의 주의를 끌밖에 없는 그 중년 신사는 몇 번째 하품을 하고 난 끝에 제 옆자리 창 밑에 끼어 앉은 젊은 여인의 등뒤로 손을 넣어서 송기떡빛 종이를 바른 넙적한 고량주 병을 뒤져내었다. 차 그릇 뚜껑에 가득 따른 술잔을 무슨 쓴 약이나 벼르듯 하다가 그 번드레한 얼굴에 통 주름살을 그으며 마셨다. 떨리는 손으로 또 한 잔을 연해 마시고는 낙타 외투에 댄 수달피 바늘털에서 물방울이라도 뛰어 날 만큼 부르르 몸서리를 치고는 또 그 여인의 등뒤로 손을 넣어서 궁둥이 밑에서나 빼낸 듯한 편포를 한 쪽 찢어 씹기 시작하였다. 풍기는 독한 술내에 사람들의 시선은 또다시 그에게로 모일밖에 없었다. 첩첩 입소리를 내며 태연히 떠들고 있는 그의 벗어진 이마에는 금시에 게알 같은 땀방울이 솟고 그 가운데 일어선 극히 빈약한 머리털 몇 오리가 무슨 미생물의 첩모(捷毛)나 같이 나불거렸다. 그렇게 발산하는 그의 체온과 체취여니 하면 우리는 금방 이 후끈한 찻간에 산소 부족을 느끼며 그를 바라보는 동안에 차차 그의 입노릇이 떠지고 지금껏 누구를 노리듯이 굴리던 눈방울이 금시에 머무려해지고 건침이 흐를 듯이 입 가장자리가 축 처지며 그는 한 번 건듯 조는 것이었다. 좀 과장해 말하면 미륵불이 연화대(蓮花臺)에서 꼬꾸라지는 순간 같은 것이었다. 건듯, 제풀에 놀란 그 신사는 떡돌에 치이는 두꺼비 꿈에서나 놀라 깬 것처럼 그 충혈된 눈이 더욱 휘둥그레져서 옆의 여인을 돌아보고는 안심한 듯이 기지개를 켰다. 그러고는 까맣게 잊었던 일이나 생각난 듯이 분주히 일어나 외투를 벗어놓고 지리가미를 두 손으로 맞잡아 썩썩 비비며 변소로 들어갔다.

    사람들의 시선은, 허퉁하게 비어진 그 자리 저편 끝에 지금까지 그 신사의 그늘 밑에 숨어 있던 듯이 송그리고 앉은 젊은 여인에게로 쏠렸다. 그렇다고 우리가 그 여인을 지금 비로소 발견했다는 것은 아니다. 그러면 또 '화형(花形)'이나 같이 아꼈다가 그럴듯한 장면이 되어 지금 비로소 등장시키는 셈도 아닌 것이다. 그 여인은 처음부터 궐녀와 마주 앉은, 즉 내 옆자리의 촌마누라와 같이, 무슨 이야깃거리가 될 만한 아무런 말도 행동도 없이 그저 담배만을 피우고 있었던 것이다.

회색 외투를 좀 퇴폐적으로 어깨에만 걸친 그 여인은 지금 제가 여러 사람의 시선 앞에 놓여 있는 것을 아는지 모르는지 그저 제 버릇인 양 이편 손으로 파마넨트를 쓸어올려 연방 귓바퀴에 걸치며 여전히 창밖만을 내다보고 있었다. 내다본다지만 창밖은 벌써 어두워 닫힌 겹유리창에는 궐녀의 진한 자줏빛 저고리 그림자가 이중으로 비치어, 해글러놓은 화롯불같이 도리어 이편을 반사하는 것이었다. 이런 형용은 좀 사치한 것 같지만, 그런 화롯불 위에 올려놓은 무슨 백자 그릇같이 비친 궐녀의 얼굴 그림자 속에 빨갛게 켜지는 담뱃불을 불어 끄려는 듯이 그 여인은 동그랗게 모은 입술로 연기를 뿜고 있었다.

그때 이편 문이 열리며, 차표를 보여달라는 선문을 놓고 여객 전무가 들어왔다. 차례가 되어 차장이 어깨를 흔들어서야 이편으로 얼굴을 돌린 여인은 "죠샤껭(승차권), 짜뾰(차표)요" 하는 젊은 차장을 힐끗 쳐다보고 다시 외면하면서,

"쯔레노 히토와 못데루노요(일행이 가지고 있어요)."

하였다.

"쟈, 쯔레노 히토와(그럼, 일행은)?"

젊은 차장이 되묻는 말에 역시 외면한 대로 여인은 이편 손 엄지가락을 들어 뒷담을 가리키며,

"하바까리(변소)."

하였다.

여객 전무는 제 차표를 왜 제가 가지고 있지 않느냐고 나무랐다. 그 말을 받아 "그러하농고 안데(그렇게 하는 건 안 돼)" 하고 젊은 차장이 또 퉁명스럽게 핀잔을 주었다.

그 여인은 홱 얼굴을 돌려 그들의 뒷모양을 흘기고는 눈살을 찌푸리며 돌아앉았다. 불쾌하다기보다 금방 울 듯한 얼굴이었다. 그만 일에 왜 저럴까 싶도록 히스테릭한 태도요 절박한 표정이었다. 그 후에 짐작한 것이지만, '그자가 제 돈으로 산 차표라고 제가 가지는 걸 내가 어떻게 하느냐'고 울며 푸념이라도 하고 싶은 낯빛이었던 것이다.

차표를 뒤져내고, 어감만으로도 불안한 '검사'가 무사히 끝나서, 다시 차표를 간직하고 난 사람들은 사소한 흥분과 긴장이나마 치르고 나서 안도하는 낯빛이었다. 그러나 그런 우리네 중에 유독 말썽거리가 되어 아직도 그 흥분을 삭이지 못하는 모양인 그 여인의 행색은 더욱 우리의 주의를 끌밖에 없었다.

'그 신사의 딸일 리는 없고 혹 첩?' 내가 이런 생각을 하고 있을 때,

"만주루 북지루 댕겨보문 돈벌인 색시 당사가 제일인가 보둔."

당꼬바지가 불쑥 이런 말을 시작하였다. 모두 덤덤히 앉았던 사람들은 마침으로 흥미있는 이야깃거리가 생겼다는 듯이 시선이 그에게로 몰리자 그의 옆에 앉은 가죽 재킷이 그 말을 받았다.

"돈벌이야 작히 좋은가요, 하지만 자본이 문제거든, 색시 하나에 소 불하 돈 천 원은 들어야 한다니까."

"이것이라니 아무리 요좀 돈이구루서니, 천 환이문 만 냥이 아니요."

이렇게 놀란 것은 물론 곰방대 영감이었다. 그러자 아까 그 실수를 한 젊은이가,

"요좀 돈 천 환이 무슨 생명 있나요, 웬만한 달구지 소 한 놈에두 천 원을 안 했게 그럼네까."

하고 이번에는 조심히 제 발부리에다 침을 뱉었다.

"그랜, 해두, 넷날에야 원틀루 에미나이보단 소 끔새가 앞셋디 될 말인가."

"녕감님, 건 촌에서 밋메누리감으루 딸 팔아먹던 넷말이구요 ……?"

우리들은 그의 턱을 따라 새삼스레 그 여인을 유심히 보게 되었다. 나 역시 그 여인의 정체를 짐작할 수 있었다.

여전히 담배를 피우고 창밖만을 내다보고 있던 그 여인은 그런 말과 시선으로 보이지 않는 채찍을 등골에 느끼는 듯이 한 번 어깨를 흠칫하고 외투를 추켜올리는 것이었다. 아까부터 그 여인의 저고리 도련을 만져보고 치맛자락을 비죽여보던 촌마누라는 무엇에 놀라기나 한 것같이 움츠린 손으로 자기 치마 앞을 털었다.

"사람들이 벌어먹는 곬이 다 각각이거든."

"각각일밖에 안 있나."

"어째서."

"각각 저 생긴 대루 벌어먹게 매련이니까 달르지."

"그럼 누군 갈보 장사나 해먹게 생겼던가."

"보구두 몰라."

"어떻게."

"옆에다 색실 척 대리구 가잖아."

"하하하."

"하하하."

가죽 재킷과 캡이 이렇게 받고 차기로 떠들고 웃었다.

그러자

"건 웃음의 말씀이라두, 정말 사실루 사람을 척 보문 알거덩요."

당꼬바지는, 이렇게, 자기가 꺼낸 갈보 타령이 맹랑하게 시작한 말이 아니었다는 것을 발명이나 하듯이 빈자리를 턱으로 가리키며,

"이잘 보소고레, 괘애니 저 혼자 점잖은 척하누라구 눈쌀이 꿋꿋해 앉었어두 상판에 개기름이 번즐번즐한 거이 어디 점잖은 데가 있소."

하였다.

"다들 그러니끼니 그런가 부다 하디, 목잔 좀 불량해두, 이대존대라구, 난 첨엔 어디 군쭈산가 했소."

하는 노인은 고무신 부리에 곰방대를 털었다. 그런 노인의 말에 당꼬바지는,

"녕감님두 의대조대나 새나요. 요좀엔 돈만 있으문 군쭈사가 아니라두 누구나 그보다두 떰떼먹게 채릴 수 있다우."

하고 껄껄 웃었다.

"그래두 저한테 물어보소 메라나, ……난……우리 겉은 건…….”

이렇게 말끝을 마물지 않고 만 것은 그 실수를 저지른 젊은이였다. 역시 천장을 쳐다보는 그는 웬 까닭인지 아까보다도 더 얼굴이 빨개지는 것이었다. 사람들은 또 웬 까닭인지 와하하 웃음을 터트렸다.

"아까 미섭습데까?”

실컷 웃고 난 캡이 이렇게 묻자 또들 웃었다. 그 말을 받아 당꼬바지가 빈정거리는 투로 이런 말을 하였다.

"왈루 미섭긴 정말 점잖은 사람이 미섭다우. 이렇게(역시 턱으로 빈자리를 가리키며) 점잖은 테하는 사람이야 뭐 미서울 거 있소. 이제 두구 보소. 아까 보디 않았소. 고샐 못 참아서 백알을 먹드니 피꺽피꺽 피께질을 하는 걸 보디. 그런 잔 보긴 지뚱미루워두 사궤만 놓문 사람 썩 도쉔다.”

이런 시빗거리의 그 신사가 배갈을 먹고 한 번 건듯 좋은 것은 사실이지만 피께질(딸꾹질)을 한 적은 없었다. 그러나 이렇게 흉을 잡자고 하는 말에는 도리어 사실 이상으로 사실에 가깝게 들리는 말이었다.

"피께질을 했다!”

이번에는 가죽 재킷이 이렇게 따지고는 또들 웃었.

그때 변소에 갔던 신사가 돌아왔다. 제자리에 돌아온 그는 그새만 해도 무슨 변화가 생기지 않았나 경계하듯이 이 사람 저 사람의 얼굴을 둘러보며 다시 외투를 입었다. 사람들은 모두 웃음을 거두고 말을 끊고 말았다.

지금껏 이편을 유의했던 모양인 차장이 달려와 차표를 검사하며 아까 한 말을 되풀이하고, "고마리마쓰네(곤란합니다)"로 나무랐다.

당황한 신사는,

"헤헤 스미마생, 도오모 스미마생(미안합니다, 정말 미안합니다)"을 뇌고 또 뇌며 뻘게진 낯으로 계면쩍다기보다 비굴한 웃음을 지어 보이는 것이었다. 그러고 나서 차표를 다시 속주머니에다 집어넣으며 그는 누가 들으라는 말인지, 그렇다기보다도 여러 사람이 다 들어달라고 간청이나 하는 듯한 제법 눈웃음을 지어 보이며,

"제길, 후둥증(後重病)이 나서 ××× ××× 하기만 하디 원제 씨원히 날오야디요."

하고는 헤헤헤 웃는 것이었다. (작자 주. 아무리 작자가 결벽성을 포기하고 시작한 이 작품이지만 이 ××의 의음(擬音)만은 복자(覆字)하는 것이 작자인 나의 미덕일 것이다.) 확실히 부드러운 말씨였다. 그리고 사교적인 웃음이었다. 아닌 게 아니라 그 신사의 그런 말과 웃음은 여간만 효과적인 것이 아니었다.

"거 정말 급하웬다. 후둥쯍이 정 심한댄, 깜진 네펜네 첫아이 낳기만이나 한걸이요."

이같이 솔선하여 동정한 것은 당꼬바지였다. 그 말에 다른 사람들도 지금껏 그 남자를 백안시하던 눈에 웃음을 띠게 되었다.

"건 뭐 병이 아니라 술탈이니껀, 메칠만 안 자시문 맬 하리요."

또 이런 급성적 우정으로 충고한 것은 캡 쓴 젊은이였다.

"그럴래니, 데런 낭반이야 찾아오는 손님으루 관텡 교제루 어디 뭐 술을 안 자실래 안 자실 수가 있을라구."

곰방대 노인이 이렇게 경의를 표하는 말에,

"아마 그럴걸이요."

하고 가죽 재킷 젊은이가 동의하였다.

이런 동정과 우의를 대번에 얻게 된 그 남자는 몇 번 신트림을 하고 나서,

"물론 것도 그렇구, 한 십 년 만주루 북지루 댕기멘서 그 추운 겨울엔 호주루 살아 버릇해서 여게 나와서두 안 먹던 못합네다가레."

하며 옆에 놓인 고량주 병을 들어 약간 흔들어보고 만져보는 것이었다.

"영업하는 덴 만준가요 북진가요."

"뭐어 안 가본 데 없디요. 첨엔 한 사오 년 일선으루 따라댕기다가 너머 고생스럽드라니 그 담엔 대련서 자리 잡구 하다가 신경 와선 자식 놈들한테 다 밀어 기구 난 작년부터 나오구 말았소."

"그새 큰일 났갔소고레."

당꼬바지가 또 묻는 말에,

"뭐 거저……, 그랜 다른 노름 봐서야……."

하며 만지던 술병을 여인의 등뒤로 밀어 넣으려 할 때 지금껏 눈 징겨보고 있던 곰방대 노인이,

"거어 어디 이 녕감두 한잔 먹어볼까요."

하며 나앉았다.

"어어 참, 미처 생각을 못 해서 실렐 했구만요, 이제라두 한잔씩 들 같이 합세다."

그래서 "이거 원 뜻밖", "그러구 보니 이 영감 덕이로군", "하하하"

이런 웃음과 농지거리로 뜻밖의 술판이 벌어졌다.

그중에 나만은 술을 통 먹지 못하므로 돌아오는 잔을 사양할밖에 없었다. 그들이 굳이 권하려 들지 않는 것이 여간만 다행한 일이 아니었다. 그러나 그들이 술 못 먹는 나를 아껴서보다도, 아무리 사람 좋은 그들이지만 지금껏 말 한마디 참견할 기회가 없이 그저 침묵을 지킬밖에 없는 나에게까지 그런 우정을 느낄 수는 없을 것이다. 그래서 그들은 나를 경원하게 되는 모양이었다. 또 단순한 경원이라기보다도 자칫하면 좀 전의 이 신사와 같이 반감과 혐의의 대상일는지도 모를 것이었다.

이 뜻밖에 벌어진 술판의 판을 치는 이야깃거리는 물론 그 남자의 내력담과 사업 이야기였다.

"……사실 내놓구 말이디, 돈벌이루야 고만한 노릇이 없쉔다. 해두, 그 에미나이들 송화가 오죽한가요. 거어 머어 한 이삼십 명 거느릴래문 참 별에별 꼴 다 봅네다……."

툭하면 앓아눕기가 일쑤요, 그래도 명색이 사람이라 앓는데 약을 안 쓸 수 없으니 그러자면 비용은 비용대로 처들어가고 영업은 못 하고, 요행 나으면 몰라도 덜컥 죽으면 돈 천 원쯤은 어느 귀신이 물어갔는지 모르게 장비(葬費)까지 '보숭이'칠을 해서 없어진다는 것이었다.

"앓다 죽는 년이야 죽고파서 죽갔소, 그래 건 또 좀 양상이디만, 이것들이 제 깐에 난봉이 나디 않소. 제법 머어 죽는다 산다 하다가는 정사합네 하디 않으문 달아나기가 일쑤구……."

이렇게 말이 채 끝나기 전에 술잔이 돌아와 받아 든 그는,

"이게 다슷 잔챈가?"

하며 들여다보는 그 잔은 할 수만 있으면 면하고 싶지만 그러나 우정으로 달게 받아야 할 희생 같은 잔인 모양이었다. 그래서 마시기로 결심한 그는 일종 비장한 낯빛을 지으며 꿀꺽 들이켰다. 그러고는 부르르 몸서리를 치자 더욱 붉어진 눈방울을 더욱 크게 치뜨며,

"사람이 기가 맥혜서, 글쎄 이 화상을 찾누라구 자식 놈들은 만주 일판을 뒤지구 난 또 여기서 돈 쓰구 애먹은 생각을 하문 거저 쥑에두……."

이런 제 말에 벌컥 격분한 그는 주먹을 번쩍 들었다. 막 그 여인의 뒷덜미에 떨어질 그 주먹을 처다보는 사람들은 한순간 숨을 죽일 밖에 없었다. 한순간 후였다. 와하하 사람들의 웃음이 터졌다. 그 주먹이 슬며시 내려오고 그 주먹의 주인이 히히히 웃고 만 까닭이었다. 그동안 눈을 꽉 감을밖에 없었던 나는 간신히 그 여인을 바라보았다.

여인은 제 얼굴 그림자를 통 살라버리도록 담배를 빨아 들이켜고 있었다. 그런 주먹의 용서를 다행하게나 고맙게 여기는 눈치는 조금도 찾아볼 수 없었다. 그런 여인의 태도에는 지금의 풍파는 있었던 것 같지도 않았다. 하기야 한순간 실로 한순간이었지만.

터졌던 웃음소리는 아직도 허허 킬킬 하는 여운으로 계속되었다. 나는 그런 그들의 웃음을 악의로 듣지는 않았다. 오히려 폭력의 중지에 안심하고 학대 일순 전에 놓치는 요술 같은 신사의 관용을 경탄하는 호인들의 웃음이라고도 할 것이다. 그러나 그런 웃음이 주

먹보다도 그 여인의 혼을 더욱 학대하는 것 같은 건 웬 까닭일까.

그때 차는 어느 작은 역에 멎었다. 아까 실수한 젊은이와 곰방대 노인이 내렸다. 그들은 그런 웃음을 채 웃지 못한 채 총총히 내리고 만 것이다. 밤중의 작은 역이라 그 자리에 대신 오르는 사람도 없이 차는 또 떠났다.

"좌우간 무던하갔쉐다. 저이 집 식구가 많아두 씩둑깍둑 말썽인 데 그것들이 어떻게 돌아먹은 년들이라구."

당꼬바지는 코멘소리로 또 말을 시작하였다.

그러나 그 신사는 어느새 건듯 졸다가는 눈을 뜨고 눈을 떴다가는 또 졸고 할 뿐 대답이 없었다. 아직도 좀 남은 술병은 마주 앉은 세 사람 사이로 돌아갔다.

"이왕이문 데 색시 오샤꾸(따라주는 술)루 한잔 먹었은문 도오 는대."

"말 말게. 이제 하든 말 못 들었나."

"뭘."

"남 정든 님 따라 강남 갔다 부뜰레서 생리별하구 오는 판인데 무슨 경황에 자네 오샤꾸하겠나."

"오샤꾸할 경황두 없이 쯔라이 시쓰렝(失戀)이문 발쎄 죽었지 죽어."

"사람이 그렇게 죽기가 쉬운 줄 아나."

"나아니 와께 나이요(왜 아니겠어요). 정말 말이야 도망을 하지 아니치 못하리만큼 말이야 알겠나? 도망을 해서라두 말이야, 잇쇼니 나루(함께 살다) 하지 않으문 못 살 고이비또(애인)문 말이야, 붙들렸다구 죽여주소 하구 따라올 리가 없거든 말이야, 응 안 그래? 소랴아 기미(그러면 너) 혀(舌)라두 깨밀고 죽을 것이지 뭐야, 응 안 그래."

이런 말이 나오자 그 여인은 무엇에 찔린 듯이 해쓱해진 얼굴을 그편으로 돌리었다. 그편에서 지껄이는 사람들을 바라보는 그 눈은 지금 그런 말을 누가 했느냐고 묻기라도 할 듯한 눈이었다. 그러나 취한 그들은 그런 여인의 눈과 마주쳐도 조금도 주춤하는 기색도 없었다. 도리어 당꼬바지는

"거 사실 옳은 말이야. 정말 앗사리한(깨끗한) 계집이문 비우쌀 게 도망두 안 할걸."

이렇게 그 여인의 얼굴을 보이지 않는 말의 채찍으로 후려갈기었다.

"자 어서 술이나 마자 먹지 거 왜 아무 상관 없는 걸 가지구 그럴 거 있나."

가장 덜 취한 모양인 가죽 재킷이 중재나 하듯 말하며 잔을 건네었다. 잔을 받아 든 젊은이는 비척 몸을 가누지 못하면서 또 지껄이었다.

"가노죠(그 여자) 말이야 뎅까노 가루보쟈 나이까(천하의 갈보 아냐). 왜 우리한테 상관이 없어."

그때 차창 밖에 전등의 행렬이 보이자 차가 멎었다. 금시에 정신이 든 듯한 두 젊은이는

"우린 여기서 만츰 실례합니다."

"한참 심심치 않게 잘 놀았는데요."

"사요나라."

이런 인사를 던지듯 지껄이며 분주히 나가고 말았다.

새 사람들로 그 자리를 메우고 차는 다시 떠났다.

한참 동안 코를 골며 잠이 들었던 그 신사는 떠들썩한 통에 깨기는 했으나 아직도 채 정신이 안 나는 모양이었다.

당꼬바지는 이야기 동무를 한꺼번에 잃고 갑갑한 듯이 하품을 하다가 다음 역에서 내리고 말았다. 내 옆의 촌마누라도 내려서 나는 그 자리로 옮아 젊은 여인과 마주 앉게 되었다.

그 신사는 시렁에서 손가방과 모자를 내리었다. 다음 S역에서 내릴 모양이다. 끌러놓았던 구두끈을 다시 매고 난 신사는 손수건으로 입과 눈을 닦으며

"그래 그만하문 너 잘못 간 줄 알디."

"……."

"내가 없다구 무서운 줄 모루구들…… 어디 싫건들 그래 봐라."

"……."

이렇게 혼잣말같이 중얼거리었다. 여자는 역시 담배만 피우고 있었다. 새로 들어온 사람들은 지금까지의 사정을 모르므로 이런 말에 뛰어들어 한때 무료를 잊을 이야깃거리를 삼을 수는 없었다. 이 이상 더 그 여인을 치고 차는 말이나 눈초리도 없이 S역에 닿았다.

여자를 데리고 내릴 줄 알았던 신사는 차창을 열고 거의 쏟아질 듯이 상반신을 내밀었다. 혼잡한 플랫폼에서 누구를 찾는지 두리번거리던 그는 고함을 치기 시작하였다. 몇 번 부르자 차창 앞에 달려온 젊은이에게 물었다.

"네 형이 온대드니 어떻게 네가 왔니."

"형님은 또 ×××에 가게 됐어……."

"겐 또 왜?"

그 젊은이는 털모자를 벗어 쥔 손가락으로 머리를 긁적거리며 난처한 대답을 하는 것이다.

"그새 옥주 년이 또 달아나서……."

"뭐야."

"옥주 년이 또……."

"이 새끼."

창틀을 짚었던 손이 번쩍하고 젊은이의 뺨을 갈겼다. 겁결에 비켜서는 젊은이가,

"그래두 니여 잽혀서 지금 찾으레……."

하는 것을

"듣기 싫다."

하며 또 한 번 뺨을 철썩 후려쳤다.

"정말 찾긴 찾았단 말이가? 어서 이리 둘어나 오날."

들어온 젊은이는 빨리 손쓴 보람이 있어 ××에서 붙들었다는 기별을 받고 찾으러 갔다고 설명하였다. 비로소 성이 좀 풀린 모양, 신사는 여기 일이 바빠서 제가 갈 수 없는 것을 걱정하고 (여인의) 차표와 자리를 내주고 내렸다.

또 차가 떠났다. 차창 밖의 그 신사는 뒤로 흘러가고 말았다.

앉으려던 젊은이는 제 얼굴을 쳐다보는 그 여인의 눈과 마주치자 아무런 말도 없이 그 뺨을 후려쳤다. 여인은 머리가 휘청하며 얼

굴에 흐트러지는 머리카락을 늘 하던 버릇대로 귓바퀴 위에 거두어 올렸다. 또 한 번 철썩 소리가 났다. 이번에는 여인의 저편 손가락 끝에서 담배가 떨어졌다. 세 번째 또 손질이 났다. 여인은 떨리는 아랫입술을 옥물었다. 연기로 흐릿한 불빛에도 분명히 보이리만큼 손자국이 붉게 튀어오르기 시작하는 뺨이 푸들푸들 경련을 일으키는 것이었다. 하얗게 드러난 앞니로 옥문 입 가장자리가 떨리는 것은 북받치는 울음을 참는 모양이었다. 그러나 마주 보는 내 눈과 마주친 그 눈은 분명히 웃고 있었다. 그러고 보면 경련하는 그 뺨이나 옥문 입술도 참을 수 없는 웃음을 억제하는 것같이 보이기도 하였다. 나는 나를 잊어버리고 그러한 여인의 얼굴을 바라볼밖에 없었다. 종시 여인의 눈에는 눈물이 어리기 시작하였다. 한 번만 깜박하면 쭈르르 쏟아지게 가득 눈물이 고였다. 나는 그 눈을 더 마주 볼 수는 없어서 얼굴을 돌릴밖에 없었다.

"어데 가?"

조금 후에 이런 젊은이의 고함 소리가 났다.

"……."

여인은 대답이 없이 눈물에 젖은 얼굴을 수건으로 가리며 턱으로 변소 쪽을 가리켰다. 여인이 가는 곳을 바라보고 변소 문 여닫는 소리를 듣고 또 지금 차가 전속력으로 달리고 있다는 것을 몸으로 짐작한 그는 비로소 안심한 듯이 담배를 꺼내 물고

"실례합니다."

하고 문턱에 놓인 성냥을 집어갔다. 여인의 성냥이 아까 창으로 내다보던 그 남자의 팔꿈치에 밀려서 내 편으로 치우쳤던 것이다.

"고맙습네다. 참 이잰 너무 실례해서—."

성냥을 도로 갖다 놓으며 수작을 붙이려 드는 것이었다.

그 젊은이가 이같이 추근추근 말을 붙이는데 대꾸할 말도 없었지만 그보다도 나는 어쩐지 현기가 나고 몹시 불안하였다. 잠시 다녀올 길이지만 지금까지 퍽 지루한 여행을 한 것 같고 앞으로도 또 그래야 할 길손같이 심신이 퍽 피로한 듯하였다.

그런 신경의 착각일까, 웬 까닭인지 내 머릿속에는 금방 변기 속에 머리를 처박고 입에서 선지피를 철철 흘리는 그 여자의 환상이 선히 떠오르는 것이었다. 따져보면 웬 까닭이랄 것도 없이 아까 "심심치 않게 잘 놀았다"는 그들의 하잘것없는 주정의 암시로 그렇겠지만 또 그러고 나야 남의 일이라 잔인한 호기심으로 즐겨 이런 환상도 꾸미게 되는 것이겠지만, 설마 그 여인이야 제 목숨인데 그만한 암시로 혀를 끊을 리가 있나 하면서도 웬 까닭인지 머릿속에 선한 그 환상은 지워지지가 않는 것이었다. 더욱이나 아까 입술을 옥물고도 웃어 보이던 그 눈을 생각하면 역력히 죽을 수 있는 때진 결심을 보여준 것만 같아서 더욱 마음이 초조해지고 금시에 뛰어가서 열어보고 안 열리면 문을 깨뜨리고라도 보고 싶은 충동에 몸까지 들먹거리기도 하는 것이었다.

지나간 사정을 알 리 없는 새로 들어온 사람들은 물론이요, 그 젊은이까지도 이런 절박한 사정(?)은 모를 터인데 나까지 이렇게 궁싯거리기만 하는 동안에 사람 하나를 죽이고 마는 것이 아닐까—이렇게까지 초조해하면서도 그런 내 걱정이 어느 정도까지 망상이요 어느 정도까지가 이성적인지 갈피를 잡을 수 없어 더욱더 초조

할밖에만 없었다.

이런 절박한 사태(?)를 짐작도 할 리 없는 사람들은, 단순히 때리고 맞는 그 이유만이 궁금한 모양이었다.

"그 왜들 그럽네까."

궁금한 축 중의 한 사람이 나 대신 말을 받아 묻는 것이었다.

"거어 머 우서운 일이디요" 하고 그 젊은이는 싱글싱글 웃으면서

"가따나 그 에미나이들 송화에 화가 나는데, 집의 아바지까지 그러니……, 아바지한테 얻어맞은 어굴한 화푸릴 그것들한테나 하디 어데다 하갔소. 그래서 거저……."

하고는 히들히들 웃는 것이었다. 묻던 사람도 따라 웃었다.

듣고 보면 더 캐어물을 것도 없이 명백한 대답이었다. 때릴 수 있어 때리고 맞을 처지니 맞는 것뿐이다.

이런 명백한 현실을 듣고 보는 동안에도 나의 망상은(?) 저대로 그냥 시간적으로까지 진행하여, 지금 아무리 서둘러도 벌써 일은 저지르고 만 것이었다. 싸늘하게 굳어진 여인의 시체가 흔들리는 마룻바닥에서 무슨 짐짝이나 같이 통기고 뒹구는 양이 눈감은 내 머릿속에서도 굴러다니는 것이었다.

아아, 그러나 이런 나의 악몽은 요행 짧게 끊어지고 말았다. 그 여인이 내 무릎을 스치며 제자리로 돌아왔다. 무사히 돌아올 뿐 아니라, 어느새 화장을 고쳤던지 그 뺨에는 손가락 자국도 눈물 흔적도 없이 부옇게 분이 발려 있는 것이었다. 그리고 당장이라도 직업 의식적인 추파로 내게 호의를 표할 듯도 한 눈이었다. 어쨌든 나는 그 여인이 그렇게 태연히 살아 돌아온 것이 퍽 반가웠다.

"옥주 년도 잽어요?"

내가 비로소 듣는 그 여인의 말소리였다.

"그래, 너 이년들 둘이 트리했든 거로구나."

하는 젊은이의 말도, 지난 일이라 뭐 탄할 것도 없다는 농조였다.

"트리야 뭘 했댔갔소, 해두 이제가 만나문 더 반갑갔게 말이웨다."

이런 여인의 말에 나는 웬 까닭인지 껄껄 웃어보고 싶은 충동을 겨우 억제하였다.

《한국근대단편소설대계》제27권 (1988, 태학사)

달밤

이태준

이태준 1904~?

호는 상허(尙虛)·상허당주인(尙虛堂主人). 강원 철원 출생. 휘문고등보통학교 중퇴 후 일본 조치대학 예과에서 공부. 귀국한 뒤 이화여자전문학교 강사,《중외일보》《조선중앙일보》기자로도 활동. 1933년 '구인회(九人會)' 회원으로 가입. 주요 작품으로 〈가마귀〉〈복덕방〉〈밤길〉〈해방전후〉〈첫 전투〉〈호랑이 할머니〉 등이 있다.

성북동으로 이사 나와서 한 대엿새 되었을까, 그날 밤 나는 보던 신문을 머리맡에 밀어 던지고 누워 새삼스럽게,

"여기도 정말 시골이로군!"

하였다.

무어 바깥이 컴컴한 걸 처음 보고 시냇물 소리와 쏴— 하는 솔바람 소리를 처음 들어서가 아니라 황수건이라는 사람을 이날 저녁에 처음 보았기 때문이다.

그는 말 몇 마디 사귀지 않아서 곧 못난이란 것이 드러났다. 이 못난이는 성북동의 산들보다 물들보다, 조그만 지름길들보다, 더 나에게 성북동이 시골이란 느낌을 풍겨주었다.

서울이라고 못난이가 없을 리야 없겠지만 대처에서는 못난이들이 거리에 나와 행세를 하지 못하고, 시골에선 아무리 못난이라도

마음놓고 나와 다니는 때문인지, 못난이는 시골에만 있는 것처럼 흔히 시골에서 눈에 잘 띈다. 그리고 또 흔히 그는 태고 때 사람처럼 그 우둔하면서도 천진스런 눈을 가지고, 자기 동리에 처음 들어서는 손에게 가장 순박한 시골의 정취를 돋워주는 것이다.

그런데 그날 밤 황수건이는 열 시나 되어서 우리 집을 찾아왔다.

그는 어두운 마당에서 꽥 지르는 소리로,

"아, 이 댁이 문안서……."

하면서 들어섰다. 잡담 제하고 큰일이나 난 사람처럼 건넌방 문 앞으로 달려들더니,

"저, 저 문안 서대문 거리라나요, 어디선가 나오신 댁입쇼?"

한다.

보니 '합비'는 안 입었으되 신문을 들고 온 것이 신문 배달부다.

"그렇소. 신문이오?"

"아, 그런 걸 사흘이나 저, 저 건넌쪽에만 가 찾았습죠. 제기……."

하더니 신문을 방에 들여뜨리며,

"그런뎁쇼, 웨 이렇게 죄꼬만 집을 사구 와 곕쇼. 아, 내가 알었더면 이 아래 큰 개와집도 많은걸입쇼……."

한다. 하 말이 황당스러 유심히 그의 생김을 내다보니, 눈에 얼른 두드러지는 것이 빡빡 깎은 머리로되 보통 크다는 정도 이상으로 골이 크다. 그런데다 옆으로 보니 짱구 대가리다.

"그렇소? 아모튼 집 찾노라고 수고했소."

하니 그는 큰 눈과 큰 입이 일시에 히죽거리며,

"뭘 입쇼, 이게 제 업인뎁쇼."

하고 날래 물러서지 않고 목을 길게 빼어 방 안을 살핀다. 그러더니 묻지도 않는데,

"저는입쇼, 이 동네 사는 황수건이라 합니다……."

하고 인사를 붙인다. 나도 깍듯이 내 성명을 댔다. 그는 또 싱글벙글하면서,

"댁엔 개가 없구먼입쇼."

한다.

"아직 없소."

하니,

"개 그까짓거 두지 마십쇼."

한다.

"웨 그렇소?"

물으니 그는 얼른 대답하는 말이,

"신문 보는 집엔입쇼, 개를 두지 말아야 합니다."

한다. 이것 재미있는 말이다, 하고 나는,

"웨 그렇소?"

하고 또 물었다.

"아, 이 뒷동네 은행소에 댕기는 집엔입쇼, 망아지만 한 개가 있는뎁쇼, 아, 신문을 배달할 수가 있어얍죠."

"웨?"

"막 깨물랴고 덤비는걸입쇼."

한다. 말 같지 않아서 나는 웃기만 하니 그는 더욱 신을 낸다.

"그눔의 개, 그저, 한번, 양떡을 멕여대야 할 턴데……."

하면서 주먹을 부르대는데 보니, 손과 팔목은 머리에 비껴 반비례로 작고 가느다랗다.

"어서 곤할 턴데 가 자시오."

하니 그는 마지못해 물러서며,

"선생님, 참 이 선생님 편안히 주뭅쇼. 저이 집은 여기서 얼마 안 되는걸입쇼."

하더니 돌아갔다.

그는 이튿날 저녁, 집을 알고 오는 데도 아홉 시가 지나서야,

"신문 배달해 왔습니다."

하고 소리를 치며 들어섰다.

"오늘은 웨 늦었소?"

물으니,

"자연 그럽죠."

하고 다른 이야기를 꺼냈다.

자기는 워낙 이 아래 있는 삼산학교에서 일을 보다 어떤 선생하고 뜻이 덜 맞아 나왔다는 것, 지금은 신문 배달을 하나 원배달이 아니라 보조 배달이라는 것, 저희 집엔 양친과 형님 내외와 조카 하나와 저희 내외까지 식구가 일곱이란 것, 저희 아버지와 저희 형님의 이름은 무엇무엇이며, 자기 이름은 황가인 데다가 목숨 수자하고 세울 건자로 황수건이기 때문에, 아이들이 노랑수건이라고 놀려서 성북동에서는 가가호호에서 노랑수건 하면 다 자긴 줄 알리라고 자랑스럽게 이야기하다가 이날도,

"어서 그만 다른 집에도 신문을 갖다줘야 하지 않소?"

하니까 그때서야 마지못해 나갔다.

우리 집에서는 그까짓 반편과 무얼 대꾸를 해가지고 그러느냐 하되, 나는 그와 지껄이기가 좋았다.

그는 아무것도 아닌 것을 가지고 열심스럽게 이야기하는 것이 좋았고, 그와는 아무리 오래 지껄여도 힘이 들지 않고, 또 아무리 오래 지껄이고 나도 웃음밖에는 남는 것이 없어 기분이 거뜬해지는 것도 좋았다. 그래서 나는 무슨 일을 하는 중만 아니면 한참씩 그의 말을 받아주었다.

어떤 날은 서로 말이 막히기도 했다. 대답이 막히는 것이 아니라 무슨 말을 해야 할까 하고 막혔다. 그러나 그는 늘 나보다 빠르게 이야깃거리를 잘 찾아냈다. 오뉴월인데도 '꿩고기를 잘 먹느냐?'고도 묻고, '양복은 저고리를 먼저 입느냐 바지를 먼저 입느냐?'고도 묻고, '소와 말과 싸움을 붙이면 어느 것이 이기겠느냐?'는 등, 아무튼 그가 얘깃거리를 취재하는 방면은 기상천외로 여간 범위가 넓지 않은 데는 도저히 당할 수가 없었다. 하루는 나는 '평생 소원이 무엇이냐?'고 그에게 물어보았다. 그는 '그까짓 것쯤 얼른 대답하기는 누워서 떡먹기'라고 하면서 평생 소원은 자기도 원배달이 한번 되었으면 좋겠다는 것이었다.

남이 혼자 배달하기 힘들어서 한 이십 부 떼어주는 것을 배달하고 월급이라고 원배달에게서 한 삼 원 받는 터라, 월급을 이십 여 원을 받고 신문사 옷을 입고 방울을 차고 다니는 원배달이 제일 부럽노라 하였다. 그리고 방울만 차면 자기도 뛰어다니며 빨리 돌 뿐 아니라 그 은행소에 다니는 집 개도 조금도 무서울 것이 없겠노라 하

달밤 347

엿다.

 그래서 나는 '그럴 것 없이 아주 신문사 사장쯤 되었으면 원배달도 바랄 것 없고 그 은행소에 다니는 집 개도 상관할 바 없지 않겠느냐?' 한즉 그는 뚱그레지는 눈알을 한참 굴리며 생각하더니 '딴은 그렇겠다'고 하면서, 자기는 경난이 없어 거기까지는 바랄 생각도 못 하였다고 무릎을 치듯 가슴을 쳤다.
 그러나 신문 사장은 이내 잊어버리고 원배달만 마음에 박혔던 듯, 하루는 바깥마당에서부터 무어라고 떠들어대며 들어왔다.
 "이 선생님? 이 선생님 곕쇼? 아, 저도 내일부턴 원배달이올시다. 오늘 밤만 자면입쇼……."
 한다. 자세히 물어보니 성북동이 따로 한 구역이 되었는데, 자기가 맡게 되었으니까 내일은 배달복을 입고 방울을 막 떨렁거리면서 올 테니 보라고 한다. 그리고 '사람이란 게 그러게 무어든지 끝을 바라고 붙들어야 한다'고 나에게 일러주면서 신이 나서 돌아갔다. 우리도 그가 원배달이 된 것이 좋은 친구가 큰 출세나 하는 것처럼 마음속으로 진실로 즐거웠다. 어서 내일 저녁에 그가 배달복을 입고 방울을 차고 와서 쭐럭거리는 것을 보리라 하였다.

 그러나 이튿날 그는 오지 않았다. 밤이 늦도록 신문도 그도 오지 않았다. 그다음 날도 신문도 그도 오지 않다가 사흘째 되는 날에야, 이날은 해도 지기 전인데 방울 소리가 요란스럽게 우리 집으로 뛰어들었다.
 '어디 보자!'

하고 나는 방에서 뛰어나갔다.

그러나 웬일일까. 정말 배달복에 방울을 차고 신문을 들고 들어서는 사람은 황수건이가 아니라 처음 보는 사람이다.

"왜 전엣 사람은 어디 가고 당신이오?"

물으니, 그는,

"제가 성북동을 맡았습니다."

한다.

"그럼, 전엣 사람은 어디를 맡았소?"

하니 그는 픽 웃으며,

"그까짓 반편을 어딜 맡깁니까? 배달부로 쓸랴다가 똑똑치가 못하니까 안 쓰고 말었나 봅니다."

한다.

"그럼 보조 배달도 떨어졌소?"

하니,

"그럼요, 여기가 따루 한 구역이 된걸이오."

하면서 방울을 울리며 나갔다.

이렇게 되었으니 황수건이가 우리 집에 올 길은 없어지고 말았다. 나도 가끔 문안엔 다니지만 그의 집은 내가 다니는 길옆은 아닌 듯 길가에서도 잘 보이지 않았다.

나는 가까운 친구를 먼 곳에 보낸 것처럼, 아니 친구가 큰 사업에나 실패하는 것을 보는 것처럼 못 만나는 섭섭뿐이 아니라 마음이 아프기도 하였다. 그 당자와 함께 세상의 야박함이 원망스럽기도 하였다.

한데 황수건은 그의 말대로 노랑수건이라면 온 동네에서 유명은 하였다. 노랑수건 하면 누구나 성북동에서 오래 산 사람이면 먼저 웃고 대답하는 것을 나는 차츰 알았다.

내가 잠깐씩 며칠 보기에도 그랬거니와 그에겐 우스운 일화도 한두 가지가 아니었다.

삼산학교에 급사로 있을 시대에 삼산학교에다 남겨놓고 나온 일화도 여러 가지라는데, 그중에 두어 가지를 동네 사람들의 말대로 옮겨보면, 역시 그때부터도 이야기하기를 대단 즐겨 선생들이 교실에 들어간 새, 손님이 오면 으레 손님을 앉히고는 자기도 걸상을 갖다 떡 마주 놓고 앉는 것은 물론, 마주 앉아서는 곧 자기류의 만담삼매로 빠지는 것인데, 한번은 도 학무국에서 시학관이 나온 것을 이 따위로 대접하였다. 일본말을 못 하니까 만담은 할 수 없고 마주 앉아서 자꾸 일본말을 연습하였다.

"센세이 히, 오하요 고자이마쓰카(선생님, 안녕하십니까)⋯⋯ 히히 아메가 후리마쓰(비가 내립니다) 유끼가 후리마쓰까(눈이 내립니까) 히히⋯⋯."

시학관도 인정이라 처음엔 웃었다. 그러나 열 번 스무 번을 되풀이하는 데는 성이 나고 말았다. 선생들은 아무리 기다려도 종소리가 나지 않으니까, 한 선생이 나와 보니 종 칠 것도 잊어버리고 손님과 마주 앉아서 '오하요 유끼가 후리마쓰까⋯⋯' 하는 판이다.

그날 수건이는 선생들에게 단단히 몰리고 다시는 안 그러겠노라고 했으나, 그 버릇을 고치지 못해서 그예 쫓겨 나오고 만 것이다.

그는,

"너의 색시 달아난다."

하는 말을 제일 무서워했다 한다. 한번은 어느 선생이 장난말로,

"요즘 같은 따뜻한 봄날엔 옛날부터 색시들이 달아나기를 좋아하는데 어제도 저 아랫말에서 둘이나 달아났다니까 오늘은 이 동리에서 꼭 달아나는 색시가 있을걸……."

했더니 수건이는 점심을 먹다 말고 눈이 휘둥그레졌다 한다. 그리고 그날 오후에는 어서 바삐 하학을 시키고 집으로 갈 양으로 오십 분 만에 치는 종을 이십 분 만에, 삼십 분 만에 함부로 다가서 쳤다는 이야기도 있다.

하루는 나는 거의 그를 잊어버리고 있을 때,

"이 선생님 곕쇼?"

하고 수건이가 찾아왔다. 반가웠다.

"선생님, 요즘 신문이 걸르지 않고 잘 옵쇼?"

하고 그는 배달 감독이나 되어 온 듯이 묻는다.

"잘 오. 왜 그류?"

한즉 또,

"늦지도 않굽쇼, 일즉이 제때마다 꼭꼭 옵쇼?"

한다.

"당신이 돌릴 때보다 세 시간은 일즉이 오고 날마다 꼭꼭 잘 오."

하니 그는 머리를 벅적벅적 긁으면서,

"하루라도 걸르기만 해라, 신문사에 가서 대뜸 일러바치지……."

하고 그 빈약한 주먹을 부르댄다.

"그런뎁쇼, 선생님?"

"웨 그류?"

"삼산학교에 말씀애요. 그 제 대신 들어온 급사가 저보다 근력이 세게 생겼습죠?"

"나는 그 사람을 보지 못해서 모르겠소."

하니 그는 은근한 말소리로 히죽거리며,

"제가 거길 또 들어가볼랴굽쇼, 운동을 합죠."

한다.

"어떻게 운동을 하오?"

"그까짓 거 날마당 사무실로 갑죠. 다시 써달라고 졸라댑죠. 아, 그랬더니 새 급사란 녀석이 저보다 크기도 무척 큰뎁쇼, 이 녀석이 막 불근댑니다그려. 그래 한번 쌈을 해야 할 턴뎁쇼, 그 녀석이 근력이 얼마나 센지 알아야 뎀벼들 턴뎁쇼…… 허."

"그렇지, 멋모르고 대들었다 매만 맞지."

하니 그는 한 걸음 다가서며 또 은근한 말을 한다.

"그래섭죠, 엊저녁엔 큰 돌멩이 하나를 굴려다 삼산학교 대문에다 놨습죠. 그리구 오늘 아침에 가보니깐 없어졌는뎁쇼, 이 녀석이 나처럼 억지루 굴려다 버렸는지, 뻔쩍 들어다 버렸는지 그만 못 봤거든입쇼, 제―길……."

하고 머리를 긁는다. 그러더니 갑자기 무얼 생각한 듯 손뼉을 탁 치더니,

"그런뎁쇼, 제가 온 건입쇼, 댁에선 우두를 넣지 마시라구 왔습죠."

한다.

"우두를 왜 넣지 말란 말이오?"

한즉,

"요즘 마마가 다닌다구 모두 우두들을 넣는뎁쇼, 우두를 넣으면 사람이 근력이 없어지는 법인뎁쇼."

하고 자기 팔을 걷어올려 우두 자리를 보이면서,

"이걸 봅쇼. 저두 우두를 이렇게 넣기 때문에 근력이 줄었습죠."

한다.

"우두를 넣으면 근력이 준다고 누가 그럽디까?"

물으니 그는 싱글거리며,

"아, 제가 생각해냈습죠."

한다.

"왜 그렇소?"

하고 캐니,

"뭘…… 저 아래 윤금보라고 있는데 기운이 장산뎁쇼. 아, 삼산학교 그 녀석두 우두만 넣었다면 그까짓 것 무서울 것 없는뎁쇼, 그걸 모르겠거든입쇼……."

한다. 나는,

"그렇게 용한 생각을 하고 일러주러 왔으니 아주 고맙소."

하였다. 그는 좋아서 벙긋거리며 머리를 긁었다.

"그래, 삼산학교에 다시 들기만 기다리고 있소?"

물으니 그는,

"돈만 있으면 그까짓 거 누가 '고쓰까이(고용인)' 노릇을 합쇼. 밑천만 있으면 삼산학교 앞에 가서 뻐젓이 장사를 할 턴뎁쇼."

한다.

"무슨 장사?"

"아, 방학될 때까지 차미 장사도 하굽쇼, 가을부턴 군밤 장사, 왜떡 장사, 습자지, 도화지 장사 막 합죠. 삼산학교 학생들이 저를 어떻게 좋아하겝쇼. 저를 선생들보다 낫게 치는뎁쇼."

한다.

나는 그날 그에게 돈 삼 원을 주었다. 그의 말대로 삼산학교 앞에 가서 버젓이 참외 장사라도 해보라고. 그리고 돈은 남지 못하면 돌려오지 않아도 좋다 하였다.

그는 삼 원 돈에 덩실덩실 춤을 추다시피 뛰어나갔다. 그리고 그이튿날,

"선생님 잡수시라굽쇼."

하고 나 없는 때 참외 세 개를 갖다두고 갔다.

그러고는 온 여름 동안 그는 우리 집에 얼른하지 않았다.

들으니 참외 장사를 해보긴 했는데 이내 장마가 들어 밑천만 까먹었고, 또 그까짓 것보다 한 가지 놀라운 소식은 그의 아내가 달아났다는 것이다. 저희끼리 금슬은 괜찮았건만 동서가 못 견디게 굴어 달아난 것이라 한다. 남편만 남 같으면 따로 살림 나는 날이나 기다리고 살 것이나 평생 동서 밑에 살아야 할 신세를 생각하고 달아난 것이라 한다.

그런데 요 며칠 전이었다. 밤인데 달포 만에 수건이가 우리 집을 찾아왔다. 웬 포도를 큰 것으로 대여섯 송이를 종이에 싸지도 않고 맨손에 들고 들어왔다. 그는 벙긋거리며,

"선생님 잡수라고 사왔습죠."

하는 때였다. 웬 사람 하나가 날쌔게 그의 뒤를 따라 들어오더니 다짜고짜로 수건이의 멱살을 움켜쥐고 끌고 나갔다. 수건이는 그 우둔한 얼굴이 새하얗게 질리며 꼼짝 못하고 끌려 나갔다.

나는 수건이가 포도원에서 포도를 훔쳐온 것을 직각하였다. 쫓아나가 매를 말리고 포돗값을 물어주었다. 포돗값을 물어주고 보니 수건이는 어느 틈에 사라지고 보이지 않았다.

나는 그 다섯 송이의 포도를 탁자 위에 얹어놓고 오래 바라보며 아껴 먹었다. 그의 은근한 순정의 열매를 먹듯 한 알을 가지고도 오래 입안에 굴려보며 먹었다.

어제다. 문안에 들어갔다 늦어서 나오는데 불빛 없는 성북동 길 위에는 밝은 달빛이 깁을 깐 듯하였다.

그런데 포도원께를 올라오노라니까 누가 맑지도 못한 목청으로,

"사……게……와 나……미다까 다메이……끼……까(술은 눈물인가 한숨인가)……."

를 부르며 큰길이 좁다는 듯이 휘적거리며 내려왔다. 보니까 수건이 같았다. 나는,

"수건인가?"

하고 아는체하려다 그가 나를 보면 무안해할 일이 있는 것을 생각하고, 획 길 아래로 내려서 나무 그늘에 몸을 감추었다.

그는 길은 보지도 않고 달만 쳐다보며, 노래는 그 이상은 외지도 못하는 듯 첫 줄 한 줄만 되풀이하면서 전에는 본 적이 없었는데 담

배를 다 퍽퍽 빨면서 지나갔다.

  달밤은 그에게도 유감한 듯하였다.

《한국근대단편소설대계》제25권 (1988, 태학사)

작품 해설

　문화라는 것이 인류가 모든 시대를 통하여 이루어놓은 정신적, 물질적인 일체의 성과라고 한다면, 예술은 언제나 이런 문화의 중심에 놓여 있었다. 그 가운데서도 문학은 그 중심의 중심이었다. 이것은 문화가 학습으로 이루어지는 결과물임을 생각할 때 설명이 필요 없다. 인류의 학습이 거의 언어로 이루어져왔고, 언어로 이루어지는 문화 활동의 대표적인 존재가 문학이기 때문이다. 그런데 오늘날 인류 문화의 현실은 사정이 많이 다르다. 영상 문화가 활자 문화를 누르고 자본주의의 물질만능 사회를 지배하며 군림하는 21세기인 까닭이다. 이러한 사회 변화는 기원전부터 인류의 정신문화를 이끌어온 문학에도 엄청난 영향을 끼쳐 위기 상황을 만들고 있다. 소설도 이러한 위기와 절대 무관하지 않다.
　문학예술에서 소설이 차지하는 무게는 어떤 장르보다 무겁다고 할 수 있다. 소설이 가지고 있는 '이야기'가 어떤 다른 장르의 그것보다 현실성이 있기 때문이다. 물론 이때 현실성이라는 말은 있음직함, 개연성(probability)을 의미한다. 이런 점 때문에 사람들은 일찍부터 '시(문학)는 역사보다 진실하다'는 말에 동의해왔다.

이 책에 실린 단편들은 어떤 한국 소설사에서도 그 이름이 빠지지 않는 작품들이다. 1920년대 초 김동인에서 본격화한 이 갈래의 소설은 그 후 불과 십여 년 만에 주옥같은 작품들이 생산되어 한국 소설을 세계적 수준으로 끌어올렸고, 질곡의 식민지 시대를 관통하면서도 역사와 현실에 민감한 반응을 보이면서 한 시대와 그 시대의 인간 문제를 언어 예술로 형상화하는 데 성공하였다.

한 여인을 가운데 놓고 형제가 벌이는 애정 갈등이 테마를 이루는 〈배따라기〉, 여성의 내면 심리를 희화한 〈B 사감과 러브레터〉, 이제는 강원도 평창군의 문화 브랜드가 된 〈메밀꽃 필 무렵〉, 성북동이며 동대문 근처의 옛 모습이 고스란히 살아 있는 〈달밤〉, 만주로 북지로 떠도는 식민지인의 삶이 예각화한 〈장삼이사〉 등 모두가 손꼽히는 작품들이다.

한국의 단편소설은 조선조의 무수한 한문 단형서사체의 문학 정신을 지속시키면서 서구의 근대적 형식을 수용한 후 서사 문학의 기본적 형태로 자리 잡았다. 대중 지향적 작가 의식으로 하여 서사 문학이 상업주의와 손을 잡을 때도 곁눈 팔지 않고 간결하고 함축성 있는 문체로 독자들에게 보다 깊은 감명을 준 소설의 꽃이 단편이다.

이제는 이런 소설들을 정전(正典)으로 올려놓고 우리 모두가 즐겨야 할 시대가 된 듯하다. 워낙 잡다한 소설이 판을 치고, 문학이 길거리에서 패대기쳐진 채 요상한 세상 풍경이 예술이라는 이름으로 우리들의 전통적 정서를 훼손시키고 있기 때문이다.

많은 작품 가운데서 좋은 작품을 선별하는 일은 쉬운 작업이 아니다. 어떤 기준으로 대표 작가와 작품을 정할 것인가는 상당히 난감한 문제다. 이미 출판된 이 방면의 선집을 자료로 하여 출현 빈도수를 조사하고, 여러 종류의 한국 문학사를 통하여 문학적 평가를 참고하였다. 출간 빈도가 곧 독자 반응이라면 문학사의 출현 빈도는 작품의 가치 평가를 나타내는 의미로 간주할 수 있다. 이런 점이 이 책 나름의 기준이다. 원인이야 여러 가지겠지만 몇몇 납월북 작가의 작품이 제외된 것은 이런 사정에 기인한다.

이런 작업을 수행할 때 작품 선정에 버금갈 만큼 까다로운 일이 표기법의 문제였다. 1920년대에 발표된 작품들에 자주 나타나는 고어투의 어구들, 1930년대 작품에 간혹 보이는 외국어, 이런 부분은 오늘날의 독자가 이해할 수 있도록 조심스럽게 손을 대었다. 그러나 그간 한국 단편소설에 대한 연구가 상당히 이루어지긴 했지만 표기법을 정리한 결정본은 아직 확정되지 않은 상태다. 이런 사정 때문에 최초의 텍스트에 의거하여 현대식 맞춤법과 띄어쓰기만을 적용하였다. 이것은 오늘의 독자들이 오래전의 소설을 동시대의 작품처럼 읽을 수 있게 하는 효과를 줄 것이다. 그러나 해석이 난감하고, 표준말로 쉽게 바꿀 수 없는 대목은 그대로 두기로 했다. 표기법을 어떻게 확정할 것인가의 문제는 여전히 숙제로 남아 있기 때문이다.

소설은 가장 현실성이 강한 문학의 갈래다. 특히 한국의 현대 소설은 식민지 시대의 중앙을 관통하면서 성장하고 발전했다. 이번에 출간하는《한국단편소설선》에 수록된 단편들은 그런 시대의 제일 앞자리에 서 있던 작가와 그들의 작품이다. 그래서 한 시대의 인간과 역사가 압축되어 있다. 그와 함께 가장 한국적인 정서를 통해 인간의 보편적인 삶을 통찰하고 형상화하고 있다. 이런 점에서 이 소설들은 한국의 독자를 넘어 세계의 독자들에게도 감동을 주는 고전이 되리라 믿는다.

엮은이

엮은이 **오양호**

평론가이자 수필가다. 경상북도 칠곡 동명에서 태어나 대구에서 자랐다. 경북고등학교와 경북대학교 사범대학 국어과를 졸업하고 영남대학교 대학원에서 조동일 교수의 지도로 문학박사 학위를 받았다. 대구가톨릭대학교와 인천대학교 교수를 역임했고 정지용기념사업회 회장, 한국문학평론가협회 부회장 등으로 활동했다. 대산재단의 지원을 받아《정지용 시선》을 도쿄에서 출판하고 정지용 시비를 도시샤대학교의 윤동주 시비 옆에 세웠다. 평론집으로《문학의 논리와 전환사회》,《한국 현대소설의 서사담론》,《신세대 문학과 소설의 현장》이 있고, 연구서로《한국 문학과 간도》,《일제강점기 만주조선인 문학연구》,《백석 평전》,《만주이민문학연구》등이 있다.

한국단편소설선

1판 1쇄 발행 2005년 10월 30일
3판 1쇄 발행 2025년 6월 16일

지은이 김동인 외 | 엮은이 오양호
펴낸곳 (주)문예출판사 | 펴낸이 전준배
출판등록 2004. 02. 11. 제 2013-000357호 (1966. 12. 2. 제 1-134호)
주소 04001 서울시 마포구 월드컵북로 21
전화 02-393-5681 | 팩스 02-393-5685
홈페이지 www.moonye.com | 블로그 blog.naver.com/imoonye
페이스북 www.facebook.com/moonyepublishing | 이메일 info@moonye.com

ISBN 978-89-310-2523-1 04800
ISBN 978-89-310-2365-7 (세트)

&문예출판사® 상표등록 제 40-0833187호, 제 41-0200044호

■ 문예세계문학선

★ 서울대, 연세대, 고려대 필독 권장 도서 ▲ 미국대학위원회 추천 도서
● 《타임》 선정 현대 100대 영문 소설 ▽ 《뉴스위크》 선정 세계 100대 명저

	1 젊은 베르테르의 슬픔 괴테 / 송영택 옮김		34 지상의 양식 앙드레 지드 / 김붕구 옮김
▲▽	2 멋진 신세계 올더스 헉슬리 / 이덕형 옮김		35 체호프 단편선 안톤 체호프 / 김학수 옮김
▲●▽	3 호밀밭의 파수꾼 J. D. 샐린저 / 이덕형 옮김		36 인간 실격 다자이 오사무 / 오유리 옮김
	4 데미안 헤르만 헤세 / 구기성 옮김		37 위기의 여자 시몬 드 보부아르 / 손장순 옮김
	5 생의 한가운데 루이제 린저 / 전혜린 옮김	●▽	38 댈러웨이 부인 버지니아 울프 / 나영균 옮김
	6 대지 펄 S. 벅 / 안정효 옮김		39 인간 희극 윌리엄 사로얀 / 안정효 옮김
●▽	7 1984 조지 오웰 / 김승욱 옮김		40 오 헨리 단편선 O. 헨리 / 이성호 옮김
▲●▽	8 위대한 개츠비 F. 스콧 피츠제럴드 / 송무 옮김	★	41 말테의 수기 R. M. 릴케 / 박환덕 옮김
▲●▽	9 파리대왕 윌리엄 골딩 / 이덕형 옮김		42 파비안 에리히 케스트너 / 전혜린 옮김
	10 삼십세 잉게보르크 바흐만 / 차경아 옮김	★▲▽	43 햄릿 윌리엄 셰익스피어 / 여석기 옮김
★▲	11 오이디푸스왕 · 안티고네 소포클레스 · 아이스킬로스 / 천병희 옮김		44 바라바 페르 라게르크비스트 / 한영환 옮김
			45 토니오 크뢰거 토마스 만 / 강두식 옮김
★▲	12 주홍글씨 너새니얼 호손 / 조승국 옮김		46 첫사랑 이반 투르게네프 / 김학수 옮김
▲●▽	13 동물농장 조지 오웰 / 김승욱 옮김		47 제3의 사나이 그레이엄 그린 / 안흥규 옮김
★	14 마음 나쓰메 소세키 / 오유리 옮김	★▲▽	48 어둠의 심장 조지프 콘래드 / 이덕형 옮김
	15 아Q정전 · 광인일기 루쉰 / 정석원 옮김		49 싯다르타 헤르만 헤세 / 차경아 옮김
	16 개선문 레마르크 / 송영택 옮김		50 모파상 단편선 기 드 모파상 / 김동현 · 김사행 옮김
★	17 구토 장 폴 사르트르 / 방곤 옮김		51 찰스 램 수필선 찰스 램 / 김기철 옮김
	18 노인과 바다 어니스트 헤밍웨이 / 이경식 옮김	★▲▽	52 보바리 부인 귀스타브 플로베르 / 민희식 옮김
	19 좁은 문 앙드레 지드 / 오현우 옮김		53 페터 카멘친트 헤르만 헤세 / 박종서 옮김
★▲	20 변신 · 시골 의사 프란츠 카프카 / 이덕형 옮김	★	54 몽테뉴 수상록 몽테뉴 / 손우성 옮김
★▲	21 이방인 알베르 카뮈 / 이휘영 옮김		55 알퐁스 도데 단편선 알퐁스 도데 / 김사행 옮김
	22 지하생활자의 수기 도스토옙스키 / 이동현 옮김		56 베이컨 수필집 프랜시스 베이컨 / 김길중 옮김
★	23 설국 가와바타 야스나리 / 장경룡 옮김	★▲	57 인형의 집 헨리크 입센 / 안동민 옮김
★▲	24 이반 데니소비치의 하루 알렉산드르 솔제니친 / 이동현 옮김	★	58 소송 프란츠 카프카 / 김현성 옮김
		★▲	59 테스 토마스 하디 / 이종구 옮김
	25 더블린 사람들 제임스 조이스 / 김병철 옮김	★▽	60 리어왕 윌리엄 셰익스피어 / 이종구 옮김
★	26 여자의 일생 기 드 모파상 / 신인영 옮김		61 라쇼몽 아쿠타가와 류노스케 / 김영식 옮김
	27 달과 6펜스 서머싯 몸 / 안흥규 옮김	▲▽	62 프랑켄슈타인 메리 셸리 / 임종기 옮김
	28 지옥 앙리 바르뷔스 / 오현우 옮김	▲●▽	63 등대로 버지니아 울프 / 이숙자 옮김
★▲	29 젊은 예술가의 초상 제임스 조이스 / 여석기 옮김		64 명상록 마르쿠스 아우렐리우스 / 이덕형 옮김
▲	30 검은 고양이 애드거 앨런 포 / 김기철 옮김		65 가든 파티 캐서린 맨스필드 / 이덕형 옮김
★	31 도련님 나쓰메 소세키 / 오유리 옮김		66 투명인간 H. G. 웰스 / 임종기 옮김
	32 우리 시대의 아이 외된 폰 호르바트 / 조경수 옮김		67 게르트루트 헤르만 헤세 / 송영택 옮김
	33 잃어버린 지평선 제임스 힐턴 / 이경식 옮김		68 피가로의 결혼 보마르셰 / 민희식 옮김

(뒷면 계속)

| ★ | 69 광세 블레즈 파스칼 / 하동훈 옮김
| | 70 한국단편소설선 김동인 외 / 오양호 엮음
| | 71 지킬 박사와 하이드 로버트 L. 스티븐슨 / 김세미 옮김
| ▲ | 72 밤으로의 긴 여로 유진 오닐 / 박윤정 옮김
★▲▽ | 73 허클베리 핀의 모험 마크 트웨인 / 이덕형 옮김
| | 74 이선 프롬 이디스 워튼 / 손영미 옮김
| | 75 크리스마스 캐럴 찰스 디킨스 / 김세미 옮김
★▲ | 76 파우스트 요한 볼프강 폰 괴테 / 정경석 옮김
| ▲ | 77 야성의 부름 잭 런던 / 임종기 옮김
★▲ | 78 고도를 기다리며 사뮈엘 베케트 / 홍복유 옮김
★▲▽ | 79 걸리버 여행기 조너선 스위프트 / 박용수 옮김
| | 80 톰 소여의 모험 마크 트웨인 / 이덕형 옮김
★▲▽ | 81 오만과 편견 제인 오스틴 / 박용수 옮김
★▽ | 82 오셀로·템페스트 윌리엄 셰익스피어 / 오화섭 옮김
| ★ | 83 맥베스 윌리엄 셰익스피어 / 이종구 옮김
| ▽ | 84 순수의 시대 이디스 워튼 / 이미선 옮김
| ★ | 85 차라투스트라는 이렇게 말했다 니체 / 황문수 옮김
| ★ | 86 그리스 로마 신화 에디스 해밀턴 / 장왕록 옮김
| | 87 모로 박사의 섬 H. G. 웰스 / 한동훈 옮김
| | 88 유토피아 토머스 모어 / 김남우 옮김
★▲ | 89 로빈슨 크루소 대니얼 디포 / 이덕형 옮김
| | 90 자기만의 방 버지니아 울프 / 정윤조 옮김
| ▲ | 91 월든 헨리 D. 소로 / 이덕형 옮김
| | 92 나는 고양이로소이다 나쓰메 소세키 / 김영식 옮김
| ★ | 93 폭풍의 언덕 에밀리 브론테 / 이덕형 옮김
★▲ | 94 스완네 쪽으로 마르셀 프루스트 / 김인환 옮김
| ★ | 95 이솝 우화 이솝 / 이덕형 옮김
| ★ | 96 페스트 알베르 카뮈 / 이휘영 옮김
| ▲ | 97 도리언 그레이의 초상 오스카 와일드 / 임종기 옮김
| | 98 기러기 모리 오가이 / 김영식 옮김
★▲ | 99 제인 에어 1 샬럿 브론테 / 이덕형 옮김
★▲ | 100 제인 에어 2 샬럿 브론테 / 이덕형 옮김
| | 101 방황 루쉰 / 정석원 옮김
| | 102 타임머신 H. G. 웰스 / 임종기 옮김
| ● | 103 보이지 않는 인간 1 랠프 엘리슨 / 송무 옮김
| ● | 104 보이지 않는 인간 2 랠프 엘리슨 / 송무 옮김

▲ 105 훌륭한 군인 포드 매덕스 포드 / 손영미 옮김
106 수레바퀴 아래서 헤르만 헤세 / 송영택 옮김
▲ 107 죄와 벌 1 표도르 도스토옙스키 / 김학수 옮김
▲● 108 죄와 벌 2 표도르 도스토옙스키 / 김학수 옮김
109 밤의 노예 미셸 오스트 / 이재형 옮김
110 바다여 바다여 1 아이리스 머독 / 안정효 옮김
111 바다여 바다여 2 아이리스 머독 / 안정효 옮김
112 부활 1 레프 톨스토이 / 김학수 옮김
113 부활 2 레프 톨스토이 / 김학수 옮김
▲● 114 그들의 눈은 신을 보고 있었다
    조라 닐 허스턴 / 이미선 옮김
115 약속 프리드리히 뒤렌마트 / 차경아 옮김
116 제니의 초상 로버트 네이선 / 이덕희 옮김
117 트로일러스와 크리세이드
    제프리 초서 / 김영남 옮김
118 사람은 무엇으로 사는가
    레프 톨스토이 / 이순영 옮김
119 전락 알베르 카뮈 / 이휘영 옮김
120 독일인의 사랑 막스 뮐러 / 차경아 옮김
121 릴케 단편선 R. M. 릴케 / 송영택 옮김
122 이반 일리치의 죽음 레프 톨스토이 / 이순영 옮김
123 판사와 형리 F. 뒤렌마트 / 차경아 옮김
124 보트 위의 세 남자 제롬 K. 제롬 / 김이선 옮김
125 자전거를 탄 세 남자 제롬 K. 제롬 / 김이선 옮김
126 사랑하는 하느님 이야기 R. M. 릴케 / 송영택 옮김
127 그리스인 조르바 니코스 카잔차키스 / 이재형 옮김
128 여자 없는 남자들 어니스트 헤밍웨이 / 이종인 옮김
129 사양 다자이 오사무 / 오유리 옮김
130 슌킨 이야기 다니자키 준이치로 / 김영식 옮김
131 실종자 프란츠 카프카 / 송경은 옮김
132 시지프 신화 알베르 카뮈 / 이가림 옮김
133 장미의 기적 장 주네 / 박형섭 옮김
134 진주 존 스타인벡 / 김승욱 옮김
135 황야의 이리 헤르만 헤세 / 장혜경 옮김
136 피난처 이디스 워튼 / 김욱동